리의 별

* 이 도서의 국립중앙도서관 출판시도서목록(CIP)은 e-CIP홈페이지(http://www.nl.go.kr/ecip)와
국가자료공동목록시스템(http://www.nl.go.kr/kolisnet)에서 이용하실 수 있습니다.
(CIP제어번호: CIP201811563)

제4회
황산벌청년문학상
수상작

리의 별

강태식 장편소설

은행나무

차례

1
체스

인생과 비슷한 건 인생뿐이라는 게 기무라 다로의 생각이었고, 언제부터 그런 생각을 했는지 모르겠지만 자기가 늙었다는 사실을 그럭저럭 인정하게 된 지금도 그 생각에는 변함이 없었다.

"체스가 좀 비슷하긴 해. 하지만 체스가 인생 같다면 체스를 두는 사람은 아무도 없을걸. 그래서 체스의 가장 큰 장점은…… 내 생각은 이래. 말판을 들여다보는 동안 인생이 뭔지 잠깐 잊게 해준다는 거야. 사람은 가끔 그럴 필요가 있고, 그래서 체스를 두지."

기무라는 자신의 백색 비숍을 e5로 옮긴 다음 아내가 매일 걸레질하던 흔들의자 등받이에 몸을 기댔다. 어떤 의미에서 흔들의자는 아내보다 훨씬 각별한 물건이었다. 각별하다는 말이 함께 보낸 시간과 비례한다는 뜻이라면 그랬다. 흔들의자는 아내의 혼수품 중 하나였고, 기무라에게는 정확히 오 년 칠 개월만큼 아내보다 각별했다. 몇 번 못질을 하고 어떤 부분은 통째로 갈아 끼운 적도 있지만, 어쨌든 흔들의자는 아내보다 오래 거기에 있었다. 그리고 한번 흔들리면 소리 없이 편안하게 제대로 흔들릴 줄 알았다. 일 년에 한두 번씩 얼굴을 내미는 자식들이나, 이제는 머리가 컸다고 코빼기도 안 비치는 손자들보다 나았다.

기무라는 깨끗하게 면도한 입가를 손바닥으로 천천히 쓸어내리며 탁자 맞은편에 앉아 있는 리의 표정을 살폈다. 정확히 말하면 휴대 가능한 초경량 모니터에 비친 리의 표정이었다. e5는 전략적으로 볼 때 중요한 위치였고, 비숍은 거기에 놓일 수 있는 말 중 가장 위협적인 말이었다. 기무라는 모니터 화면을 확대했다. 탁자와 체스 판, 중후한 느낌의 카디건과 그 속에 받쳐 입은 니트가 사라지고 화면 가득 리의 얼굴만 남았다. 단단하고 오래된 동전 같았다. 어떤 감정을 숨기기에도, 어떤 감정을 숨기고 싶다는 사실을 숨기기에도 좋은 표정이었다. 하지만 동전에도 흠집은 가기 마련이고, 기무라는 그 흠집을 놓치지 않았다. 리의 미간은 비숍이 자리를 옮기기 전보다 아주 살짝, 그 부분만 실수로 다림질을 하지 않은 것처럼 구겨져 있었다.

"내 말들은 죄다 주교처럼 경건한데, 기무라 자네 주교는…… 아무리 봐도 성직자 같지 않군."

리는 계속 체스 판만 들여다보고 있었다. 한숨이 나오려는 걸 간신히 참고 있는 것 같았고, 몇 마디 더 투덜댈까 말까 심각하게 고민하고 있는 것 같았다. 그러다가 결국은 둘 다 아무런 도움이 안 된다는 걸 깨달은 사람처럼 입을 꾹 다물고 체스 판만 들여다봤다. 계속 그렇게 하는 게 아무것도 하지 않는 것보다 훨씬 낫다고 굳게 믿는 것처럼. 사실상 움직일 수 있는 말이 몇 안 됐다. 미간이 점점 더 구겨졌고 리는 얼굴에 뭔가 묻었다는 걸 뒤늦게, 볼 만한 사람은 다 본 다음에 발견한 얼간이처럼 우울

한 표정을 짓고 있었다.

"그건 자네가 성직자들을 몰라서 하는 소리야."

한때 기무라 다로는 자신의 이름을 딴 기업체를 운영했고, 회사 주식의 오십 퍼센트 이상을 소유한 대주주였다. 세간에서는 기무라 제국으로 통했지만, 공식적인 명칭은 기무라 기업이었다. 사업의 성격상 고위 성직자들과도 접촉할 기회가 많았다. 천장에 샹들리에가 매달려 있는 호텔 로비에서, 나무 썩은 냄새가 떠다니는 절간 마당에서, 성스러운 바티칸에서도, 모두 그렇게 생각한다는 보장은 없지만 아무튼 그 바티칸에서도, 악수를 나누고, 합장을 하고, 굵은 반지에 입을 맞추고……. 그러면서 알게 된 사실이 하나 있었다. 성직자들은 딱 두 부류였다. 노골적으로 공짜를 바라거나, 공짜를 경멸하는 척하면서 공짜를 바라거나.

"그분께서 기무라 씨를 충직한 종으로 기억하실 겁니다."

기무라는 회사로 복귀하는 전용 비행정 안에서 자기는 아직 멀었다는 생각을 수도 없이 했고, 호되게 한 수 배운 듯한 기분을 지울 수 없었다. 찍소리 한마디 못 하고 코를 물어뜯긴다면 비슷한 기분이 들 것 같았다. 원래 기무라는 무신론자였지만, 비서가 동승한 호화 비행정이 본사 건물 옥상에 착륙할 때쯤 훨씬 더 완고한 무신론자가 되어 있었다.

"내가 아내 이야기를 했던가, 리?"

기무라는 턴이 돌아오기를 기다리며 입을 열었다. 반면 리는 문제의 비숍을 노려보며 골머리를 앓고 있었는데, 그건 패배를 인정할 생각이 털끝만큼도 없다는 뜻이었다. 기무라의 계산에 따르면 다섯 번의 턴과 다섯 번의 정확한 판단이 필요했다. 그 과정에서 폰 두 개와 나이트 하나가 희생되겠지만, 그래도 퀸을 잃거나 최악의 경우……. 아무튼 오래 기다려야 할 것 같았다. 지금까지도 오래 기다렸지만 더 오래 기다려야 할지도 몰랐다. 체스는 기무라에게 기다리는 법을 가르쳤다.

"했어, 사흘 전에."

기무라는 주방으로 가서 커피를 내렸다. 평소에는 홍차의 달짝지근한 향과 떫은맛을 즐겼지만 늘 그런 건 아니었다. 핸드밀로 직접 원두를 갈고, 드립퍼 모양에 맞춰 여과지를 깔았다. 시간은 많았다. 뜨거운 물을 천천히 돌려가며 골고루 뿌렸다. 향은 그럴듯했다. 맛은 그렇지 않았지만 못 삼킬 정도로 끔찍한 건 아니었다. 당장 뱉고 싶다는 충동과 맞설 용의만 있다면 그랬다. 아내가 내린 커피는 오래 물고 있을수록 깊은 맛이 났다. 그래도 가사 로봇에게 부탁하는 것보다 나았다. 커피에서 질소 계열의 신소재 맛이 난다는 건 아무래도 기분 탓일 공산이 컸지만, 그걸 삼키려면 굉장한 각오가 필요했고, 기무라는 그런 식으로 자기를 학대하고 싶은 마음이 없었다.

"아직 멀었나? 조금 전부터 우리가 지금 체스를 두는 건지 체스와 비슷한 다른 일을 하는 건지 헛갈리기 시작했거든."

"예를 들면?"

"예를 들면…… 늙은이 둘이 앉아서 그냥 체스 판을 들여다보고 있는 거야. 아무것도 안 할 수는 없는데, 할 일이 그것밖에 없고, 그래서 체스 판을 들여다보고 있지만, 사실은 누구든 당장 이 빌어먹을 나무 판때기를 치워줬으면 하고 바라고 있는 거지. 내 말이 맞나?"

"상당히 비슷해. 하지만 어떤 놈이든 내 나무 판때기에 손가락 하나라도 대기만 해봐. 그때 그러지 말았어야 했다고 평생 후회하게 만들어줄 거야."

기무라가 자신의 비숍을 e5에 갖다놓은 건 오후 세 시 무렵이었다. 오후 네 시경 커피를 내렸고, 다섯 시까지 뱉고 싶은 욕구와 맞서가며 커피를 마셨다. 여름이라 해가 길었다. 하지만 그게 지구가 돌지 않는다는 뜻은 아니었다. 바닥에 깔린 그림자가 밀대로 민 밀가루 반죽처럼 길게 늘어나고, 밤은 적도를 기준으로 했을 때 정확히 초당 사백육십이 미터씩 다가오고 있었다. 어둠을 감지한 센서가 작동하자 실내등이 자연광을 대신했고, 기무라는 커피를 한 잔 더 할까 고민하며 시간을 확인했다. 오후 일곱 시 삼십 분이었다. 커피는 포기하는 게 좋을 것 같았다. 기무라는 밑바닥에 커피가 말라붙어 있는 찻잔을 바라보며 그러지 않으려고 계속 노력했다. 커피 자국이나 들여다보면서 시간을 보내는 늙은이가 된 기분이었다.

"삼 년 전에 명예회장직을 그만뒀지. 일선에서 물러난 건 그보다 한참 전이지만. 아무튼 그때부터 여기 살기 시작했는데, 혼자 지내기에는 너무 넓고 근사한 집이야. 하지만 이제는 좀 후회가 돼. 왜 그런 줄 아나?"

"내가 하루 종일 자네 비숍만 노려보고 있을 줄 몰랐을 테니까. 자네는 그 이야기를 벌써 열한 번이나 했어. 자네는 어떨지 모르지만 나는 그 정도면 충분해. 거기서 사는 게 외롭다는, 그 모든 이야기를 한 번 더 칭얼댈 생각이라면, 꿈도 꾸지 마."

요즘은 모든 게 가물가물했다. 체스 말고는 머리를 쓸 일도 없었다. 회사의 대차대조표를 아들에게 넘겨준 이래 죽 그랬다. 오래된 기억부터 하나둘씩, 아니 생각해보면 꼭 그런 것 같지도 않았다. 망각은 폭력적이었고 폭력에는 질서가 없었다. 기억은 종이배처럼 잠깐 물 위에 떠 있다 무겁게 젖은 다음 흔적도 없이 가라앉았다. 대개는 그런 줄도 몰랐고 그게 편했다. 다시 채워 넣을 수 없다면 그 편이 나았다. 치매는 아니었다. 알약을 삼키는 방법만 기억하고 있다면 치매는 치료 가능한 질병이었다. 기무라는 그게 뭐든 삼키는 일에는 일가견이 있었고 아직은 그럴 필요가 없다고 생각했다. 그래도 가끔씩 빈 데가 보였고 그곳에는 정말 아무것도 없었다. 어릴 때 쓰던 공부방에 우두커니 서 있는 기분이었다. 책상도 없고 침대도 없고 바닥에 먼지만 깔려 있는. 그건 굉장히 쓸쓸한 기분이었다. 그리고 지금 기무라의 기분이 그랬다. 기무라는 무릎 관절에 경미한 통증을 느끼며 자리에서 일어났다.

"내가 무언가를 해야 할 필요가 있을 때까지 잠깐 바람 좀 쐬고 올까 하는데…… 괜찮겠지?"

기무라는 오 초쯤 대답을 기다린 다음 탁자 위에 세워놓은 모니터를 몇 번 접었고, 모니터가 명함 크기로 줄어들자, 한 번 더 접을 수도 있었지만 그냥 바지 주머니 속에 집어넣었다. 밤 여덟 시. 아무리 여름이라지만 일교차가 심했다. 바람이라도 불면 어떻게 될지 몰랐다. 기무라는 가벼운 점퍼를 걸치고 안감의 온도를 체온보다 약간 낮게 설정했다. 그리고 문을 열기 전에 지팡이를 가져갈까 말까 잠깐 고민했다. 쓴웃음이 나왔다. 나이가 들면서 조심성만 많아진 것 같았다. 겁이 많아지고 견딜 수 없는 것들이 많아지고 사소한 걱정이 많아지고. 기무라는 더 이상 자기를 믿지 않았고 그건 한때 젊었지만 지금은 그렇지 않다는 뜻이었다. 당장은 필요 없겠지만 기무라는 지팡이를 가져가기로 했다.

도보로 오 분 거리에 있는 해변은 대체적으로 한산했다. 소나무가 빽빽한 방풍림을 지나자 매일 테라스에 앉아 바라보던 바로 그 백사장이 펼쳐져 있었다. 쓰레기를 수거하는 로봇 몇 기와 삼십 센티미터 깊이까지 모래를 살균 소독하는 로봇 몇 기가 원래 그곳에서 서식하는 갑각류처럼 돌아다니고 있었다. 산책을 나온 사람들도 보였다. 그들은 연인이나 가족 같았고 자기가 방금 모래 위에 찍은 발자국을 하나하나 확인하듯 아주 천천히 걷고 있었다. 어패류처럼 바닥에 엉덩이를 대고 앉아 꿈짝도 하지 않는 사람들도 있었다. 그들은 대개 혼자였고, 배를 댈 곳이 없는 작은 섬처럼 여기저기 흩어져 있었는데 모두 무언가에 단단히 홀리거나 취한 사람들 같았다. 달빛에 일렁이는 바다는 달콤한 꿈처럼 아름다웠다. 간이 밴 바람 역시 머리가 띵할 만큼 향긋했고, 파도가 해변을 쓸며 밀려올 때마다 아련한 소리가 반복되었다. 한 번에 한 사람씩 어디론가 멀리 데려갈 것처럼.

기무라 다로는 기능성 신발을 신고 있었고 그건 물에 들어가도 괜찮다는 뜻이었지만 굳이 그럴 필요는 느끼지 못했다. 삼십 분쯤, 기무라는 해안을 따라 천천히 걸었다. 바닷물이 점점 깊숙하게 밀려왔다. 그리고 어느 순간 발밑을 적셨다. 멀리 등대가 보였는데 그건 전방 오 킬로미터 내에 있는 유일한 발광체였다. 그래도 발밑의 포말이 하얗게 부서지는 건 보였다. 경광등처럼 요란하고 야광봉처럼 선명했다.

파도는 그렇게 흔적을 지우고 있었다. 공평하고 무심하게. 그리고 손질한 듯 편평한 모래만 남겼는데 기무라가 보기에 그건…… 구덩이를 파고 관을 집어넣은 다음 그 위에 흙을 덮는 것 같았다. 문제는 그 관 속에 자기가 누워 있는 것처럼 느껴진다는 점이었고 더 큰 문제는…… 그게 정말 그렇게 보인다는 것이었다. 일종의 피해망상이었는데, 시간은 사람에게 늘 그런 기분이 들게 했고, 늙은이들에게는 더 고약하게 굴었고, 그걸 극복할 수 없다는 걸 기무라도 알고 있었다. 집착해도 소용없지만 집착하지 않을 수 없다는 것도.

수백 개의 발자국이, 몇 년 동안 하루도 빠짐없이 산책한 걸 생각하면 수십만 개의 발자국이 흔적도 없이 사라졌고 이제 남은 발자국은 두 개뿐이었다. 지금 기무라는 바로 그 발자국을 밟고 서 있었다. 이 발을 떼면……. 차마 발걸음이 떨어지지 않았다. 기무라는 작은 일에 의미를 두는 자신이 고약하게 늙은 고집 센 영감탱이처럼 느껴졌지만, 사람은 늙으면 다 그렇게 된다는 생각이 들자 마음이 좀 편해졌다. 또 한 번 파도가 밀려왔고 그런 일이 삼 초나 사 초 간격으로 아무렇지 않게 반복되고 있었다.

바람은 더 이상 상냥하지 않았다. 사포를 든 목수처럼 기무라의 뺨을 밀어댔다. 몸이 점점 닳아 없어지는 것 같았고 이제는 왔던 길로 되돌아가야 할 시간이라고 생각했다. 연료가 바닥난 고물차에 혼자 앉아 있고 싶지 않다면 그러는 게 좋을 것 같았다. 연료램프의 빨간 불이 아까부터 계속 깜빡이고 있었으니까. 하지만 기무라는 하얗게 센 머리카락을 날리며 삼십 분쯤 더 그 자리에 서서 고집을 부렸는데, 그러다 누군가 왜 거기서 그러고 있느냐고 물으면 할 말이 궁해질 것 같았고, 그래서 발등까지 모래에 묻힌 발을 천천히 뺐다. 발자국은 깊었다. 기무라의 작은 키와 왜소한 체구를 생각하면 더 그랬다. 하지만 한 번, 두 번, 세 번 파도가 밀려왔고 그러는 동안 발자국은 무너지고 쓸리다가 완전히 사라졌다. 기무라는 처음부터 끝까지 그 모든 과정을 우두커니 서서 지켜봤다. 사실 그건 무엇을 지켜봤다고도 할 수 없는 찰나에 불과했다. 발자국은 어쩌면 착각일지도 몰랐다. 그리고 그걸 만든 존재 역시 그런 것 같았다. 발길을 돌리면서 기무라는 그렇게 생각했다.

"자네가 여기 없는 동안 무슨 일이 벌어졌는지 알면 아마 깜짝 놀랄걸."

시계는 밤 열 시 십 분을 가리키고 있었고, 몸은 탈수가 덜 된 이불 빨래처럼 무거웠다. 하지만 그게 체스 판의 말 하나가 자리를 옮겼다는 사실을 모를 만큼 피곤하다는 뜻은 아니었다. 기무라는 g6으로 한 칸 이동한 흑색 룩이 뭘 어떻게 할 수 있을지 한참 동안 생각했다.

"그리 대단한 수 같지 않은데?"

"아직은 그래. 하지만 계속 그렇지는 않을걸."

리는 거짓말을 한 적이 없었고 기무라는 그 사실을 기억했다. 의심은 기무라를 신중하게 만들었다. 그리고 의심이 사라지려면 아주 많은 시간이 필요할 것 같았다. 다섯 시간이나 여섯 시간이 될지도 몰랐다. 그 이상은 생각하기 싫었다. 물론 사흘 전에 시작한 체스를 하루 더 둔다고 해서 달라질 건 없었다. 하지만 턴을 남긴 채 잠자리에 눕는 건 기무라가 바라는 일이 아니었다. 체스 판이 아른거릴 테고, 잠의 질이 형편없이 떨어질 테고. 이틀째 그랬으면 충분했다.

기무라는 밤 열한 시까지 체스 판을 들여다본 다음 자리에서 일어났다. 주치의의 충고를 무시할 생각은 없었다. 그게 오랜 친구이자 권위 있는 심장전문의인 모리미 도모히코 박사의 의견이라면 더더욱 그랬다. 하지만 계속되는 불면과 숙면에 도움이 되는 약간의 음주 중 어느 쪽이 더 건강에 해로운지는 생각해볼 필요가 있는 문제였다. 기무라는 냉장고 안쪽에 딱 한 병 남아 있는 와인을 꺼냈고, 그걸 모리미 도모히코 박사가 집들이 선물로 들고 온 유리잔에 반쯤 부었다.

"밤에 마시는 술은 건강에 안 좋아. 그게 아무리 말도 못 하게 비싼 술이라 해도 말이야."

화면에 비치는 건 오래된 탁자와 낡은 체스 판뿐이었다. 의자는 비어 있었고 리의 목소리는 화면 밖 어딘가에서 들렸다.

"내가 아는 어떤 친구도 비슷한 소리를 하더군. 하지만 그 친구가 뭘 좀 안다고 말할 수 있는 건 심장에 관한 것뿐이었어. 인생에 대해서는 닭대가리만큼도 몰랐지."

"자네 생각이 그렇다는 걸 그 친구도 아나? 좋은 친구 같은데, 몰랐으면 좋겠군."

와인은 달콤한 첫맛과 쌉쌀한 끝 맛을 남겼고 그런 다음 기무라가 어느 정도 취할 때까지 똑같은 일을 반복했다. 리는 아직 화면 밖 어딘가에 있었다. 부스럭거리는 소리가 나고 몇 발짝 걸어 다니는 소리가 이어지더니 곧 달그락거리는 소리가 났다. 늙고 지친 유령이 아주 오래된 저택을 돌아다니는 것 같았다.

기무라는 유리잔을 들여다보며 만약 꼭지가 돌 때까지 마실 게 아니라면 지금 당장 이걸 싱크대에 버려야 한다고 생각했는데, 그건 어느 정도 꼭지가 돈 사람들이나 하는 생각이었고, 그런 사람들은 절대 남은 술을 싱크대에 버리는 법이 없었다. 그리고 그건 기무라 역시 마찬가지였다. 술주정뱅이처럼 숨을 쉴 때마다 술 냄새가 풍겼지만 기무라는 십 초에 한 번꼴로 와인을 홀짝거렸다.

그러다 문득, 고독이란 혼자서 차지하는 면적과 비례한다는 사실을 떠올렸다. 전부는 아니지만 대체로 그랬다. 면적은 사람을 고독하게 만들었다. 그런 의미에서 기무라는 고독이라는 게 얼마나 고약한지 제대로 알고 있는 몇 안 되는 사람 중 한 명이었다. 사실 시 두 개 크기의 공장 지대를 소유한 사람은 그리 많지 않았다. 기무라 기업의 본사 건물은 세계적인 규모를 자랑했고 지사 건물 중에도 일부는 그에 못지않은 명성을 누렸다. 십여 개의 항만들과 그곳에서 하역을 기다리는 선박들까지 면적으로 환산하면⋯⋯ 환산할 수는 있겠지만 그걸 실제로 시도해본 사람은 아무도 없었다. 아무튼 기무라는 몇 안 되는 사람들 중 하나였고, 어쩌면 그중 누군가는 다른 모든 사람들을 합친 것보다 더 고독할 수도 있겠지만, 그렇다고 그게 자기보다 더 고독하다는 의미는 절대 아니라고 생각했다. 하지만 기무라는 한 달 전부터 그렇게 생각하지 않게 되었다.

기무라가 아는 한 행성 하나를 혼자서 차지하고 있는 사람은 없었다. 비록 플랜A가 지구 크기의 삼분의 이에 해당하는 소형 행성이라 해도, 개인에게 그 정도의 크기 차이는 아무런 의미도 없었다.

"아직 거기 있나?"

자정이 지나면서 우려할 정도는 아니지만 확실히 몸 상태가 나빠졌다. 병에 남아 있는 와인은 두 잔쯤 더 마시면 바닥날 것 같았고 기무라는 지금이라도 이걸 싱크대에 버릴까 말까 고민하고 있었다. 눈이 침침했고 술이라면 이미 마신 걸 후회할 만큼 충분히 마신 데다 머리까지 무거웠다. 자야 할 시간이었다. 체스 친구에게 밤 인사만 하면 벽돌에 머리를 맞은 사람처럼 쓰러져 잘 수 있을 것 같았다. 하지만 화면 속은 조용했다. 삼사 초에 한 번씩 파도가 쳤고 그때마다 모래가 쓸려갔지만 그게 다였다. 기무라는 플랜A에 있는 몇 개의 대륙과 하나로 이어진 거대한 대양을 생각했다. 기무라의 체스 친구는 그곳에 있었지만 사실 그것은 존재하지 않는 것이나 마찬가지였다. 기무라는 더 이상 자신의 고독을 심각하게 생각하지 않았다.

"잘 자게, 친구."

흔들의자는 소리 없이 편안하게 제대로 흔들렸고, 기무라는 두 팔을 아래로 늘어트린 채 조용히 잠들었다. 그리고 몇 분 후 믿을 수 없을 만큼 시끄러운 사이렌 소리가 고집 센 전도사처럼 문밖에서 울려대고 구둣발로 들어온 병원 직원 네 명이 아직 생각할 게 아주 많은 체스 판을 더 이상 아무 생각도 할 수 없는 나무 판때기로 만들어버릴 때도…… 기무라 다로는 깨어나지 않았다.

2
플랜A

원시적인 형태의 A타입 우주선은, 아무리 마니아적인 관점에서 미화한다 해도 대륙간탄도미사일 수준을 벗어나지 못했다. 그 당시 사람들은 자기들이 대기권 밖으로 무언가를 쏘아 올린다는 사실 자체에 열광했다. 디젤 자동차처럼 기체 밑에 달린 배기구로 분사 가스를 내보내는 방식이었는데도 그랬다. 물론 휘발유 대신 케로신과 액체산소를 사용한다는 약간의 차이점이 있긴 했지만.

핵연료를 실용화하기 위해서는 절대적인 안정성과 정밀도가 요구됐다. 그걸 가능하게 만든 우주선이 B타입이었다. C타입 역시 기본적으로는 핵연료를 사용했지만, 광석 에너지에 대한 의존도를 상당 부분 줄인 우주선이라는 데 의미가 있었다. 후기 C타입 우주선에서는 사실상 어떤 형태의 원자로도 쓰이지 않았다.

D타입 우주선의 시대가 열린 것은 항법 기술의 발전 덕분이었다. 사

람들은 새로운 공간 개념을 발견했고 그 개념을 지체 없이 우주 공간에 적용시켰다. 우주는 여전히 광대했지만, 더 이상 예전만큼 그렇게 광대하다고는 말할 수 없었다.

'보다 빨리, 보다 멀리……. 사만다, 정말 그 돈으로 우주여행을 갈 수 있는 거야!'

D타입 우주선에 대한 문구는 많았지만 표현이 조금씩 다를 뿐 내용은 대개 비슷비슷했고 사실 이만큼 정확하면서도 눈에 확 들어오는 문구도 드물었다. 그리고 이 문구는 E타입 시대의 개막을 알리는 신호탄 역할을 하기도 했다.

E타입 시대의 특징은 크게 두 가지로 나눌 수 있다. 높은 경제성에 기반을 둔 대중화와 그에 따른 목적의 다양화. 사람들은 더 이상 자원을 채취하거나 부동산을 개발할 목적으로 우주에 나가지 않았다. 그런 사람들도 있었지만 그렇지 않은 사람들이 더 많았다. 사람들은 가벼운 옷차림으로 우주선에 올랐다. 그리고 창밖으로 펼쳐진 성운과 소행성 무리를 보면서 우주를 즐겼다.

"지구발 플랜B행 우주선에 탑승하신 승객 여러분께 진심으로 감사드립니다. 우리 우주선은 승객 여러분의 편안하고 안전한 여행을 위해 최선의 노력을 다하고 있습니다. 불편한 점이나 문의 사항이 있으시면 언제라도 기내에 있는 저희 승무원에게……."

E타입 우주선 브래드버리호가 제3 계열 태양계에 진입한 것은 약 한 시간 삼십 분 전의 일이었다. 스피커에서 기내 방송이 흘러나왔지만 거기에 신경 쓰는 사람은 아무도 없었다. 억지로라도 잠을 잘 수 있는 사람들은 모두 그렇게 했다. 그들은 백육십팔 시간 동안 우주선 안에 갇혀 있었고 우주는 더 이상 놀랍거나 아름다운 곳이 아니었다. 강화 유리창 밖

으로 펼쳐진 암흑을 뚫어져라 들여다보는 사람들도 있긴 했지만 그들이 그러는 이유는 둘 중 하나였다. 자기가 놓인 상황에 화가 단단히 나 있거나 아니면 어떤 형태로든 제정신이 아니거나. 아무튼 기내 방송은 정해진 매뉴얼에 따라 할 일을 계속했다.

"지금 우리 우주선은 제3 계열 태양계의 델타-2 구역을 지나고 있습니다. 목적지까지의 예상 소요 시간은 세 시간 오십 분이며, 잠시 후면 여러분은 우리 우주선의 오른쪽 창을 통해 대단히 흥미로운 행성 하나를 보시게 될 겁니다. 지구 질량의 삼분의 이에 해당하는 플랜A는 알려진 바와 같이 무인 행성으로서……."

플랜A는 죽은 행성이었다. 거기에 누가 사느냐 살지 않느냐를 놓고 보자면 그랬다. 어떤 사람들은 플랜A를 유령 행성이라고도 불렀는데, 그건 한때 누가 살았지만 지금은 그렇지 않다는 뜻이었다. 그러나 인류가 플랜A에 첫발을 내디딘 51세기 초의 분위기는 그렇지 않았다. 풍부한 수량과 쾌적한 대기 환경…… 이상하게 생긴 생물들이 날아다니고—그중에는 비행에 적합한 형태보다 그렇지 않은 형태가 더 많았지만 아무튼— 땅 위를 기거나 물속에서 헤엄치는 생명체들도 상상을 초월할 만큼 이상했지만, 플랜A는 인류가 발견한 행성 중 생명유지장치 없이 돌아다닐 수 있는 최초의 행성이었다.

사람들은 지구를 대체할 수 있는 행성의 등장에 흥분했고, 대기오염이나 이상 기온 등으로 인류의 미래를 비관해온 미래학자들조차 더 이상 자신들의 견해를 고집할 수 없었다. 플랜A는 인류의 미래를 약속하는 일종의 보험 같은 행성이었다. 하지만 보험은 보험에 불과했다.

지구는 명줄이 긴 고물차처럼 계속 삐걱댔지만 완전히 퍼질러 앉지는 않았다. 해수면이 주기적으로 상승하고 인류를 제외한 거의 대부분의 동식물이 멸종 위기에 처하거나 사실상 멸종되기도 했지만 지구는 아직 그럭저럭 살 만한 곳이었다. 사람들은 언제나 주어진 환경에서 최선을 다하는 법을 알고 있었다. 그리고 그게 가장 싸게 먹혔다. 보험은 필요 없었고, 그렇게 되자 플랜A는 여전히 흥미로운 행성이었지만, 예전만큼 흥미로운 행성처럼 보이지는 않았다.

저명한 미래학자이자 지칠 줄 모르는 우주박물학자이며 플랜A에 대해 남다른 애정과 관심을 표명해온 어빈 웰시 박사는 최근 출간한 그의 저서《뭘 좀 안다고 착각하나 본데, 당신이 아는 것은 쥐뿔만큼도 없다》에서 다음과 같이 주장한다.

"플랜A는 행성 단위의 거대한 가능성이다……. 인간은 모든 가능성에 대한 책임이 있으며, 그게 아무리 사소한 가능성이라 해도 경제적인 이유 때문에 방치한다는 것은…… 인간은 한 번 저지른 실수를 거의 매번, 그것도 정확하게 똑같이 되풀이하는 경향이 있는데 플랜A에서 그러지 않은 건 나무에 살던 원숭이 한 마리가 어느 날 땅에 내려가서 두 발로 한번 걸어봐야겠다고 결심한 것만큼이나 놀라운 일이었다……."

플랜A의 가치가 재조명되는 데는 꼬박 사 세기 반이 걸렸다. 사람들은 여전히 주어진 환경에서 최선을 다했지만 주어진 환경 속에서는 마음 편하게 제대로 쉴 수 없다는 사실을 발견했다. 만약 어빈 웰시의 말이 맞는다면, 경제와 무관한 가치가 경제를 움직인 결과였다. 물론 이 말에 동의하는 사람은 아무도 없었다. 돈이 되지 않는 가치란 아무짝에도 쓸모없었고, 사람들은 그런 가치를 발명했다는 이유로 어빈 웰시를 마른 오징어처럼 씹어댔다. 그 덕에 그의 저서는 일약 베스트셀러에 올랐고, 그보다 오랫동안 저자의 시대착오적인 발상을 조롱하는 데 사용되었다. 그 친구가 뭘 좀 안다고 착각하나 본데…….

그 당시 기무라 겐이치로는 젊고 패기 넘쳤지만 가진 게 그런 것밖에 없는 신출내기 사업가에 불과했다. 그리고 플랜A와 그 행성이 가진 가능성에 대해 남다른 안목이 없었다면 결국 늙고 패배 의식에 가득 찬 신출내기 사업가로 끝났을 게 분명했다. 기무라 겐이치로는 민간인 최초로 플랜A의 부동산을 대량 매입한 뒤—그 전에 투자자들을 설득하기 위해 무진장 애를 먹기는 했지만 아무튼— 커미션이라는 막강한 무기로 정부 관계자들을 포섭하기 시작했다. 그가 노린 것은 행성 단위의 거대 유원지 조성에 필요한 허가였다. 그는 그 일을 해냈고 곧 교통편을 확보하기 위해 업자들을 찾아다녔다. 기무라 겐이치로와 처음 악수를 나눈 우주선 업자는 중국계 미국인 토마스 쿤이었다.

"제가 볼 때 그는 둘 중 하나였어요. 사기꾼 아니면 돈이 좀 있는 정신병자. 마이클과 내기를 했는데, 저는 정신병자 쪽에 돈을 걸었죠. 비록 내기에 지기는 했지만 저는 지금도 제가 완전히 헛다리를 짚은 건 아니라고 생각합니다. 마이클에게도 그렇게 분명히 말했고요."

젊음과 패기가 사람을 미치게 만든다는 점에서 토마스 쿤의 의견은 정확하다고 할 수 있었다. 하지만 기무라 겐이치로는 그냥 미친 사람이 아니었다. 그는 제대로, 그것도 아주 단단히 미친 사람이었고, 굳이 말하자면 수완이 뛰어난 미치광이라고 할 수 있었다.

기무라 겐이치로가 플랜A에서 한 일이라고는 조잡한 호텔 한 채를 짓고 그 주변에 싸구려 놀이기구 몇 개를 늘어놓은 것이 전부였다. 그런 다음 홍보 영상 한 편을 제작했는데, 아름다운 해변과 눈부시게 부서지는 파도, 태초의 신비를 그대로 간직한 듯한 설산을 배경으로……. 하지만 사람들의 반응은 기대치를 한참 밑돌았다. 십여 개의 세계적인 주요 일간지에 플랜A와 자신의 이름이 거론됐고 홍보 영상을 올린 개인 블로 그가 조회 수 폭주로 다운되는 사태까지 벌어졌지만 기무라 겐이치로의 기준에서 보자면 아무튼 그랬다.

여기서 우리는 기무라 겐이치로가 어떤 사람이었는지를 다시 한 번 상기해볼 필요가 있다. 기무라 겐이치로는 처음부터 상층 흡수 가격 정책, 즉 고가격 전략으로 나갔는데, 플랜A에서 손을 떼는 그 순간까지 이러한 방침을 수정해야 할 일말의 필요성도 느끼지 못했다. 후발 주자로 뛰어든 민간업체들 간의 경쟁은 과열 양상을 띠었고, 이 과정에서 방대한 부동산과 그에 관한 개발권 전부를 소유한 기무라 겐이치로는 천문학적인 마진을 남겼다. 중국계 미국인인 토마스 쿤이 그의 친구 마이클에게 약속한 돈을 건넨 것도 이 시기였다.

어빈 웰시를 재수 없는 인간이라고 생각하는 사람도 다음과 같은 그의 주장에는 반박하지 못했다.

"민간 업체들은 쓸모가 아주 많은 일개미들이었다. 표면적으로 그들은 믿을 수 없는 일을 해낸 얼간이들이었지만, 최소한 그것은 그들이 의도한 일이긴 했다. 플랜A에서 그들은 자신들이 무슨 일을 하는지 정확하게 알고 있었다. 롤러코스터나 회전목마, 스카이 이러쿵저러쿵 같은 것들은 볼 수도 있고 만질 수도 있었으며 혀를 갖다 댈 용의만 있다면 어떤 맛이 나는지 직접 경험할 수도 있었으니까. 하지만 지구에서는 사정이 달랐다. 그들은 어느 날 갑자기 혜성처럼 등장한 세계적인 기업 기무라가 어떻게 그렇게 할 수 있었는지 쥐뿔만큼도 몰랐다. 역사상 그 유례를 찾아볼 수 없는 이 얼간이 집단은……."

지금으로부터 한 세기 반 전에 그런 일이 있었고, 어빈 웰시는 자기가 그때 거기에 없었다는 사실을 못내 아쉬워하는 눈치지만 설령 그랬다 해도…… 어빈 웰시의 말마따나 그때는 얼간이 붐 시대였다. 얼간이가 한 명 더 늘어난다고 해서 달라질 건 아무것도 없다는 게 어빈 웰시를 제외한 모든 사람들의 공통된 생각이었다.

수많은 사람들이 지켜보는 가운데 유원지 행성으로 새 단장을 마친 플랜A의 개장 전야제가 열렸다. 수천 톤의 폭죽이 밤새도록 터졌고 사람들은 술과 화약 연기와 자기들이 뭔가 굉장한 일을 해냈다는 분위기에 취해 제정신을 차리지 못했다. 개장 당일 행사는 전야제보다 두 배는 화려했다.

사람들은 제대로 쉴 만한 곳을 찾고 있었고 플랜A가 바로 그런 곳이라고 생각했다. 그리고 그건 잘못된 생각이 아니었다. 관광객들은 플랜A에 첫발을 내딛는 순간 다는 아니지만 대부분 길게 휘파람을 불거나 탄성을 질렀다. 자기 머리 위로 지나가는 거대한 행성 고리를 보거나 충격적일 만큼 산소 비율이 높은 공기가 매연에 찌든 허파를 사정없이 후려칠 때 사람들이 보이는 반응이란 대개 그만그만할 테니까. 그리고 관광객 중에는 그만그만한 사람이 그렇지 않은 사람보다 훨씬 많았다. 물론 개중에는 휘파람을 불거나 소리를 지르는 행동이 교양 없는 짓거리라고 생각하는 사람들도 없지 않았다. 하지만 그들도 한두 시간쯤 돌아다니다 보면 자기가 뭔가를 잘못 생각하고 있거나 적어도 지금까지의 생각을 바꿀 필요가 있다고 느꼈다. 황홀하게 일렁이는 바다와 끝없이 펼쳐진 백사장 그리고 눈이 튀어나올 만큼 멋진 놀이기구 앞에서 끝까지 고집을 부릴 수 있는 사람은 흔치 않았다. 빨간 장식 우산이 꽂혀 있는 파르페와 예쁜 날라리처럼 약간 삐딱하게 서 있는 비치파라솔이 어서 오라고 손짓하는 곳으로 사람들은 미친 듯이 달려갔다. 그러면서 신발과 옷을 벗어던졌고 멋쟁이들은 미리 준비한 선글라스를 꺼내 썼다. 밀가루처럼 고운 모래가 발바닥에 밟힐 때쯤 사람들은 예외 없이 소리를 지르거나 길게 휘파람을 불었다. 아니면 그 두 가지를 한꺼번에 하거나. 휘익, 여기 정말 끝내주는군!

그렇게 관광객들은 휴가를 내거나 휴가는 아니지만 휴가 비슷한 기간을 이용해 플랜A를 찾았고, 길게는 몇 년 짧게는 몇 주 동안 펜션이나 호텔, 별장에 머물면서 나른하고 온화한 햇살과 일정표 밖에서 한가롭게 흘러가는 시간을 즐겼다. 그리고 그런 생활이 지겨워질 때쯤, 아니면 약간의 아쉬움을 남기는 게 정신 건강상 바람직하다고 믿는 사람들은 그보다 좀 더 일찍, 엄청난 양의 쓰레기와 비슷한 양의 배설물을 남긴 채 정기적으로 운행하는 지구행 우주선에 몸을 실었다. 작은 야생동물의 박제나 곤충의 시체를 핀셋으로 고정시켜 만든 액자, 놀라울 정도로 탄성이 뛰어난 광물의 원석처럼 지구에 가져가면 어떨지 모르지만 플랜A에서는 열 걸음당 한 번꼴로 발에 차이는 싸구려 기념품과 함께.

초창기의 플랜A는 엄청난 붐을 일으켰고 그건 누구도 부인할 수 없는 사실이었다. 거대한 고리에 연결된 채 십칠만 오천 피트 상공에서, 그러니까 지구로 치면 성층권 계면 높이에 해당하는 곳에서 플랜A 주변을 돌고 있는 행성대관람차만 해도 그랬다. 처음 일반에 공개될 당시 이 말도 안 되는 놀이기구는 터무니없는 이용료와—사실 그건 그리 큰 문제가 아니었다— 자기 이외의 존재 전부를 하찮게 만들어버리는 시각적 위화감 때문에 여론의 빗발치는 지탄을 받았다. 행성 고리와 정십자 형태로 맞물려 돌아가는 이만여 대의 행성대관람차는 플랜A 밖에서도 식별이 가능할 만큼 엄청난 규모를 자랑했고, 플랜A 안에서는…… 끝없이 이어지다 하늘 저 멀리로 희미하게 사라졌는데 땅 위에 서서 그 모습을 바라보는 사람들은 기름칠 잘된 베어링처럼 정해진 궤도를 따라 부드럽고 조용하게 돌아가는 이 놀이기구를 믿을 수 없다는 표정으로 몇 시간씩 구경하곤 했다. 인간은 위대하지만 어쩌면 한없이 초라한 존재에 불과할지도 모른다는 생각을 곱씹으면서. 하지만 호화판 행성대관람차 안에서 한 시간쯤 수영을 즐기거나—물론 발밑으로 떨어지는 까마득한 낙차를 만끽하며 땀을 빼고 싶은 사람이라면 간단하게 조깅을 할 수도 있겠지만— 팝콘을 씹으면서 아이맥스 영화를 보고 기막히게 폼 나는 스툴에 앉아 달콤한 칵테일을 홀짝거린 다음—매력적인 상대와 함께라면 더 말할 필요도 없이— 신비로운 별빛에 둘러싸여 스파를 즐긴다는 것은 확실히 멋진 일이었다. 다만 이용료가 턱이 빠질 만큼 비싸다는 게 흠이었는데 플랜A의 초창기에는 그게 흠이 아니었다. 행성대관람차를 이용하기 위해서는 돈 말고 다른 것들도 필요했다. 정치적인 영향력이나 돈으로 따질 수 없는 명성, 아니면 그런 것들을 가진 사람을 유혹할 만한 매력적인 외모라도 있어야 했다.

원시림이나 망망대해 한복판이 아니라면 어딜 가나 사람들로 붐볐다. 짐을 푸는 사람들이 짐을 싸는 사람들보다 항상 두 배쯤 많았고, 그건 서비스의 질이 형편없이 떨어진다는 것을 의미했다. 서비스 로봇 한 기가 소화할 수 있는 최대 적정 인원은 스무 명 안팎이었는데 관광객의 수는 그보다 다섯 배 이상 많았고, 이러한 구조적 불균형은 계속 증가 추세에 있었다. 그리고 그건 플랜A가 자랑하는 오락 시설과 제반 편의 시설을 운영하기에도, 그 시설을 이용하는 관광객들에게 진정한 의미의 오락과 편의를 제공하기에도 턱없이 열악한 환경을 의미했다. 무엇보다 '우주 저편의 파라다이스'라는 선전 문구에 위배됐다. 사람들은 주문한 음식을 한 시간씩 기다리다 우리보다 늦게 온 사람들이 지금 저쪽 테이블에서 스테이크를 썰고 있는데 이게 어떻게 된 일이냐고 고함을 질러야 한다거나, 아이들 손에 풍선 몇 개 쥐여줘볼까 하고 긴 줄 끝에 서 있다가 얘

들아, 풍선이 다 팔렸다는구나, 미안하게 됐다는 식의 사과를 하며 잔뜩 실망한 아이들에게 빈손을 내밀어야 한다든지, 숙소행 비행정을 잡아타기 위해 어두운 도로 저편을 편두통이 생길 때까지 계속 노려보며 서 있어야 하는 곳을 파라다이스라고 생각하지 않을 게 뻔했다. 파라다이스라면 적어도 발을 밟히거나 어깨를 부딪칠 걱정은 없어야 했고, 그러기 위해서는 대략 오분의 일 정도로 관광객이 적어야 했다. 아니면 시설과 로봇이 다섯 배쯤 더 있던가.

결론부터 말하면, 이 문제를 해결한 것은 플랜A의 메인 컴퓨터인 네오-Γ(감마)가 아니었다. 물론 네오-Γ는 플랜A의 거의 모든 일을 계획 감독했는데, 거의 모든 일이라고 하지만 그건 지나치게 겸손한 표현일지도 몰랐다. 교통과 치안은 물론 강우량과 강설량, 온도나 습도 같은 기후까지……. 작은 건물 하나를 짓거나 부술 때도 네오-Γ가 개입했다. 돌발적인 야생동물의 행동이나 그보다 훨씬 돌발적인 관광객들의 행동을 빼면 네오-Γ의 통제는 거의 완벽했고 그렇지 않은 부분들도 곧 개선될 전망이었다. 네오-Γ는 돌발 상황을 예측하기 위해 노력했고 예측 가능한 돌발 상황은 더 이상 돌발 상황이 아닐 테니까. 다른 한편으로 네오-Γ는 서비스 로봇을 끊임없이 생산했다. 사실 관광객 수를 오분의 일로 줄이는 게 가장 합리적인 해결책이라고 확신했지만 그걸 바라는 경영진은 아무도 없었고, 네오-Γ는 프로그래밍에 따라 작동하는 기계에 불과했다. 그렇게 유원지 행성 플랜A의 규모는 서서히 커져갔고 서비스의 질 역시 점차 개선되고 있었다. 하지만 역사는 항상 그렇듯이 엉뚱한 방향으로 굴러갔다. 이리저리 비틀거리다 아무 곳에나 퍼질러 누워 원래 거기가 자기 집 안방이라고 우겨대는 술주정뱅이처럼.

다시 어빈 웰시와 그의 저서로 돌아가보면, 플랜A가 갑작스러우면서도 만회할 수 없는 침체기에 빠진 이유는 다음과 같이 두 가지로 요약할 수 있다. 플랜B의 개장과 지금도 정체를 알 수 없는 바이러스의 출현.

"제3 계열 태양계 내에 위치한 플랜B는 플랜A와 약 4AU, 그러니까 육억 킬로미터 떨어진 지점에서 같은 궤도를 따라 공전하고 있는 소행성이다. 거대한 태양을 가운데 놓고 비슷한 크기의 두 행성이 사이좋게 돌고 있다고 생각하면 될 것이다……. 플랜A에서 단단히 재미를 본 얼간이들은 환경 조건이 동일한 플랜B를 보면서 주판알을 튕겼다. 플랜A는 됐는데 플랜B는 왜 안 돼? 게다가 이번에는 기무라 겐이치로 같은 악덕 브로커도 없었다. 적어도 두 배 이상의 재미를 볼 수 있다고 확신한 얼간이들은 플랜B에 롤러코스터와 회전목마와 스카이 이러쿵저러쿵과…… 다시금 일개미들처럼 부지런히 움직였다. 하지만 그들은 상상력이 없었고 결국 얼간이들이 해낸 일이라고는 플랜A와 똑같은 행성유원지 하나를 더 만든 것에 불과했다. 만약 세 번째 행성이 있었다면 얼간이들은 그곳에도 똑같은 행성유원지를 하나 더 만들었을 것이다. 아무튼 그렇게 문을 연 플랜B가 플랜A의 관광객 수를 반 토막 낸 것은 사실이었다. 하지만 그건 플랜A의 호황에 어떠한 타격도 입히지 못했고 예전 같지는 않았지만 플랜A는 여전히 사람들로 붐볐다. 물론 이건 어디까지나 정체불명의 바이러스가 출현하기 전까지 그랬다는 이야기다……."

이 바이러스에 대해 알려진 것은 다음과 같은 네 가지 정도였다. 공기 중으로 감염되고, 치사율이 백 퍼센트에 이르며, 고열과 구토 증세를 호소하던 감염자 일곱 명 전원이 발병 후 이십사 시간 내에 사망했다는 점, 그리고 바이러스가 플랜A에서 활동한 기간은 고작 보름 정도였는데 그 보름 동안 플랜A에서는 일어날 수 있는 거의 모든 일이 전부 일어났다는 것.

백오십 명으로 구성된 전문 의료진이 사태 발생 초기에 파견됐지만 그들이 플랜A에서 한 일이라고는 감염 의심 판정을 받은 사람들과 몸싸움을 벌인 것이 전부였다. 그들은 근육량이 많은 전문 의료진이 최소 만 명 이상 추가적으로 필요하다는 내용의 소견서를 해당 기관에 보내면서 세균 보호복이나 의료용 마스크 대신 진압봉과 전술 방패로 중무장시킬 것을 당부했다. 비명과 절규, 히스테리성 폭력과 대상이 없는 테러……. 사람들은 이성을 잃었고 플랜A는 통제가 불가능한 아노미 상태에 빠졌다. 그리고 최초의 희생자인 호세 로드리게스가 사망한 시점에서 정확히 보름이 흐른 어느 날, 마지막까지 남아 있던 탈출 우주선 한 기가 대기권을 벗어남으로써 플랜A는 공식적인 무인 행성으로 변했다. 이 마지막 탈출 우주선에는 초기에 파견된 백오십 명의 의료진 중 그 절반에도 미치지 못하는 예순두 명의 의료진이 탑승해 있었던 것으로 전해진다.

"천오십팔 명이 시위 도중 군중의 발에 밟혀 압사했고, 삼백칠십 명의 사람들이 흔적도 없이 실종됐으며, 방화나 건물 붕괴 등으로 희생된 사람의 수는 그 어떤 연구 기관에서도 정확한 수치를 제시한 바 없지만 다른 이유로 사망한 희생자 수를 모두 합친 것보다 최소 두 배 이상 많았다. 추가 감염자는 나오지 않았고, 바이러스에 의해 목숨을 잃은 사람이 일곱 명에 불과했다는 점을 생각하면 이것은 실로 놀라운 수치가 아닐 수 없다."

이 부분에 대한 어빈 웰시의 주장은 대단히 과격하면서도 확고한 것으로 보인다. 어빈 웰시는 호세 로드리게스를 비롯한 일곱 명의 감염자들이 사실은 처음부터 있지도 않았다고 강력하게 주장한다. 설령 그런 사람들이 정말 있었다 해도…… 여기서 어빈 웰시는 자기가 시간이 없어서 그렇지 신원 불명의 시체 일곱 구쯤은 쉽게 구할 수 있다고 장담한 다음, 실제로 그 일을 해냄으로써 사회적인 물의를 일으키기도 했다. 이외에도 어빈 웰시는 자신의 주장을 뒷받침하기 위해서 몇 번 더 시간을 냈는데 그때마다…… 아무튼 행성 하나를 초토화시킨 바이러스에 대해 어빈 웰시만큼 명확한 입장을 표명한 사람도 찾아보기 힘들다. 루머 바이러스. 지금도 어빈 웰시는 몇몇 매체를 통해 누군가 만들어낸 소문이 그 모든 일의 원인이었다고 주장한다.

"누가 그랬느냐를 따지기 이전에 왜 그랬느냐를 따지면 문제가 쉬워집니다. 아주 간단해지죠. 플랜A가 왜 그렇게 됐을까요? 누군가 그렇게 되기를 원했기 때문입니다."

온화한 빛깔의 태양 광선이 E타입 우주선 브래드버리호의 동체를 감싸고 있었다. 오천 명 이상을 수용할 수 있는 브래드버리호는 규모에 비해 조용했고 그보다 훨씬 규모가 큰 우주는…… 빈 공간에 불과했다. 거기에 있지만 거기에 없는 것처럼 거기에 있었다.

"지금부터 약 일 분간, 승객 여러분께서는 우리 우주선 오른쪽 창을 통해 푸른 별 플랜A의 모습을 육안으로 확인하실 수 있습니다. 플랜A의 행성 고리는 대부분 수분으로 이루어져 있으며 이 때문에 무지개를 보는 듯한 착각을 불러일으키는데, '신의 약속'이라는 이름에 걸맞은 장관을……."

승객들은 기내 방송에서 무슨 말을 떠들어대든 별 관심이 없었다. 브래드버리호는 항상 행성의 중력권 밖에서 비행했고, 그게 아무리 안전과 효율 때문이라지만 거기에서는 뭐가 보이든 모두 그게 그거였다. 색깔만 조금씩 다를 뿐 천장에 매달아 놓은 골프공처럼 시시했다. 그리고 승객들은 이미 우주선의 오른쪽 창을 통해서든 왼쪽 창을 통해서든 비슷하게 생긴 골프공을 수도 없이 보고 난 뒤였다. 고리가 하나 달렸다고 해서 다를 건 없었다. 하지만 승객들 중에는 그렇게 생각하지 않는 사람도 있었다.

당시 양 웬리는 열다섯 살이었는데, 충동적으로 결정된 가족 여행에 장장 일주일 동안 극렬히 반대하다가 결국 인생의 쓴맛을 단단히 알게 된 사춘기 소년이었다. 그리고 양은 유리창에 이마를 대고 저 멀리 보이는 플랜A의 모습을 호기심 어린 눈으로 바라보는 거의 유일한 승객이기도 했다.

일 분 후 양은 좌석 등받이에 몸을 기대고 눈을 감았다. 플랜A의 행성 대관람차는 여전히 운행 중이었고 그걸 확인하는 데는 일 분이면 충분했다. 누군가 거기에 타고 있었다. 빈 놀이기구가 혼자서 돌아갈 리 없기 때문에 그렇다고 생각했다. 만약 그게 사실이라면 약간 으스스했고 그보다 훨씬…… 익숙하지 않은 감정이 양을 당황하게 만들었다. 물론 그게 외로움이라는 걸 혹은 거기에서 파생된 쓸쓸함이라는 걸 알고 있었지만, 그건 너무 크고 단단해서 지금까지의 것들과는 차원이 달랐다. 양은 다시 몸을 반쯤 틀어 유리창에 이마를 갖다 댔다. 하지만 플랜A가 보이리라고는 기대하지 않았고, 대개 그렇듯 기대하지 않은 일은 일어나지 않았다.

3
햄버거 먹는 여자

도리스 브라운? 알다마다. 지금까지 본 여자 중 가장 매력적인 여자를 어떻게 모를 수 있겠수. 삼십 년 전만 해도 끝내줬지. 늘씬했거든. 얼굴만 예쁜 게 아니라 볼륨감도 확실했고. 예쁘고 섹시한 게 죄라면 도리스 브라운은 전기의자에 앉아서 자기 살 타는 냄새를 맡아야 했을걸. 아무튼 불알 달린 놈이라면 하나도 빠짐없이 침을 질질 흘렸다우. 어떻게 한번 엎어트려보려고 환장들 하는 꼬락서니라니. 볼만했지. 암, 볼만했고말고. 하지만 도리스는 지금도 죽여주는 여자유. 쉰이 한참 넘었는데도 늘씬하고 빵빵하고…… 아무튼 그래. 불알 달린 놈이라면 애 어른 할 것 없이……. 그런데 도리스한테 볼일이라도 있수? 뭐 물어볼 게 있으니까 바꿔 달라고? 잠깐 생각 좀 해봅시다. 이 몸이 바로 그 도리스 브라운이니까.

……내가 세상에서 가장 재수 없다고 생각하는 인간이 누군 줄 알아

요? 왜 사람 만날 때 꼭 찻집 같은 데서 만나는 샌님들 있잖수. 커피를 홀짝거리면서 이빨을 까대면 자기가 대단히 고상해 보인다고 생각하나 본데, 정말 밥맛이거든. 시간 아까운 줄 몰라. 나처럼 맥도널드로 사람을 부르면 배도 채우고 볼일도 보고 좀 좋아. 그렇잖아요. 계산도 그쪽이 할 테니까 돈 한 푼 쓸 일 없고. 그래서 말인데, 버거 좀 더 시켜도 되겠수? 맞아. 벌써 세 개나 먹었지. 하지만 그게 세 개를 더 먹으면 이 자리에서 골로 간다는 뜻은 아니지 않수. 그리고 이건 꼭 짚고 넘어가고 싶은데…… 댁이 야박하게 굴면 나도 야박하게 굴 수밖에 없다는 걸 명심해요. 그게 세상 돌아가는 이치니까.

……삼십칠 년? 벌써 그렇게 됐나? 하긴 스물한 살 때부터 통신판매를 시작했으니까 얼추 그쯤 됐겠네. 정말 안 팔아본 물건이 없다우. 생리용품에 고급 액세서리에 여행 상품까지. 임야나 택지 같은 건 몇만 평씩 묶어서 취급하는데, 사실 그런 걸 팔 때는 기분이 좀 그래. 머리로는 내가 지금 얼마에 뭘 팔고 있는지 빠삭하게 알겠거든. 하지만 손으로 만질 수가 있나, 두 눈으로 직접 본 것도 아니고 아무튼 감을 잡을 수가 없어요. 몇십만 평짜리 임야라니, 세상에 그런 물건이 정말 있기는 한 걸까? 물론 있기야 있겠지. 있으니까 평당 얼마씩 가격이 붙고 팔기도 하고 사기도 하는 거 아니겠어. 하지만 내 생각에 그건 모두 뜬구름 잡는 소리거든. 멀리 있는 건 그게 아무리 대단해 보여도 진짜 인생은 아니니까. 안 그렇수? 모름지기 진짜 인생이라는 건 말이야, 이렇게 두 손으로 단단히 잡은 다음 한입 가득 베어 물고 쩝쩝 소리를 내면서 씹을 수 있어야 해. 이 맥도널드 자이언트 버거처럼 말이우. 아니면 좁고 지저분하고, 어제도 변기가 막혀서 똥물이 넘쳐흘렀지만, 아무튼 쌍욕이 나올 만큼 사람 냄새가 풍기거나. 내가 사는 뉴욕 할렘 가 125번 거리의 낡은 아파트처럼.

요즘은 성인용 기저귀를 팔고 있다우. 신소재를 사용해서 흡수력이 뛰어난 데다 장시간 하고 있어도 착용감이 떨어지지 않는다는 장점이 있지만 내가 이 제품을 특별하게 생각하는 이유는 따로 있지. 피해 가고 싶지만 피해 갈 수 없다는 점에서 성인용 기저귀는 인생의 축소판이니까.

아무튼 그랬어. 처음 박스 칸에 앉아 이어폰을 귓구멍에 쑤셔 넣던 스물한 살 때부터 죽. 일단 뭘 팔겠다고 마음먹으면 반드시 그 물건을 팔아치웠지. 정키 브라운처럼 아무짝에도 쓸모없는 머저리랑은 달랐으니까. 정키 브라운? 한때는 축 처진 불알에 나를…… 그러니까 도리스 브라운을 넣고 다니던 인간이었지. 할 줄 아는 게 그 짓밖에 없었는데 그 짓도 썩 잘하는 편은 아니었어. 마누라는 처음부터 없었고, 매일 술에 절어 살았거든.

열네 살 때 처음 당했다우. 그 인간은 술에 취해 제정신이 아니었지. 미안하다고 하데. 그것도 혀가 잔뜩 돌아간 목소리로 말이야. 바로 곯아떨어져서 코를 골기 시작하는데, 그때 보냈어야 했어. 마침 더럽게 더러운 베개도 옆에 있었고 그걸 적당한 위치에 갖다 댄 다음 이 분쯤, 좀 더 확실하게 하고 싶다면 오 분쯤, 그냥 깔고 앉아 있기만 하면 됐으니까. 자기 딸을 강간한 쓰레기한테는 더러운 베개도 과분하지. 지금은 그러지 못한 걸 두고두고 후회해. 그랬으면 이렇게까지 뚱뚱해지지는 않았을 테니까.

뭐든 입안에 넣고 씹어대지 않으면 견딜 수가 없었다우. 포만감이 들어야 잠을 잘 수 있었거든. 그래야 잊고 싶은 걸 잊을 수 있었고. 피자에 치킨에 햄버거에…… 앉은자리에서 아이스크림을 세 통쯤 퍼먹어야 구원을 받은 기분이었지. 다른 사람들은 그게 어떤 기분인지 죽었다 깨어나도 모를 텐데, 내가 알기로는 진짜 죽었다 깨어난 사람은 그분 한 분밖에 없거든. 예쁘다는 말을 들으면 소름이 끼쳤지. 손톱이 칠판을 긁어 대는 소리를 스피커로 확성한 것처럼 온몸에 좍. 그래서 초콜릿이나 마시멜로 같은 걸 입에 달고 살았어. 그때 도리스는 유치한 생각밖에 할 줄 모를 만큼 어렸고 그게 복수라고 확신했으니까.

그 정키 브라운도 결국 죽었어. 도리스의 나이 스물한 살 때 일이었고, 그때 도리스는 먹고 자고 싼 다음 먹고 자고 싸는 것밖에 모르는 사백오십 파운드짜리 돼지였지. 앞 건물이 창을 막고 있어서 방이고 부엌이고 할 것 없이 약간 나달나달해진 먹지처럼 죄다 어두웠어. 뭔가 썩고 있는 냄새가 사방에 떠다녔는데 어디서 뭐가 썩고 있는지는 정키도 도리스도 몰랐지. 삐거덕 현관문 열리는 소리가 나고, 삐거덕 다시 현관문이 닫힐 때도 도리스는 침대에 누워서 눈을 감고 있었다우. 그게 마지막이었지. 정키는 두 번 다시 그 문을 열지도 닫지도 못했거든.

정키의 소식을 알게 된 건 일주일 후였어. 할렘 가 뒷골목에서 대갈통에 총을 맞고 쓰러진 채 푹푹 썩고 있었다나. 딱 두 가지 생각밖에 들지 않더만. 그 인간은 백번 그래도 싸다는 생각이랑 누군가 이 엄청난 식비를 대야 할 텐데 그게 어쩌면 내가 될지도 모른다는 생각. 그때는 정말 눈앞이 캄캄했다우. 해본 일도 없고 할 줄 아는 일도 없었으니까.

“정키가 그렇게 된 건…… 뭐라 할 말이 없구나. 정키처럼 성실한 사람은 이제 두 번 다시는 만날 수 없을 게다. 비록 유능하지는 않았지만…… 그게 아니라…… 그러니까 내 말은…… 유능한 열 사람보다 성실한 한 사람이 훨씬 대단하다고 생각하는데, 내가 보기에 정키는 정말 대단한 사람이었단다. 정키는 네 걱정도 많이 했지. 그렇게 다정한 사람이…….”

정키한테 몇 번 이름을 듣기는 했어. 앤드류 사장, 그 개새끼가 나한테 오늘 뭐라고 그랬는지 너도 알아야 해. 내가 얼마나 엿 같은 소리를 들으면서 너를 먹여 살리고 있는지 너도 알아야 공평하니까……. 이야기보다 형편없는 사람이 있고 이야기보다 괜찮은 사람이 있는데 다행히 앤드류 해밀턴 씨는 이야기보다 꽤 괜찮은 사람이었다우. 쫀쫀하고 꽉 막힌 데다 돈밖에 모르는 수전노였지만 최소한 해밀턴 씨는 신사처럼 행동하려고 노력하는 사람이었으니까. 반쯤 시든 백합을 그것도 딱 한 송이만 들고 정키 브라운의 장례식장에 얼굴을 내밀 때부터 도리스는 해밀턴 씨가 어떤 사람인지 단박에 알아봤다우. 검은색 베일로 얼굴을 가린 사백오십 파운드짜리 돼지 앞에서 입에 침 한번 안 바르고 거짓말을 할 수 있는 사람, 해밀턴 씨는 정말 대단한 신사였지. 장례식이 끝나기도 전에 죽은 사람의 일자리를 다른 사람에게 제안할 만큼 계산이 빠르기도 했고.

"돈은 많이 못 주지만…… 보험도 안 되고. 그래도 네가 하겠다고 하면 하게 해주마."

거절할 이유가 없었어. 도리스의 몸이 원하는 건 피자와 치킨과 햄버거와 앉은자리에서 세 통쯤 아무 생각 없이 퍼먹을 수 있는 아이스크림이었고, 그건 도리스가 원하는 거의 모든 것이기도 했으니까. 도리스와 해밀턴 씨는 헤어지기 전에 악수를 나눴고, 다음 날부터 도리스는 해밀턴 씨의 사무실에 출근 도장을 찍기 시작했지. 지금도 도리스는 앤드류 해밀턴 씨를 보스라고 부르는데, 우리 사무실에서 해밀턴 씨를 그렇게 부를 수 있는 직원은 도리스 한 사람밖에 없다우.

이야기가 길어졌네. 삼십 분쯤 혼자서 계속 떠들어댄 것 같은데……. 눈치가 아주 젬병은 아니구먼. 몸이 뚱뚱하면 제일 안 좋은 점이 뭔 것 같수? 조금만 움직여도 금방 허기가 진다는 거야. 연비가 정말 형편없이 낮은 몸이라니까. 그 덕에 맛있는 햄버거를 또 먹을 수 있기는 하지만.

햄버거 세 개랑 콜라는 빅 사이즈로 두 잔. 아니, 일단은 그렇게만 부탁하우. 식은 햄버거처럼 맛대가리 없는 것도 없으니까. 똥 덩어리를 씹는 기분이거든.

……내가 어디까지 했더라? 맞다. 도리스 브라운은 한번 팔겠다고 마음먹은 물건은 그게 뭐든 닥치는 대로 팔아치웠지. 통신판매의 ABC가 뭔지 아우? 과대광고야. 뻥을 잘 칠수록 실적이 올라가는데 도리스는 뻥을 아주 잘 쳤어. 도리스만큼 얼굴이 두꺼운 사람도 드물었으니까. 이달의 판매왕 자리를 한 번도 놓친 적 없다우. 회사에서 가장 많은 인센티브를 가져가는 사원도 도리스였고. 하지만 도리스가 정말 팔고 싶어 한 물건은 따로 있었어. 낡은 침대 스프링을 죄다 주저앉히고, 부엌의 마룻바닥 몇 곳과 정키가 매일 앉아서 우라질 놈의 방귀만 줄기차게 뀌어대던 소파도 그렇게 만들고, 일할 때랑 먹을 때를 빼면 늘 멍한 표정으로 여기저기 긁어대는, 그러다 썩은 어금니를 드러내며 뒤룩뒤룩 살찐 하마처럼 하품이나 해대는…… 도리스가 정말 팔고 싶어 했던 물건은 도리스 자신이었지. 아무리 먹성이 좋아도 외로움이나 쓸쓸함 같은 걸 먹어치울 재간은 없었으니까. 차라리 똥 덩어리를 씹어 먹는 게 백번 낫지.

그 남자 이름이 리 뭐였는데, 하도 오래된 일이라 기억이 가물가물하네. 어쩌면 그냥 리였는지도 모르고. 아무튼 도리스는 그냥 리라고 불렀어. 물론 처음부터 그렇게 부른 건 아니었지만.

"안녕하세요, 저는 통신판매원 도리스 브라운입니다. 지금 당장 전화를 끊으셔도 되지만, 그러지 않으셨으면 좋겠네요. 제가 지금 고객님께 꼭 필요한 물건을 매우 저렴한 가격에 판매하고 있거든요."

사실 도리스는 그때 생리대를 취급하고 있었다우. 인체공학적인 설계에, 착용감과 흡수력은 기본이고, 냄새 제거는 물론 피부 속 미용까지 생각한……. 도리스는 하루 종일 전화기에 대고 그런 개소리를 해댔는데 그게 말도 안 되는 개소리라는 건 누구보다 도리스 본인이 가장 잘 알고 있었지.

"브라운 씨……."

남자가 도리스를 불렀는데, 왜 그런 느낌을 받았는지는 모르겠지만 섬뜩했어. 모든 이빨이 죄다 시린 것처럼 사람을 쿡쿡 찔러대는데, 그런 목소리는 처음이었다우. 감이 지랄맞게 멀기도 했고.

"그냥 도리스라고 불러주면 좋겠네요."

"그래요, 도리스. 나한테 꼭 필요한 물건을 당신이 갖고 있다는 겁니까? 아니, 그러니까 내 말은…… 제발 전화 끊지 말아요."

똥을, 그것도 한 무더기 아주 제대로 밟은 기분이었지. 약쟁이 같았거든. 아니면 머리가 어떻게 된 놈이거나. 사실 둘 다일 가능성이 가장 높았지만, 아무튼 뭘 살 상태가 아니라는 건 확실했어. 도리스는 절대 쉽게 포기하는 여자는 아니었다우. 하지만 머리가 어떻게 된 약쟁이랑 노닥거릴 만큼 물러터진 여자도 아니었지.

"용건만 말할게요. 생리대 필요해요?"

"내가 정신 나간 약쟁이처럼 보인다는 건 나도 알아요. 솔직히 딱 부러지게 아니라고 말할 자신도 없고요. 하지만 제발 전화는 끊지 말아요. 다른 건 다 돼도 전화는 안 돼요. 내가 누구랑 이렇게 이야기하는 게 얼마 만인지 도리스 당신은 상상도 못 할 겁니다."

도리스는 생각할 게 아주 많은 사람처럼 가만히 앉아서 듣기만 했지. 다시 한 번 말하지만 도리스는 그렇게 물컹물컹한 여자가 아니었다우. 하지만 아무 생각 없이 매몰차게 구는 밥맛없는 여자도 아니었어. 그리고 술주정뱅이 중에는 가끔 자기가 술주정뱅이라는 사실을 광고하지 못

해서 환장하는 놈도 있지만, 약쟁이들은 절대 그러지 않는다는 것도 알고 있었지. 머리가 어떻게 된 놈들도 마찬가지고. 게다가 남의 눈을 의식한다는 점도 마음에 들었어. 그건 어느 정도 교양이 있는 사람이나 할 수 있는 일이었는데, 도리스 주변에는 그런 사람이 아무도 없었으니까. 도리스는 약간의 흥미를 느꼈고, 그래서 남자가 뭐라고 지껄이나 좀 더 들어보기로 했지.

"도리스, 내 말이 어떻게 들릴지 모르지만…… 나는 지금 플랜A에 있고, 벌써 십오 년째 행성 주위를 돌고 있는데……."

그렇게 말한 다음, 남자는 적어도 삼십 분 이상 혼자서 떠들어댔어. 어찌나 마음이 급한지 계속 말을 더듬어대는데 이건 마치 무슨…… 눈사태…… 그래, 눈사태 같았어. 말 하나에 다른 말들이 뭉치고 겹치고 붙어서 와르르 무너져 내리는 느낌이었다우. 한마디로 끔찍했지. 무슨 말을 지껄여대는지 절반도 알아들을 수 없었으니까. 그래도 플랜A라는 말은 귀에 못이 박힐 정도로 들었어. 플랜A라면 그 왜…… 그런 행성이 있다는 건 나도 안다우. 플랜A가 어떤 행성이고 거기서 무슨 일이 있었는지도 대충 알고. 하지만 아까도 말했다시피, 멀리 있는 건 그게 아무리 대단해 보여도 진짜 인생은 아니지. 도리스에게 플랜A는 시골 촌구석에 처박혀 있는 홀아비만큼이나 시시한 무인 행성에 불과했어. 남자가 아무리 절박하게 떠들어대도 절대 그 이상은 아니었지.

"도리스, 내 말 듣고 있소? 아직 거기 있습니까?"

행성대관람차라는 게 있고, 남자가 지금 거기에 혼자 갇혀 있다는 건 알겠는데, 그것도 십오 년씩이나. 그런데 그게 말이 돼? 아무리 말이 되는 게 별로 없는 세상이지만 지나가던 개가 웃지. 도리스의 생각도 그랬다우. 말도 못 하게 똑똑한 컴퓨터가—행성 전체를 관리할 정도라니까

말 다 했지— 자기를 감금하고 있다고 우겨대는데……. 도리스는 그게 누구든 뻥이나 쳐대는 인간을 정키 다음으로 싫어했다우. 그 속에 자기도 포함된다는 건 유감스러운 일이었지만. 하긴 도리스가 정키 다음으로 누군가를 정말 싫어했다면, 그건 바로 도리스 자신이었을 거유.

"나도 입만 열면 거짓말을 해요. 하지만 적어도 그럴듯해 보이려고 노력은 하죠."

"거짓말이 아니라는 말은 하지 않겠소. 그 말도 거짓말처럼 들릴 테니까. 하지만…… 제발 부탁이오. 내 말을 좀 더 들어봐요……. 십오 년 동안 계속 생각해봤는데, 사실 여기 있으면 생각 말고는 별로 할 게 없어요. 아무튼 내가 이렇게 된 건 아주 단순한 이유 때문이라는 결론을 얻었소. 여기 유원지 하나가 있다고 칩시다……."

말이 쉽지, 도리스에게 유원지라는 데는 있으나 마나 한 곳이었다우. 신기루를 직접 본 적은 없지만 신기루처럼 심심할 때마다 알짱대면서 사람 약이나 올리는 곳이었지. 풍선을 손에 들고 신나서 돌아다니는 아이들, 눈이 튀어나올 만큼 멋진 퍼레이드, 비눗방울처럼 가볍게 날아오르는 웃음소리……. 불쌍한 도리스는 유원지에 가본 적이 한 번도 없었다우. TV에서 몇 번 본 게 다였지. 하지만 그런 걸 떠올리려고 노력은 했어. 사정없이 곤두박질치는 바이킹과 타자마자 뒷목을 잡고 삿대질을 해대야 할 것 같은 범퍼카와…….

"플랜A는 자원이 풍부한 행성이오. 놀이기구쯤은—무한하다는 건 개념에 불과하지만 아무튼— 거의 무한히 돌릴 수 있어요. 지금도 행성을 파먹으면서 놀이기구를 돌리고 있는데 백만 년쯤 계속 그렇게 해도 백만 년쯤 더 그렇게 할 수 있을 거요. 하지만 나는 놀이기구를 돌리는 데 정말 필요한 건 자원이 아닐지도 모른다는 생각을 해봤어요. 그게 그래야만 하는 동기와 당위성과 이유 같은 것들…… 플랜A도 그런 걸 확보할 필요가 있고, 그래서 내가 지금 여기에 있는 거라고. 이용객이 없다면 유원지도 존재할 수 없을 테니 말이오."

남자는 자기가 플랜A에 남아 있는 마지막 논리 같은 거라고 말했수. 다 알아들을 수는 없었지만 노력한 티는 나더라고. 아까보다는 나았지.

"그래도 이번 거짓말은 제법 그럴듯하게 들리네요. 이봐요……."

"그냥 리라고 불러요."

"이봐요, 리. 나는 지금 생리대를 팔고 있고, 그게 잘 안 팔려서 더럽게 애를 먹고 있거든요. 이야기는 잘 들었어요. 재미있네요. 그리고 만나서 반가웠고요……."

리는 아무 말 없이 듣기만 했다우. 일 초, 이 초…… 한 오 초쯤 위험해 보이는 침묵이 흘렀고, 그동안 도리스는 할 만큼 했다고 생각했지. 그래서 전화를 끊으려는데, 리가 입을 열었고 도리스는 전화를 끊을 수 없었다우.

"논리 같은 걸로 살 생각은 없소. 계속 그럴 자신도 없고. 나도 만나서 반가웠소. 생리대가 잘 팔려야 할 텐데. 잘 있어요, 도리스."

튼튼한 기둥에 밧줄이라도 매놓은 것 같은 분위기였는데, 그게 뻥카인지 아닌지 감을 잡을 수가 없더라니까. 만약 뻥카라면 기분이 엿 같아지겠지. 하지만 아니라면…… 기분이 열 배쯤 더 엿 같아질 테고.

"리, 아직 거기 있어요?"

"……말해요."

"……내일 다시 전화할게요."

무작위로 전화를 돌리지만 번호는 기록에 남거든. 그러겠다고 마음만 먹으면 십 년 전 기록까지 죄다 들춰낼 수 있었지. NASA08로 시작하는 번호였다우. 하긴 그런 곳에도 생리대가 필요한 사람이 있기는 할 테니까.

매일 삼십 분씩, 도리스와 리는 이야기를 나눴지. 그러다 한 시간이 되고, 한 시간 반이 되고, 두 시간을 넘긴 적도 있었어. 고독은 사람을 수다스럽게 만드는데, 리는 말도 못 하게 고독한 사람이었고, 그래서 쉴 새 없이 떠들어댔다우. 도리스와 통화할 때 말고는 하루 종일 도리스와의 통화를 기다리거나 준비하는 사람 같았어. 그리고 그렇게 시간을 낭비하는 게 충분히 가치 있는 일이라고 생각하는 것 같았고. 아무튼 리는 혀를 아주 잘 놀렸고 단 한 번도 도리스를 실망시킨 적이 없었지. 남자가 최선을 다하면 여자는 실망하는 법이 없으니까.

그리 큰 문제는 아니었지만 물리적인 시차가 좀 있기는 했지. 사실 여기랑 거기가 엎어지면 코 닿을 거리는 아니잖수. 해밀턴 사장은 파김치가 될 때까지 직원들을 부려먹어야 한다고 철석같이 믿는 사람이었고, 그건 도리스 브라운이 거기에서 일하는 이상 해가 떨어지기 전에는 절대로 자기 자리에서 엉덩이를 뗄 수 없다는 뜻이기도 했어. 잠깐 화장실에 가는 건 어쩔 수 없지만, 그때도 해밀턴 씨는 정말 어쩔 수 없다는 표정을 짓곤 했다우. 아무튼 퇴근해서 집에 도착하면, 정신이 멀쩡한 인간이 하나도 없는 지하철 안에서 한 시간 넘게 닳아빠진 구두코만 바라보고 있을 때도 밖은 늘 캄캄한 밤이었지. 샤워를 한 다음 레이스 달린 잠옷을 입고 올 때 사 온 것들은 싹 다 먹어치우면 대충 새벽 한 시쯤 됐고, 그렇게 침대로 기어들어가면, 침대로 기어들어가자마자 곯아떨어지곤 했다우. 퍽하고 퓨즈가 나간 두꺼비집처럼. 하지만 항상 그런 건 아니었지. 도리스는 스프링이 죄다 망가진 침대 끝에 멍하지 걸터앉아 똥걸레처럼 지저분한 술주정뱅이의 노래와 당장 그만두지 않으면 두 번 다시 노래 같은 건 부를 생각도 못 하게 만들어주겠다고 경고하는 누군가의 고함 소리와 달래는 사람이 아무도 없는 아기의 울음소리를 들으며 리의 목소리를 그리워하기도 했어.

"리, 부탁이 있어요."

"말해봐요."

"내가 잠들 때까지, 그러려면 앞으로 한 시간쯤 걸릴 텐데, 그때까지 그냥 아무 이야기나 해줘요. 그래 줄 수 있나요?"

"그럴 수야 있지만…… 음, 그러니까…… 생각 좀 해봅시다. 무슨 일 있어요, 도리스? 아니, 됐어요. 그럴 수 있을 것 같군요. 어디 보자…… 아무튼 노력은 해볼게요. 그런데 정말 괜찮은 거요? 그러니까 내 말은……."

"시작이 좋네요. 딸이 남자랑 같이 있는 걸 본 홀아비처럼 굴지만 않으면 훨씬 더 좋아질 것 같지만요."

"음, 그래요. 무슨 말인지 알 것 같구려. 그럼…… 지금 남쪽 하늘에서 해가 뜨고 있는데, 플랜A는 남쪽에서 북쪽 방향으로 자전하기 때문에…… 그래서 뭐가 어떻다는 건 아니지만…… 이런 이야기도 괜찮소?"

"좀 낫네요. 그래서요?"

그때부터 리는 십칠만 오천 피트 상공에서 해가 뜨는 걸 바라보면 그게 어떻게 보이는지, 어마어마하게 거대한 볼링공처럼 생긴 지표면 끝에서 무슨 일이 벌어지는지, 그걸 아무도 없는 행성에서 혼자만 보고 있다고 생각하면 어떤 기분이 드는지 하나도 빠트리지 않고 자세하게 들려줬다우.

"그럼 오존층은요? 당신 발바닥보다 팔만 피트쯤 밑에 있을 텐데요."

"행성대관람차에는 말도 못 하게 똑똑한 컴퓨터가 있다는 걸 벌써 잊었소?"

리의 목소리를 들으면서 도리스는 꿈을 꿨다우. 더럽고 냄새나고 보자마자 쌍욕이 나올 만큼 좁아터진 빈민가 아파트에서 걸레보다 조금 깨끗한 이불을 뒤집어쓰고 혼자 누워 있었지만, 리의 이야기를 듣는 동안 도리스는 전혀 다른 곳에 있었지.

"낮에는 모든 게 너무 작아서 거의 아무것도 보이지 않아요. 산은 뾰루지처럼 보이고 숲은 주근깨처럼, 그리고 강은 파랗게 돋아 있는 실핏줄처럼 보이죠. 하지만 밤은…… 밤은 정말 놀랄 만한 마법을 부린다오. 하나둘씩 얼굴을 내밀기 시작한 별들이 신비한 목소리로 들어본 적 없는 노래를 부른다고 생각해봐요. 거짓말 같지만 십칠만 오천 피트 상공에서 별을 보면 정말 그렇게 보여요. 아무튼 그 노래는 너무 감미롭고 아름다워서, 장담하지만 도리스 당신이라면 하염없이 눈물을 흘릴 거요."

"누가 당신에게 그렇게 말하는 법을 가르쳤죠? 정말 당해낼 수가 없네요. 앤드류가 들었다면 당장 계약서를 쓰자고 난리를 칠 텐데. 아무튼 지금 나를 어떻게 한번 엎어트리려고 그러는 모양인데, 꿈도 꾸지 말아요, 리. 나는 아까부터 엎어져 있으니까."

"미안해요. 다른 종류의 이야기를 듣고 싶어 하는지 몰랐소. 이를테면……."

"농담이에요, 리. 전부 그런 건 아니지만. 그냥 하던 이야기나 계속해요."

"내가 어디까지 했죠?"

밤이 되면 유원지에 불이 들어온다고 했어. 수억 개의, 아니 수십억, 수백억 개의 불빛이 대륙과 인근 해안을 장식하고…… 리의 혀는 다시 한 번 마법을 부리며 도리스의 뼈와 살과 피를, 그러니까 도리스에게 속한 모든 것을 전혀 다른 것으로 갈아치웠다우. 정말 그런 기분이었어. 도리스는 눈을 감은 채 상상하고 있었으니까. 할렘 가 125번 거리의 낡은 아파트가 아니라 플랜A에, 행성대관람차 안에, 그리고 리의 옆에 앉아 있었으니까. 지금까지 본 것 중 가장 크고 화려한, 누구도 그걸 치울 수 없는 크리스마스트리를 보면서 말이우. 리의 말이 맞았어. 하염없이 눈물이 흘렀지.

"손수건 있어요, 리?"

도리스를 그렇게 만든 남자의 이름이 리였다우. 그냥 리. 나이나 국적 같은 건 말하지 않았어. 도리스도 묻지 않았고. 도리스는 리가 리라는 이유 때문에 좋았고 그걸로 됐다고 생각했거든. 하지만 리는 지독하게 외로운 사람이기도 했지. 리의 말처럼 행성대관람차 안이 그렇게 넓다면 더더욱. 리가 아무리 아니라고 해도, 리는 그랬어. 모래성처럼 뭉툭하게 흔적만 남은 사람, 거기에 있지만 엄밀하게 따지면 어디에도 없는 사람. 리는 유령 같은 존재였고, 도리스에게조차 목소리만 겨우 들리는 유령 같은 존재였지. 그게 아무리 리의 잘못이 아니라 해도 근본적으로 변하는 건 아무것도 없었다우.

"아이스크림을 줄여봐요, 도리스. 마시멜로와 초콜릿도 끊을 수 있다면 그렇게 하고."

"당신이 누구를 가르칠 만한 처지인 줄 몰랐네요."

도리스가 자기 이야기를 할 만한 사람은 리뿐이었다우. 같은 사무실에서 일하는 메이메이와 루시도 있었지만, 그 여자들에게는 해도 되는 이야기만 했고, 그렇지 않은 이야기는 모두 리에게 털어놨지. 열네 살 때부터 시작된 악몽에 대해, 그러니까 정키가 뭘 어떻게 했는지에 대해, 사백오십 파운드라는 몸무게와 자기가 그렇게 될 수밖에 없었던 이유에 대해, 그리고 정키 브라운이라는 인간이 어떻게 죽었는지에 대해서도.

"토미에게 부탁했지만, 그 애는 경찰한테 신고하는 게 좋겠다는 말만 하더군요. 혀에 피어싱을 할 만큼 용감했지만 내가 생각하는 것만큼 용감하지는 않았던 거죠. 사람을 죽여본 적 있다는 말도 여자애들 앞에서 폼이나 한번 잡아보려는 허풍 같았고. 대신 토미는 다른 부탁을 들어주었어요……. 그날 밤은 한숨도 자지 못했죠. 베개 밑에 권총을 숨겨놓는 게 아니었는데……. 토미 그 자식이 어디서 그런 구닥다리를 구했는지 모르지만, 44구경짜리 매그넘이 계속 뒤통수에 배겼고, 그건 자세를 바꿔도 마찬가지였거든요. 곧 날이 밝았는데 정키가 일어나자마자 가래침을 삼키고 숙취 때문에 지저분한 욕을 몇 마디 한 다음 펑퍼짐한 엉덩이를 뭉그적거리며 출근 준비를 할 때도 나는 계속 자는 척했죠. 그리고 한참 후에 정키가 나가자 나는 베개 밑에서 매그넘을 꺼냈고, 아이스크림을 세 통쯤 퍼먹은 다음에 다시 이불 속으로 기어들어가 자고 싶다는 유혹과 싸워야 했죠……. 할렘 가의 아침은 다 그런 건 아니지만 오밤중 못지않게 음침하고 위험해요. 경찰이 언제 어디서 순찰을 도는지만 알면 됐는데 거기서 그런 건 기저귀를 떼려고 노력하는 아이들도 아는 상식이었죠. 총소리가 들리면 사람들은 집 안으로 몸을 피해요. 경찰에 신고하는 대신 창문을 모두 걸어 잠그고 식구들 머릿수를 세면서 자기 일이 아니라고 생각하죠. 정키는 휘파람을 불면서 걸어가고 있었는데, 제목이 뭐였더라? 아무튼 더럽게 못 불더군요. 이빨이 다 빠진 할망구가 불어도 그것보다는 낫겠다는 생각을 하면서 매그넘을 꺼냈어요. 머리가 커서 조준이 쉬웠죠. 탕! 그때 이미 정키는 골로 갔을 거예요. 하지만 매그넘에는 아직 총알이 남아 있었고, 나는 그걸 어디다 써야 하는지 정확하게 알고 있었어요. 탕, 탕, 탕! 흐물흐물하게 푹 익은 호박을 꼬챙이로 계속 쑤셔대는 기분이더라고요. 나는 정키의 시체를 뒷골목으로 끌고 가 쓰레기통 옆에 버렸고…… 지금도 그때 그렇게 한 걸 후회하지 않아요. 정키는 열네 살 때 처음 나를 죽였고, 더 이상 그럴 수 없을 때까지 계속 같은 짓을 되풀이했으니까요…….”

“도리스, 울고 있소?”

“아니라고는 말 못 하겠네요. 아이스크림을 퍼먹을 때도, 피자를 도우까지 씹어 삼킨 다음 손가락을 빨 때도 늘 그랬으니까 한 번 더 그런다고 해서 안 될 것도 없잖아요.”

“불쌍한 도리스.”

“당신한테 그런 말을 들으니까 기분이 묘하네요. 당신만큼 불쌍한 사람도 없다고 생각했는데.”

모든 것은 언제나 연민에서 시작된다우. 누군가가 불쌍해 보인다는 건 그게 어떤 상황이든 절대 거기서 끝나는 법이 없지. 그러니까 연민은 불쏘시개 같은 건데, 다른 감정에 불을 붙이고, 불은 또 다른 감정으로 옮겨 붙고, 더 이상 아무것도 탈 게 없을 때까지 모든 것을 태워버리다가…… 이상한 일이지만 맨 마지막에 남는 것도 연민뿐이고.

“도리스, 사랑하오.”

한 달 반이 지나서야 리가 그렇게 말하더군. 그때는 정말 그 남자의 머리통을 사정없이 한 대 쥐어박고 싶었지. 도리스는 이미 오래전부터 계속 그랬으니까.

“알아요. 그럼 이제부터 우리는 사랑을 속삭이기만 하면 되겠네요.”

리는 언제나 다정하고 자상한 남자였다우. 세심하고 부드럽고…… 여자를 제대로 다룰 줄 알았지. 리와 도리스는 예전에 한 번 할 뻔한, 전혀 다른 종류의 이야기를 하기 시작했어. 리는 조심성이 아주 많은 사람처럼 손을 움직였고, 그게 무슨 일이든 자기가 뭘 하기 전에 꼭 도리스에게 먼저 양해를 구했다우. 리의 손길이 닿을 때마다, 그곳이 목덜미든 젖가슴이든 아니면 그보다 훨씬 깊고 은밀한 곳이든 간에 도리스는 엄청난 전율을 느꼈고 몸이 아이스크림처럼 녹아내릴지도 모른다는 두려움에 떨어야 했어. 아무튼 도리스가 사람 보는 눈 하나는 정확했지. 리는 정말 혀를 잘 놀리는 남자였다우. 무엇보다 사백오십 파운드라는 몸무게가 문제가 되지 않았어. 직접 만나서 뒹굴게 된다면 또 모르지만, 그건 그때 가봐야 알 수 있는 일이고, 리는 있는 그대로의 도리스를 사랑하는 것 같았지. 그게 제일 좋았다우. 그럴 수 있는 남자를 죽기 전에는 만나지 못할 거라고 생각했으니까.

그리고 그렇게 보름쯤 지났을까? 밤새도록 사랑을 나누다 이야기하고 다시 사랑을 나누다 이야기하고……. 황홀하고 행복한 장밋빛 나날이었지. 영원히 그럴 수만 있다면 그러고 싶다고 생각할 만큼. 하지만 세상살이가 어디 그런가. 사람은 좋을 때 제일 조심해야 한다우. 인생이라는 놈은 몽둥이 같은 걸 들고 등 뒤에 숨어 있다가 꼭 그럴 때 나타나서 사람 뒤통수를 후려치거든. 인생은 도리스에게도 비슷한 짓을 했는데 도리스의 뒤통수를 후려친 몽둥이의 이름은 질 하우스였어.

질은 주근깨가 잔뜩 난 빨간 머리 백인이었고 도리스보다 세 살 위였는데, 자기가 세 살 많다는 이유로 모든 면에서 도리스보다 낫다고 생각하는 골 빈 여자였지. 뭘 해도 제대로 할 줄 아는 게 하나도 없었어. 행동이 굼뜬 데다 머리까지 나빴거든. 그런 여자의 전화를 받고 뭘 살 생각을 하는 사람이 있다면 그건 둘 중 한 명일 거유. 앨라배마의 어느 촌구석에 산다는 질의 아빠 아니면 치매 때문에 오줌똥도 못 가린다는 질의 엄마. 그리고 질은 자기 말이 성경에 쓰여 있다고 굳게 믿는 것 같았는데, 그래서 이래라저래라 참견하길 좋아했지. 누구든 눈에 띄면 꼭 한 번 노려봐야 직성이 풀리는 여자, 그게 바로 질 하우스였다우. 아무튼 밥맛이었지. 그날 아침에도 한동안 도리스를 노려보더니 밥맛 떨어지는 소리를 해댔고.

"도리스, 요즘 무슨 좋은 일 있어? 밤새도록 남자 밑에 깔려 있다 나온 얼굴이네. 어머, 내가 지금 무슨 말도 안 되는 상상을 하고 있담. 도리스가 그럴 리 없잖아. 미안해, 도리스."

하지만 도리스는 참았어. 늘 밟는 똥이었는데 그 똥을 아침부터 밟았다는 것 말고는 다른 날과 별 차이 없었고, 앞으로도 계속 똑같은 똥을 밟아야 한다는 걸 알고 있었으니까. 하지만 그날 질은, 원래 밥맛이었지만 훨씬 더 밥맛이었다우. 발바닥에 붙어서 떨어질 줄 몰랐지. 하여간 다른 건 몰라도 일을 망치는 데는 제대로 실력을 발휘할 줄 아는 여자였다니까.

"도리스, 잠깐 나 좀 볼까?"

몸 쪽 깊숙이 박히는 강속구는 점심시간이 끝나자마자 날아왔어. 손댈 엄두도 안 나더만. 질은 도리스를 아래층 화장실로 끌고 간 다음, 평소보다 두 배 이상의 노력을 기울여서 잔소리를 늘어놓기 시작했어. 시간도 평소보다 두 배쯤 더 걸렸지. 머리에서 발끝까지 사사건건 시비를 걸면서 물고 늘어지는데, 매그넘에 남아 있던 총알을 정키에게 다 쓰는 게 아니었다는 후회가 들더라고.

어떨 때 보면 시간은 꼭 성질머리 고약한 늙은이처럼 그 자리에 꿈쩍도 하지 않고 서서 고집을 부리지. 인생이 누군가에게 엿을 먹이거나 누군가의 뒤통수를 후려치는 순간에는 더욱더. 그때가 그랬다우. 지랄맞게 시간이 안 갔어. 두껍게 언 강물 밑에서 간신히 숨을 참고 있는 기분이었다니까. 질이 화장실에서 나가자마자 휴우, 숨부터 돌렸다우. 그런데 이상했어. 갑자기 방광이 어떻게 될 것처럼 오줌이 마렵더라고. 두 칸짜리 화장실은 모두 비어 있었고 도리스는 그중 한 칸에 들어가 엉덩이를 깠지. 아주 많이, 오래 쌌다우. 쓰레기통에서 그래도 쓸 만하겠다 싶은 휴지를 골라 오줌을 닦는데 딱 두 가지 생각밖에 안 들더만. 정말 엿 같은 인생이라는 생각이랑 아웃 카운트 하나 남은 투 스트라이크라는 생각.

"앤드류 삼촌, 내가 그런 게 아니라 도리스가……."

처음에는 질이 무슨 말을 하는지도 몰랐어. 뭘 어떻게 하면 회사 시스템 전체가 먹통이 되는 줄도 몰랐고. 비록 그걸 아는 데 시간이 오래 걸리지는 않았지만 말이우. 사실 질이 찢어 죽여도 쌀 만큼 못된 짓을 저지른 건 아니었어. 업무 시간에 자기 컴퓨터로 포르노를 좀 본 것뿐이니까. 사장 삼촌을 둔 조카라면 가끔 그런 식으로 자기 백이 얼마나 든든한지 점검해보고 싶은 마음도 있었을 테고. 아무튼 질의 가장 큰 단점은 자기가 한 일을 다른 사람들이 알게 만든다는 거였어. 포르노야 그럴 수 있다고 쳐. 다른 여자들도 웹 서핑은 하니까. 하지만 질이 그날 손댄 포르노 파일은 악성코드가 득실거리는 오물 폭탄 같은 놈이었다우. 사방으로 똥물이 튀었지. 주요 통신 회선 하나와 회사 컴퓨터 전부를 골로 보내면서 말이우. 도리스의 컴퓨터도 그랬어. 한 번 꺼졌다 켜지더니 모니터에 십 초쯤 파란 화면이 뜬 다음, 완전히 나가버렸지. 질 그년이 삼촌을 부르면서 도리스에게 삿대질을 해댄 건 바로 그때였다우. 가만히 있으면 중간이라도 가지. 하여간 머리가 나쁜 년은 뭘 해도 티가 나.

"질, 너는 방금 내가 회사에서 절대 하지 말라고 한 세 가지 일을 한꺼번에 해치웠구나. 포르노를 본 다음, 나를 삼촌이라 부르고, 거짓말을 했으니 말이다."

해밀턴 씨가 질의 뺨을 짝 하고 후려치는데, 그런 건 정말 처음 봤어.

그 후로도 보지 못했고. 어떻게 따귀를 때리면 앞니가 아래위로 한 개씩 나갈 수 있는지 보통 사람이라면 상상도 못 할 텐데 해밀턴 씨가 질을 바로 그렇게 때렸거든. 아무튼 그게 도리스에게 날아온 세 번째 스트라이크였어.

지금도 가끔 혼자서 멍하니 앉아 있으면 이런 생각이 들 때가 있다우. 그때 만약 그런 일이 없었다면 어떻게 됐을까? 도리스와 리는 행복했을까? 검은 머리가 파뿌리 될 때까지 사랑했을까? 정말 그랬을까? 질 그년을 생각하면 지금도 이가 갈리지만, 세상에 그런 해피엔딩 같은 건 없어. 검은 머리는 그냥 파뿌리가 되는 거지, 거기에 무슨 조건을 달면 괜히 사람 꼴만 우스워진다우. 자기는 다를 거라고 흔히들 생각하는데 그게 가장 덜떨어진 생각이거든. 세상에 변하지 않는 게 어디 있겠수. 음식은 썩어서 똥 덩어리가 되고, 소년은 늙어서 노인이 되지. 그게 인생이 사람을 엿 먹이는 방법이라우. 사랑도 그렇고. 그냥 놔두면 똥 덩어리가 되고, 생트집이나 잡는 못된 영감탱이가 되거든. 누가 치우지 않으면 냄새만 점점 고약해지고……. 내가 지금 너무 점잖게 이야기한 것 같은데 얼마든지 훨씬 더 지저분하게 말할 수도 있다우. 아무튼 사람은 누구나 그래. 그건 도리스 브라운도 예외가 아니고. 그런 일이 없었다면 분명 끝이 안 좋았을 거유. 죽고 못 사는 것도 하루 이틀이지, 그런 장밋빛 로맨스가 가면 얼마나 가겠어.

누가 누구를 변함없이 사랑할 수 있는 방법은 딱 한 가지밖에 없는데, 바로 여기에 묻어두는 거라우. 사람의 마음이라는 건 성능이 좋은 냉장고 같은 거니까. 코드가 뽑히기 전에는 모든 걸 아주 신선하게 보관하니까. 그래서 도리스가 지금도 리를 그리워하는 거고. 방귀만 줄기차게 뀌다 화장실에서 나왔을 때, 구멍 난 팬티를 손에 쥐고 그걸 버릴까 말까 고민할 때, 피자 두 판을 시키고 한 판을 더 추가한 다음 냉장고에 있는 걸 몽땅 거덜 냈는데도 이상하게 계속 허기가 남아 있을 때, 가끔씩 부엌 식탁에 앉아 커피를 마시면서 되지도 않는 분위기를 잡을 때도, 그러니까 도리스가 도리스로 존재하는 그 모든 순간에 도리스는 리를 떠올린다우. 언제 무슨 말을 했는지, 도리스의 이름을 몇 번 불렀고, 그때 리의 목소리는 어땠는지……. 어쩌면 그건 진짜 리가 아닐지도 모르지만 그게 무슨 대수겠어. 진짜 리는 코털이 삐져나오고 입에서 똥 냄새도 날 텐데. 시도 때도 없이 자기 불알을 주물럭거리거나 밑을 제대로 닦지 않는 고약한 버릇이 있을지도 모르고……. 차라리 그랬으면 좋겠어. 그리고 리가 진짜 그러는 걸 이 두 눈으로 직접 확인했으면 좋겠고. 그래도 달라지는 건 없겠지만 사는 게 지금보다 좀 쉬워지기는 했겠지. 인생 참 엿 같다는 생각도 좀 덜했을 테고.

사실 똥물을 뒤집어쓴 컴퓨터 몇 대가 골로 간 건 별문제가 아니었다우. 데이터가 날아가고 업무가 마비되긴 했지만 돈으로 계산할 수 있는 손실은 돈으로 복구하면 되니까. 그게 아무리 비싸게 먹히더라도 말이우. 하지만 통신 회선 하나가 눈깔을 까뒤집으며 회까닥한 건 그렇지 않았어.

그날도 집에 돌아온 도리스는 우선 편안한 옷으로 갈아입고 집을 대충 치운 다음 잠깐 소파에 앉아서 텔레비전을 봤고, 그러는 동안 계속 무언가를 먹어댔지. 이상하게 허기가 졌어. 그렇게 계속 먹어대는데도 바다에 돌멩이를 던져 넣는 기분이었다우. 해밀턴 씨와 잠깐 통화를 하고 가슴에 커다란 리본이 달린 분홍색 레이스 잠옷으로 갈아입고, 자기를 말도 못 하게 한심한 년이라고 생각하면서도 또 무언가를 집어먹고, 화장실에 가서 이빨을 닦고, 그 모든 걸 하나도 빠짐없이 다 한 다음 도리스는 침대에 걸터앉아 리에게 전화를 걸었지. 몇 번 통화 연결음이 들렸는데, 계속 그 소리만 들렸고, 그때마다 도리스는 숫자를 세기 시작했어.

하나, 둘, 셋…… 처음에는 막연히 좀 불안했고, 그게 다였지. 스물일곱, 스물여덟, 스물아홉…… 한 번도 그런 일이 없었다우. 쉰둘, 쉰셋, 쉰넷…… 화장실에 간 것치고는 시간이 너무 오래 걸렸어. 화장실에 간 게 아니라 해도 그랬고. 일흔여섯, 일흔일곱, 일흔여덟…… 도리스는 뇌출혈이나 심장마비 같은 끔찍한 말을 떠올렸다우. 바닥에 혼자 쓰러져 있는 리가 보이는 것 같았어. 도리스는 손톱을 물어뜯기 시작했고 그러다 지금 자기를 구원할 수 있는 건 아이스크림밖에 없다고 확신했지. 아흔둘, 아흔셋, 아흔넷…… 백까지 센 뒤에는 그래도 좀 알 것 같았어. 그냥 느낌이 그랬지만 그렇게 손에 잡힐 것 같은 느낌은 처음이었거든.

……전화기는 책상 위에서 울리고 있었어. 어디서나 흔히 볼 수 있는 사무실 책상이었는데, 포스트잇으로 도배된 모니터와 산더미처럼 쌓여 있는 서류 뭉치와…… 필통에 꽂혀 있는 볼펜 중에는 제대로 쓸 만한 게 하나도 없을 것 같았고 전화기는 자세히 보지 않으면 잘 보이지도 않는 곳에 놓여 있었지. 거기가 어딘지 그것까지는 도리스도 몰랐어. 어둡고, 좁고 지저분하고……. 누가 거기에 앉아서 하루 종일 일한다면 분명히 쥐꼬리만 한 월급밖에 못 받을 텐데, 그 사람도 지금은 집에 가고 없는 것 같았지. 그 사람이 리가 아니라는 것도 확실했고. 통화 연결음이 계속됐고, 리의 목소리는 들리지 않았지만, 도리스는 전화를 끊을 수 없었다우. 두툼한 안대를 낀 것처럼 눈앞이 캄캄했으니까. 갑자기 다른 사람이 된 것처럼 모든 게 낯설고 쓸쓸했으니까. 그리고 리가 더 이상 거기에 없다는 사실을 알고 있었으니까.

"오늘 아침 도리스 브라운은 더럽게 기분 좋은 얼굴이네."

그럴 리가 있나. 눈 한번 못 붙이고 밤을 꼴딱 샜는데. 하긴 독이 오를 대로 오른 질 하우스에게 그런 게 뭐가 중요하겠어. 아무튼 그날 아침 질은…… 그러니까 꼭지가 완전히 돌아버린 미친개 같았다우. 입에 거품을 잔뜩 물고 사람이 지나갈 때마다 짖어댔지. 그래도 전날보다는 나았어. 최소한 모두에게 공평하게 그랬으니까.

"이게 누구야? 메이메이잖아. 엿같이 기분 좋아 보이는 머리 모양을 하고 왔네."

도리스는 자리에 앉자마자 컴퓨터를 켰어. 어제 해밀턴 씨가 전화로 그랬거든. 자명종 시계 맞춰놓고 자라고. 똥물은 자기가 깨끗하게 치울 테니까 내일도 오늘처럼 하면 된다고. 컴퓨터는 문제없이 켜졌고, 최근 일 년 치 데이터도 복구된 상태였어. 통신 회선 쪽이 마음에 걸렸는데 그것도 괜한 걱정 같았지. 그래서 도리스는 다른 걱정을 하기 시작했다우. 간밤에 한 일이라고는 온갖 걱정거리를 찾아낸 다음 그걸 너덜너덜해질 때까지 물고 늘어지는 일이 다였으니까. 통신 회선만 말짱하다면 가능성은 충분했는데, 적어도 겉에서 볼 때는 그래 보였지. 도리스는 리의 전화번호를 컴퓨터에 입력했고 화면 속에서 깜빡거리는 커서를 한참 동안 들여다보다 엔터키를 눌렀어. 신이 정말 있다면 틀림없이 리가 전화를 받을 거라고 생각했지. 하지만 그건 어리석은 생각이었다우. 신은 자기를 시험하는 자에게 은총을 베푸는 법이 없으니까.

"네, 우주항공국의 토드 영입니다."

이름뿐만 아니라 목소리도 전혀 달랐지. 토드 영은 애가 다섯쯤 딸린 남자처럼 생활에 찌든 목소리로 전화를 받았는데 실제로도 그럴 가능성이 다분해 보였다우. 어쨌든 리는 단 한 번도 그런 목소리를 낸 적이 없었지. 리에게 전화를 거는 사람은 딱 한 명밖에 없었고 도리스에게는 절대 그런 목소리로 말하지 않았거든. 차라리 밤새도록 통화 연결음을 듣는 편이 나았어. 그때는 그나마 확실하게 말할 수 있는 게 아무것도 없었으니까. 불안이 절망보다는 견디기 쉬울 테니까.

"생리대 필요해요?"

"마침 잘됐네. 생리대야 언제나 필요하죠. 안 그래도 우리 집 마누라가……."

토드 영은 한동안 아내 험담을 신나게 늘어놓다가, 애새끼들이 일곱 명쯤 되니까 정말 별의별 놈이 다 있는데, 어쩌면 그렇게 하나같이 부모 말을 안 들어 처먹는지 모르겠다며 울분을 토한 다음, 생리대 가격이 얼마냐고 물었어. 토드는 자기가 얼마나 행복한지 개미 똥구멍만큼도 모르는 인간이었다우. 하긴 당연한가? 한 달쯤 변비에 시달려봐야 자기 똥덩어리가 얼마나 귀한지 알게 되는 것처럼. 갑자기 눈물이 흘렀어. 뻔한 장면에서 뻔한 짓을 하는 것 같았지만, 어차피 세상도 뻔한 곳인데 안 될 것도 없다는 생각을 하면서 말이우.

"여보세요? 왜 그래요? ……당신 혹시 메리제인하고 아는 사이야? 만약 지금 들은 이야기를 내 마누라한테 고자질하겠다고 협박할 생각이라면, 당신 사람 잘못 골랐어."

토드가 굉장히 열 받은 목소리로 계속 뭐라고 말한 것 같았는데, 도리스한테는 아무 소리도 들리지 않았어. 물리적으로는 절대 그럴 리 없지만 정말 그랬지. 토드의 목소리가 사라지고 대신 뭔가 남은 게 있다면 그건 지랄맞게 무거운 침묵뿐이었어. 분명히 사무실에 앉아 있는데 사무실이 아닌 다른 어딘가를 떠다니는 기분이었지. 엄청나게 넓고 달팽이관 두 개가 모두 망가진 것처럼 조용한 데다 불까지 끈 방 안에서 눈을 감은 것처럼 캄캄한 그런 데를 말이우.

도리스가 전화를 끊은 다음에도 그런 상태는 계속됐어. 꼼짝도 하지 않고 천장에 매달려 있는 실링팬과 항상 이십 분쯤 늦게 돌아가지만 관심을 갖고 바라보는 사람이 아무도 없는 벽시계, 그리고 애가 있거나 없거나, 남편과 싸웠거나 아직 싸우고 있거나, 알코올중독자 모임에 다니거나 조만간 그래야겠다고 심각하게 고민 중인 수많은 여편네들의 뒤통수……. 모든 게 변한 줄 알았는데 사실 그렇지 않았다우. 세상은 쌍욕이 나올 만큼 그대로였고 변한 건 도리스 브라운 한 명뿐이었지. 가끔 보면 말이우, 나사 하나가 빠진 것처럼 멍한 표정을 짓고 있는 사람들이 있는데 그때 도리스의 표정이 바로 그랬어. 아니, 나사가 몽땅 빠진 사람 같았지. 정말 하나도 남김없이 몽땅 다.

내가 그랬지, 햄버거가 식으면 똥 덩어리가 된다고. 인생이라는 게 그런 거라우. 좋은 시절도 있지만 좋은 시절은 얼마 못 가지. 결국 아무도 거들떠보지 않는 똥 덩어리가 되는데, 지금 도리스 브라운의 인생이 바로 그래. 밥을 먹고 똥을 싸고 숨을 쉰다고 다 제대로 사는 건 아니잖수. 도리스가 진짜 산다고 느낀 건 그때 한 번뿐이었어. 리가 잠깐 그렇게 만들었고, 그 후의 인생은 글쎄…… 다시 한 번 똑같이 살라고 한다면 적어도 그게 반가운 제안이 아니라는 것만은 확실하게 말할 수 있겠지. 차라리 맛대가리 없는 감자튀김이나 씹으면서 정말 더럽게 맛대가리 없다고 계속 투덜대는 편이 낫지. 그래서 말인데…… 햄버거를 구경한 지도 한참 됐네. 콜라가 어떤 맛인지 기억도 안 나고. 뭐, 댁이 그래 주면 나야 고맙지. 맥도널드는 다 좋은데 셀프 서비스가 지랄이야. 엉덩이를 붙이고 앉아서 뭘 좀 제대로 먹을 수 있어야지. 아무튼 횡재한 기분이구먼. 댁처럼 숙녀에게 친절을 베풀 줄 아는 신사는 좀처럼 만나기 힘들거든. 특히 이 동네에서는.

……그런데 댁은 이름이 뭐유? 혹시 모르지, 내가 댁한테 유산 같은 걸 남길지도. 도리스 브라운은 계산이 정확한 여자거든. 오늘 먹은 햄버거는 정말 맛있었고, 유서를 쓸 때 내가 그 사실을 기억해낸다면 햄버거 값 정도는 돌려받을 있을지도 모르잖수. 그리고 무엇보다 댁이 마음에 들고, 나는 마음에 드는 사람의 이름을 반드시 알아야 직성이 풀리는 성격이거든. ……뭐라고? 잘 안 들리네. 좀 더 크게 말해요. 살이 귓구멍을 막고 있다는 생각이 들어서 기분이 정말 더러워지려고 하니까. 양 웬리……. 좋아요, 양. 기자는 아니고…… 짭새도 아닌 것 같은데……. 하긴 댁이 뭐 하는 사람이든 그게 뭐가 중요하겠수. 도리스 브라운은 이제 늙고 지친 오백 파운드짜리 여편네가 됐고, 어쩌면 리는 그런 여자가 있었다는 사실을 기억조차 못 할지도 모르는데.

4
일주일간의 휴가

마리오는 열다섯 살 때부터 여자와 잠자리를 시작했고, 건드릴 수 있는 여자는 죄다 건드리면서 돌아다녔는데, 아무리 그래도 상대를 좀 봐가면서 그래야 했다. 파올라 엘게라는 곤잘레스 씨의 수많은 여자들 중 하나였고, 그건 알 만한 사람이라면 다 아는 사실이었다. 나이도 마리오보다 열두 살이나 많았다. 하지만 마리오에게 그런 건 중요하지 않았다. 둘 다 술이 떡이 될 때까지 취한 어느 날 밤 파올라처럼 육감적인 여자가 싸구려 술집 옆자리에 앉아서 이런 수수께끼를 낼 때는 더 그랬다.

"내 팬티가 무슨 색인지 맞혀봐."

"맞히면요, 세뇨리따?"

곤잘레스 씨의 똘마니들은 파올라를 모두 그렇게 불렀고, 그건 얼마 전에 똘마니가 된 마리오 역시 예외는 아니었다. 곤잘레스 씨는 계단 청소부터 시작해서 거기까지 올라간 거물이었는데, 그걸 기회가 날 때마다 다른 사람 얼굴에 침을 튀기며 자랑하고 다니곤 했다. 그리고 예외라는 말을 다른 어떤 말보다 싫어했다. 마리오가 아무리 친구의 아들이라 해도 그랬다. 마리오를 곤잘레스 패밀리에 끼워준 건 마리오에게 그만한 자격이 충분하다고 생각했기 때문이었다. 마리오는 깡마른 몸에 키만 멀대같이 큰 햇병아리였지만 누가 자기를 햇병아리 취급하면 미친 듯이 화를 내면서 스위스제 잭나이프를 휘둘러댔고, 한번 휘두르면 피를 볼 때까지 제대로 휘두를 줄 알았다. 그리고 곤잘레스 씨에게 필요한 똘마니는 마리오처럼 일단 뚜껑이 열리면 눈에 보이는 게 아무것도 없는 제대로 된 똘마니였다. 주판알을 튕기면서 대가리나 굴려대는 가방끈들은 자기 몸이나 사릴 줄 알았지 제대로 할 줄 아는 일이 하나도 없었다. 그러니까 곤잘레스 씨는 인생이라는 걸 학교에서 배우면 절대 안 된다고 강력하게 주장하는 사람들 중 하나였는데, 계단 청소 다음으로 자주 하는 이야기가 바로 그 이야기였다.

"내 말 잘 들어둬라, 마리오. 남자에게 뭘 가르칠 수 있는 곳이 있다면 그곳은 학교가 아니라 교도소일 거다. 용기가 뭔지 학교에서 가르칠 수 있겠냐? 여태까지 나는 의리와 신용이 어떤 건지 제대로 가르치는 선생을 한 번도 보지 못했다. 애들이나 괴롭히면서 월급을 받아먹는 놈들은 어떻게 하면 여자를 미치게 만들 수 있는지 동네 양아치보다도 모른다. 인생에서 정말 중요한 건 그런 것들인데 말이다……. 학교에서 뭔가 가르치는 게 있다면, 그건 말도 안 되는 불평불만을 최대한 말이 되게 만드는 방법일 거다. 그래서 나는 가방끈들을 좋아하지 않는다, 마리오. 그런 놈들은 진짜 인생이 뭔지 개뿔만큼도 모르면서 뭘 좀 아는 것처럼 재수없게 굴잖냐. 앞으로는 칼에 찔려보지 않은 사람이 인생에 대해 뭐라 지껄이든 그건 죄다 개소리라는 걸 절대 잊지 마라, 마리오."

이런 소리를 할 때 곤잘레스 씨는 항상 마리오의 눈을 빤히 들여다보면서 담배 연기를 뿜어댔는데, 사실 담배 연기는 아무런 문제도 되지 않았지만 바닥에 뭐가 있는지 죄다 끄집어내서 일일이 확인하는 듯한 눈길은 견디기 힘들었다. 마리오는 눈을 밑으로 깔았고, 그때마다 곤잘레스 씨는 내가 말할 때는 내 눈을 똑바로 바라봐야 한다며 몇 번이나 소리를 질렀다.

"누구를 상대하든 절대 눈을 피해선 안 된다, 마리오. 그게 나라 해도 말이다. 나는 네가 엄마 배 속에 있을 때부터 알아왔고, 넌 기억도 못 할 텐데, 똥 기저귀도 몇 번 갈아준 적이 있다만, 만약 네가 겁쟁이처럼 모자라게 군다면, 그때는 내가 너한테 한 짓을 평생 잊지 못하게 만들어줄 거다."

"알겠습니다, 곤잘레스 씨……."

마리오는 자기도 모르게 말을 더듬었고, 곤잘레스 씨에게 또 한 번 비슷한 주의를 받아야 했다. 마리오를 그렇게 만들 수 있는 사람은 곤잘레스 씨 한 명뿐이었다. 하지만 세뇨리따 엘게라는…… 그러니까 파올라는 그냥 여자였다. 파올라가 아무리 곤잘레스 씨의 여자라 해도 여자라는 사실이 변하는 건 아니었고, 마리오는 단 한 번도 여자 앞에서 말을 더듬거나 꼬리를 내린 적이 없었다.

그날 밤에도 그랬다. 꺽지가 슥 돌아가려고 폼을 잡자마자 마리오는 파올라의 젖가슴을 손바닥으로 주무르듯 뚫어져라 바라봤고, 파올라도 그런 자기의 시선을 은근히 즐긴다고 확신했다. 짧은 치마 밑으로 늘씬하게 뻗은 다리가 말도 못 하게 멋져 보였는데, 파올라가 수수께끼를 내자 똑같이 생긴 다리가 아까보다 두 배는 더 멋져 보였다. 그리고 그때부터 마리오는 파올라의 팬티와 그 팬티 바로 밑에 있는 파올라의 예쁜이를 상상하기 시작했다. 머릿속은 단내가 날 만큼 아찔했지만 목은 전혀 그렇지 않았다. 사막에 박혀 있는 하얀 갈비뼈처럼 바짝바짝 타들어가는 것 같았다. 물을 대체 얼마나 타면 맥주에서 이런 맛이 나는 거야. 술잔을 한 번 입에 댔다 뗀 마리오는 깜짝 놀란 표정으로 잔 속에 든 맥주를 노려본 다음, 자기 집 안방보다 싸구려 술집에 퍼질러 앉아 있는 걸 훨씬 좋아하는 술주정뱅이처럼 몇 마디 더러운 욕설을 중얼댄 뒤에 그 맥주로 다시 마른 목을 축였다. 방금 자기가 싼 오줌을 마시는 기분이었지만, 그래도 마른침이나 삼켜대는 것보다는 나았다.

"절대 못 맞힐걸. 하지만 맞히면…… 그건 그때 가서 생각해볼게. 아무튼 쩨쩨하게 굴 생각은 없으니까 그건 걱정 마, 마리오."

파올라는 약속한 걸 지킬 줄 아는 화끈한 여자였고, 마리오도 파올라가 화끈한 여자라는 걸 알고 있었다. 어쩌면 파올라는 곤잘레스 씨의 여자 중에 가장 화끈한 여자일지도 몰랐다. 마리오는 다시 목이 말랐고, 주인 새끼를 보면 단단히 한마디 따져야겠다고 생각했지만, 마리오가 마실 수 있는 거라곤 오줌 맛이 나는 아까 그 맥주밖에 없었다. 이런 걸 돈 내고 마셔야 하다니. 마리오는 기분이 엿 같았지만, 적어도 그런 기분을 파올라에게 들키지 않으려고 노력은 했다. 마리오는 술잔을 비운 다음 최대한 멋진 미소를 지으려고 애쓰면서 파올라에게 말했는데, 그건 시간이 날 때마다 거울을 보면서 연습한 표정이었고, 마리오가 여자를 꼬실 때 사용하는 가장 강력한 무기 중 하나였다. 사실 시간이 날 때마다 거울을 보면서 괜히 한번 흔들어보는 가장 강력한 무기는 따로 있었지만.

"힌트라도 좀 줘요, 세뇨리따. 이건 너무 불공평하다고요."

"상품이 클수록 원래 불공평한 거야. 그래야 공평하니까. 하지만 귀여운 우리 마리오가 부탁하는 거니까 힌트를 주기는 할게. 이제부터 내가 팬티를 보여줄 텐데, 아주 잠깐, 딱 한 번만 그럴 거야. 그러니까 딴생각하지 말고 잘 봐."

파올라는 말을 마친 다음 정말 그렇게 했고, 그때 마리오는 자기가 지금 방금 본 걸 평생 잊지 못하리라는 강렬한 예감에 사로잡혀 있었다. 파올라는 빨간색 망사 팬티를 입고 있었다. 그건 파올라가 곤잘레스 씨를 만날 때만 입는 아주 특별한 팬티였는데, 그날 곤잘레스 씨는 파올라의 팬티에 신경 쓸 만큼 한가하지 않았다. 전에도 몇 번 똑같은 일이 있었지만 파올라를 정말 열 받게 만드는 건 곤잘레스 씨가 계속 그렇게 바쁜 척할지도 모른다는 점이었다. 파올라도 자기가 찬밥 신세라는 걸 예전부터 알고 있긴 했다. 하지만 그걸 다른 사람들이 알 필요는 없다고 생각했고, 아직은 자기가 쓸 만한 여자라는 사실을 어떤 식으로든 증명하고 싶어 했다. 곤잘레스 씨가 사용하지 않은 기회가 마리오에게 온 건 그래서였다. 그런 기회가 항상 있는 게 아니라는 건 마리오도 알고 있었다.

"빨간색이네요. 꽃무늬가 들어간 망사 팬티…… 내 말이 맞나요?"

"딩동댕! 그럼 이제부터 상품 이야기를 해야 할 텐데…… 뭐가 좋을까? 난 생각해놓은 게 있긴 하지만, 그걸 마리오가 좋아할지 모르겠네."

상품에 대해서 파올라가 말한 건 그게 다였다. 하지만 마리오는 파올라가 내건 상품이 뭔지 정확하게 알고 있었고, 그 자리에서 좋다고 딱 부러지게 대답했다. 세뇨리따를 실망시키는 건 예의가 아니라고 생각했다. 그런 유의 대답을 기다리게 만드는 건 더더욱 그랬다. 마리오는 맥주를 몇 잔 더 마셨고, 그때마다 오줌을 마시는 것 같았지만 그렇다고 그게 맥주가 아니라는 뜻은 아니었다. 싸구려 맥주를 꼭지가 돌 때까지 퍼마신 사람들이 대개 그렇듯 마리오도 하수구 냄새처럼 고약한 편두통을 느꼈다. 하지만 아직 완전히 꼭지가 돈 건 아니었다. 그렇게 되려면 최소한 다섯 잔쯤 더 마셔야 할 것 같았는데, 그날 마리오는 이미 꼭지가 약간 돌기는 했지만 완전히 그렇게 될 때까지 퍼마실 생각은 없었다. 할 일을 제대로 못 하면 세뇨리따가 실망할 텐데, 마리오는 파올라를 절대 실망시키고 싶지 않았으니까.

"잠깐 물 좀 버리고 올게요."

"같이 가고 싶지만 그러지 못해서 아쉽네. 갔다 와."

마리오는 화장실에 가서 오줌을 싸고 세수를 한 뒤, 빈 칸 양변기에 대고 지금까지 먹은 걸 토할 수 있을 때까지 전부 토한 다음, 다시 세면대 거울 앞에 서서 몇 번 입을 헹궜다. 머리 모양이 약간 흐트러져 있었고 전체적인 분위기도 어딘지 모르게 그랬는데, 그건 마리오를 열여섯 살짜리 술주정뱅이처럼 보이게 했다. 하지만 심각할 정도로 큰 문제는 아닌 것 같았다. 마리오는 거울을 빤히 들여다보며 최대한 멋진 표정을 지으려고 노력했고, 그건 평소에 늘 연습해온 바로 그 표정이었다. 정신이 말짱할 때만큼 그렇게 멋져 보이지는 않았지만 그래도 확실히 멋진 표정이긴 했다. 마리오는 세수를 몇 번 더 한 다음 물을 묻힌 머리를 뒤로 쓸어 넘겼고, 걸을 때마다 바지에 쓸리는 딱딱한 성기도 그렇게 했다. 곤잘레스 씨가 지금까지 뭘 어떻게 했든 오늘 밤 자기는 곤잘레스 씨보다 훨씬 잘할 수 있고, 파올라도 그걸 분명히 알게 될 거라고 생각하면서.

"이제 상품이 뭔지 풀어봐도 될까요, 세뇨리따?"

"마음대로 해. 넌 정답을 맞혔으니까 이제 그건 네 거야. 하지만 여기서는 안 돼. 더러운 화장실 같은 곳으로 날 끌고 갈 생각이라면 꿈도 꾸지 마. 다른 여자들은 어땠는지 몰라도 난 다른 여자들과 다르니까. 그리고 그냥 파올라라고 불러줄래?"

우주공항과 일반 공항의 차이점은 그곳에서 뜨고 내리는 기체가 우주선이냐 비행기냐 하는 차이밖에 없었다. 나머지는 거기가 어딘지 누가 말해주지 않으면 모를 만큼 비슷했다. 단선 레일로 된 긴 활주로가 끝이 살짝 뜬 장판처럼 완만한 예각을 그리며 지상 오십오 미터까지 이어져 있었고, 그 활주로 주변에는 기체의 이착륙을 돕는 여러 대의 무인 작업 차량이 취사 버튼을 누른 전기밥통처럼 자기가 해야 할 일을 묵묵히 하면서 움직이거나 그럴 필요가 있을 때를 기다리면서 대기하고 있었다. 그리고 그게 비행기든 우주선이든 승객들은 모두 평상복 차림 아니면 가벼운 정장 차림을 하고 있었는데, 반쯤 읽었거나 막 읽기 시작했거나 거의 다 읽은 책을 옆구리에 한 권씩 끼고 돌아다니는 모습도 비슷했다. 관제탑과 계류장, 여객 터미널과 탑승동……. 우주공항이라고 해서 일반 공항보다 특별하거나 복잡할 건 없었고, 굳이 말하자면 그건 우주선을 타고 대기권을 벗어나는 게 여객기를 타고 국경을 넘는 것과 별 차이가 없다는 것을 의미했다. 둘 사이에 차이점이 있다면 그건 사람들이 그곳을 뭐라고 부르느냐 하는 것뿐이었다.

"여기가 마드리드 국제우주공항 맞나?"

마드리드 우주공항은 호세 로드리게스가 탄 비행정의 종착역이었고, 안내 방송에서도 방금 그렇게 말했지만, 호세 로드리게스는 나이가 아주 많은 남자였다. 일흔둘이라는 나이를 다른 사람들은 어떻게 생각할지 모르지만 호세 로드리게스는 자기가 살 만큼 살았다고 생각하고 있었다. 그러니까 호세 로드리게스는 늙고 지친 남자였는데, 그건 객관적인 사실이라기보다…… 사실 가장 큰 문제는 호세 로드리게스가 자기를 그렇게 생각한다는 점이었다. 한쪽 발은 이미 무덤 속에 들어가 있고 나머지 한쪽 발도 조만간 그렇게 될 거라고.

"그런 것 같네요."

로드리게스가 보기에 젊고 얼굴이 좀 반반한 여자는 젊고 얼굴이 좀 반반하다는 것 빼면 가정교육도 제대로 받지 못한 싸가지였다. 늘씬한 몸매에 긴 생머리, 라이방 선글라스와 플로피 모자로 멋을 낸 걸 보면 스타일이라는 게 뭔지 아는 여자 같았지만 그렇다고 그게 싸가지가 있다는 뜻은 아니었다. 가정교육에 문제가 없다면 사람을 위아래로 훑어보면서 똥 씹은 표정을 짓지는 않을 테니까.

호세 로드리게스는 낡은 반바지에 땀에 전 티셔츠를 입고 있어서 멍키스패너나 주물럭거리는 일흔두 살짜리 배관공처럼 보였다. 머리는 지저분한 백발 그대로였고 선글라스라는 물건은 언제 써봤는지 기억도 나지 않았다. 그래도 나이에 비해 젊어 보이긴 했다. 군더더기 없는 몸매와 훤칠하게 큰 키가 호세 로드리게스를 그렇게 보이게 했는데, 비록 주름이 자글자글하기는 했지만 얼굴도 그만하면 동안이었다. 쓸 만한 틀니만 하나 생기면 왕년의 멋진 미소를 다시 한 번 지을 수 있을 테고, 그렇게 되면 지금이라도 당장 괜찮은 여자를 꼬실 수 있을 텐데, 체력과 자신감이 예전만 못하다는 게 흠이긴 했지만. 호세 로드리게스는 조만간 틀니를 하나 구입할 작정이었다.

"지랄맞게 고맙네."

여자는 자기보다 나이가 한참 많을 것 같은 남자를 바라보며 다시 잠깐 똥 씹은 표정을 지었고, 도망치는 사람처럼 캐리어를 끌며 비행정에서 내렸다. 호세 로드리게스는 쫓아가서 알아듣게 한마디 해줄까 하다가 참았다. 살 만큼 살았지만 잔소리나 해대는 고약한 늙은이가 되고 싶지는 않았다. 그렇게 죽고 싶지도 않았고.

공항 리무진에서 내린 호세 로드리게스는 탈 때도 그랬지만 내릴 때도 빈손이었다. 거기서 그런 사람은 호세 로드리게스 한 명뿐이었지만, 아무튼 자기가 내려야 할 곳에서 제대로 내린 것만은 확실해 보였다. 지은 지 백 년쯤 됐고 못해도 일이 년 안에 무너질 것 같은 공항 청사가 엎어지면 코 닿을 거리에 간신히 서 있었으니까.

마드리드 국제우주공항은 이름만 마드리드 국제우주공항이지 사실상 마드리드에서 한참 떨어진 변두리 촌구석에 자리 잡고 있었다. 그 옆으로 시궁창 냄새를 풍기는 만사나레스 강의 똥물이 흘렀는데 바람만 불면 냄새가 말도 못 하게 지독했고 그렇지 않을 때도 산책을 하기에 적당한 장소는 아니었다. 아무런 이유도 없이 오래 서 있을 만한 곳도 못 됐다. 호세 로드리게스는 가래침을 한 번 제대로 뱉은 다음, 지랄맞다는 말을 몇 번 더 씨부렁대면서 공항 입구 쪽으로 걸어갔는데, 호세 로드리게스만큼 지랄맞다는 소리를 맛깔나게 할 줄 아는 사람도 흔치 않았다. 그러니까 호세 로드리게스는 진짜 쌍욕이 뭔지 제대로 아는 늙은이 중 한 명이었다. 그건 카를 드 카롤로스 국립교도소에서 호세 로드리게스를 담당한 교도관도 인정한 사실이었다.

"이번에 나가면 사고 치지 말고 착하게 사십쇼, 영감님."

"고마운 말이긴 한데 고맙다는 말은 못 하겠네. 십오 년 동안 사람 엿 먹인 새끼가 똥구멍처럼 생긴 얼굴을 내밀면서 끝까지 사람 엿 먹이려고 드니까 말이야."

"죽을 때까지 입에 걸레를 물고 다닐 작정이슈?"

"그건 내가 알아서 할게. 그러니까 네놈은 네놈 상판대기에서 나는 똥 냄새나 좀 어떻게 해봐. 이 교도소에서 가장 악명이 높은 게 바로 그거니까."

호세 로드리게스는 어떤 말을 하면 사람을 열 받게 만들 수 있는지 정확하게 알고 있었다. 그리고 십오 년 동안 꾸준히 사람을 열 받게 만드는 건 쉬운 일이 아니었는데, 호세 로드리게스는 아무렇지 않게 그 일을 해낼 수 있는 몇 안 되는 사람 중 한 명이었다. 사실 담당 교도관에게는 좋은 감정도 없었지만 나쁜 감정도 없었다. 그냥 예전부터 그랬고 그래서 그렇게 한 것뿐이었다.

"하루 이틀 얼굴 보면서 지낸 사이도 아닌데 말을 너무 심하게 하시네. 그래도 나는 영감을 못 보면 보고 싶을 것 같았는데 말이오. 아버지가 살아 계셨다면 딱 영감 나이라 남 같지도 않았고……."

"내 아들이 네놈 같다면…… 아무튼 내 아들은 네놈 같지 않아. 내 아들이니까."

"내 아버지도 영감 같지 않았수. 내 아버지는 아내를 사랑했고 자식들에게 존경을 받았고…… 그런데 아들 얼굴이 어떻게 생겼는지나 기억하고 계슈?"

"내가 기억하나 못 하나 지금부터 그걸 확인하러 가는 길이니까 애매한 곳에 서서 길이나 막고 있지 말고 저리 꺼져."

"나중에 영감 아들이 교도관이 되겠다고 하거들랑…… 내 말을 똑똑히 기억하고 있다가 그대로 전해주슈. 아무리 잘해줘도 끝이 안 좋은 직업이 교도관이라고. 하긴 나도 조만간 때려치울 생각이지만."

"왜, 똥구멍처럼 생긴 얼굴로 똥 냄새나 풍기면서 돌아다니게?"

호세 로드리게스가 카를 드 카롤로스 국립교도소에서 담당 교도관을 마지막으로 한 번 더 제대로 열 받게 만든 다음 사회로 복귀한 건 불과 일주일 전의 일이었는데, 그 일주일 동안 호세 로드리게스가 만난 사람은 딱 세 명뿐이었다. 그리고 정확히 일주일 뒤에 호세 로드리게스는 마드리드 국제우주공항 대기실에 앉아 우주선 탑승 시간을 기다리면서 활주로 쪽 창밖을 바라보고 있었고, 지금은 나지 않지만 아까는 쌍욕이 나올 만큼 세게 맡은 만사나레스 강의 똥 냄새를 떠올리는 중이었다. 냄새가 나지 않는다고 해서 그 냄새가 사라졌거나 어디 딴 데로 간 것은 아니었다. 냄새는 고약한 놈일수록 명줄이 질겼고, 문을 열고 한 발짝만 밖으로 나가면 호세 로드리게스를 들볶아댈 텐데, 지난 일주일이 그랬고, 그 일주일 동안 만난 세 사람이 그랬다. 사라졌거나 어디 딴 데로 간 것이 아니었다. 낡은 장판 밑에 깔린 곰팡이처럼 호세 로드리게스의 기억 속에 가라앉아 있었고 그걸 끄집어내는 일은 장판을 살짝 들치는 일만큼이나 간단했다. 그리고 호세 로드리게스는 그렇게 했다.

"너, 뭐야?"

호세 로드리게스가 예전에 살던 집은 라 벨라스꼬 지구의 깐토 거리에 있었는데, 그곳은 같은 지구에 있는 이야고 거리보다 살 만한 곳이었지만 이야고 거리 다음으로 사람 살 곳이 못 됐다. 빅토리아는 애를 낳자마자 집을 나갔고, 호세 로드리게스는 빅토리아가 그럴 만하니까 그랬을 거라고 생각했지만, 솔직히 젖도 못 뗀 아들놈을 친구 집에 맡기고 나올 때는 그런 생각을 할 수 없었다. 한때 루키아는 로드리게스의 여자였지만 그 뒤로는 어쨌든 친구의 아내가 됐고, 오랫동안 아이가 없어서 그랬는지 똥오줌도 못 가리는 마리오를 자기 새끼처럼 돌봐주었다. 루키아는 태어날 때부터 아기를 어떻게 키우고 애 아빠를 어떻게 다뤄야 하는지 빠삭하게 아는 여자 같았다. 그래서 잔소리가 좀 심한 게 탈이었지만.

"호세, 남자 나이 쉰셋이면 절대 많은 나이는 아니지만 한풀 꺾인 나이인 건 맞잖아요. 언제까지 그렇게 살 작정인지 모르겠네요. 가게라도 내봐요. 마리오도 생각해야죠. 사람 일은 모르는 건데, 당신은 그걸 모르는 것 같아요. 당신은 전에도 몇 번 쇠고랑을 찼고 내가 듣기로는 지금도 쇠고랑 찰 만한 짓을 하고 있는데, 내가 볼 때 당신이 아직 쇠고랑을 차지 않은 건 당신 운이 억세게 좋기 때문이에요. 하지만 호세, 내 말 똑똑히 들어요. 인생은 운만 갖고 살 수 없는 거예요. 마리오처럼 사랑스러운 아이가 있을 때는 더 그렇죠……. 내 말 듣고 있어요, 호세?"

호세 로드리게스는 확실히 장점보다 단점이 많은 인간이었다. 호세 로드리게스를 아는 사람들은 모두 호세 로드리게스를 그렇게 기억했다. 그나마 장점이 있다면 자기가 그렇다는 것을 안다는 점이었고, 가장 큰 단점은 자기 단점을 알면서도 그냥 넘어간다는 점이었다. 루키아의 말처럼 몇 번 쇠고랑을 찬 것도 그래서였지만 그렇게 살아도 그럭저럭 살 만하긴 했다. 아무튼 호세 로드리게스는 자기 단점이나 뜯어고치면서 시간을 낭비하다 인생 종치고 싶은 생각은 없었다. 그건 훌륭해 보일지도 모르지만 진짜 인생은 아니었다. 그리고 호세 로드리게스는 남들이 자기를 어떻게 보든 눈곱만큼도 신경 쓰지 않았다. 루키아가 마리오의 기저귀를 갈아 채우면서 길게 잔소리를 늘어놓을 때도 그랬다. 루키아는 단단히 벼르다가 그러는 것 같았지만, 호세 로드리게스는 한번 남의 말에 휘둘리기 시작하면 끝도 없이 휘둘리게 되고 그건 몇 번 더 쇠고랑을 차는 것보다 훨씬 한심한 인생이라는 생각을 하고 있었다.

"내 말 안 듣고 있는 거 알아요. 그래도 최소한 듣는 척이라도 해봐요, 호세. 그게 죽을 만큼 그렇게 힘든 일은 아니잖아요."

루키아의 잔소리는 적중률이 높았고 길면 길수록 더 그랬는데, 그건 호세 로드리게스에게 결코 반가운 소식이 아니었다. 호세 로드리게스는 루키아가 자기를 좋게 말하는 걸 들어본 적이 없었다. 삼십 년쯤 전에 딱 한 번 얼굴이 기가 막히게 잘생겼고 당신 정말 끝내준다는 소리를 듣긴 했지만, 그때 루키아는 잘못 들어간 남자 화장실에서 노란 오줌 때가 잔뜩 낀 소변기한테도 똑같은 말을 할 만큼 머리끝까지 취해 있었고, 무엇보다 인생이라는 게 어떻게 생겨먹은 건지 쥐뿔도 모르면서 자기는 알 만큼 안다고 생각하는 웃기지도 않는 여자였다. 하지만 그건 아주 오래전 일이었고, 더 이상 루키아를 그렇게 생각하는 사람은 아무도 없었다. 호세 로드리게스도 그랬다. 루키아가 쇠고랑까지 들먹거리면서 길게 잔소리를 늘어놓고 있을 때 호세 로드리게스는 똥을 한 무더기 제대로 밟은 표정으로 귀지나 파고 있었지만, 어쩌면 정말 그렇게 될지도 모른다는 생각을 지울 수 없었다. 그리고 정말 그렇게 됐다.

그날 호세 로드리게스는 이야고 거리 뒷골목에서 오줌을 싸고 있었는데, 순찰차에서 내린 경찰관 두 명이 실실 쪼개면서 다가와 같이 좀 가달라며 말을 걸었고, 호세 로드리게스는 오줌이나 다 싸고 나서 그러자고 대답한 다음 계속 오줌을 쌌다. 바지에 오줌이나 묻히면서 돌아다니는 건 얼간이들이나 하는 짓이었고, 호세 로드리게스는 누가 자기를 얼간이라고 부르면 말도 못 하게 화를 내면서 다시는 그러지 못하게 만들어놓는 얼간이였다. 하지만 호세 로드리게스는 자기 운이 다했다는 걸 모를 만큼 그렇게 덜떨어진 얼간이는 아니었다. 구치소 바닥에 누워서 하룻밤을 보내는 동안 호세 로드리게스는 루키아가 어떤 말을 했는지 생각했다. 인생은 운만 갖고 살 수 없는 거예요. 딱 잘라서 그렇게 못 박는 루키아의 목소리가 들리는 것 같았다. 그때 호세 로드리게스는 똥 밟은 표정으로 귀지를 파고 있었다.

마드리드 형법재판소의 피고인석은 거기에 누가 앉든 앉을 때는 혼자 앉을 수 있지만 일어설 때는 절대 그럴 수 없다는 걸로 악명이 높았다. 며칠 후 호세 로드리게스는 바로 그 피고인석에 앉아서 자기가 무슨 짓을 했고 그게 형법 몇 조 몇 항에 위배되는 행동인지 오랫동안 참을성을 발휘하면서 들어야 했다. 그리고 피고인석에서 일어나기 전에 호세 로드리게스가 들은 마지막 말은 자기가 카를 드 카롤로스 국립교도소에서 이십 년 동안 푹푹 썩어야 한다는 말이었는데, 그 말은 루키아가 몇 개월 전부터 이미 귀에 못이 박힐 정도로 한 말이었고, 그래서 그랬는지 모르지만 호세 로드리게스는 경관의 도움 없이 혼자서 일어설 수 있었다.

"당신이 하이메 그 인간이랑 죽이 맞아 붙어 다니면서 무슨 일을 하는지 내가 정말 모를 거라고 생각해요? 하이메는 내 남편이고 좋은 사업가지만, 내가 볼 때 좋은 친구는 못 돼요……. 이럴 땐 내가 정말 누구 마누라인지 헷갈리네요. 마리오가 불쌍해서 그래요. 아무튼 이번에 들어가면 당신은 이십 년쯤 썩게 될 텐데, 내기를 해도 좋아요. 이십 년, 절대 그 밑으로는 아니에요. 화장실 청소를 열심히 하면 오 년쯤 깎아줄지도 모르지만…… 그래도 마리오는 열일곱 살이 돼요. 당신은 마리오를 알아보지도 못할 테고 마리오도 아버지라는 인간이 있는지도 모르겠죠. 여자하고는 그럴 수 있어요, 호세. 여자는 많고, 모두 거기서 거기니까. 하지만 자식하고 그러면 안 돼요. 자식은…… 내 말 듣고 있어요, 호세?"

당시 카를 드 카롤로스 국립교도소는 수감 인원이 만 이천팔백사십이 명에 달하는 대형 수용 시설이었고, 호세 로드리게스는 자기가 재수가 없어서 거기에 들어왔다고 생각하는 만 이천팔백사십삼 번째 얼간이였는데, 농구 코트만 한 공중화장실이 교도소 내에 열다섯 곳이나 됐다. 누군가 그 많은 화장실을 당분간이라도 사용할 수 있도록 청소해야 한다면, 호세 로드리게스는 자기만큼 그 일을 잘 해낼 수 있는 사람은 아무도 없다고 고집을 부렸다. 분명히 말해서 그건 호세 로드리게스처럼 제법 이름이 알려진 거물이 할 만한 일은 아니었지만 아무튼 호세 로드리게스는 그 일을 아주 열심히 했다. 똥걸레를 빨고 오줌 때를 벗겨내고 껌딱지처럼 한번 붙으면 절대 떨어지지 않는 가래침 덩어리를 박박 문지르면서 호세 로드리게스는 생각했다. 이번에도 루키아의 말이 맞는다면 죽기 전에 한 번 마리오의 얼굴을 볼 수 있을지도 모른다고.

"하이메는 못 왔어요. 알잖아요, 그 인간이 바쁜 척하고 싶을 때는 정말 제대로 바쁜 척한다는 거."

루키아는 호세 로드리게스가 만난 여자들 중에서 유일하게 의리가 뭔지 아는 여자였는데, 남자들 중에서도 그랬다. 루키아는 호세 로드리게스가 면회실 탁자에 자리를 잡고 앉자마자 전에도 몇 번 여기에 와봤지만 올 때마다 정말 마음에 안 든다고 한바탕 해댄 다음, 잠깐 입을 다문 채 호세 로드리게스의 얼굴을 들여다봤고, 그러다 어떻게 지내는지 물었다.

"여기는 화장실이 아주 넓고 많아요. 지린내를 맡으면서 당신 말이 헛소리가 아니기를 기도하고 있소."

"듣던 중 반가운 소식이네요. 물론 진작 그랬다면 화장실보다 좀 더 괜찮은 환경에서 기도할 수도 있었겠지만 말이죠."

그날 루키아는 잔소리를 길게 하지 않았다. 그리고 그건 호세 로드리게스가 예상한 일도, 그랬으면 하고 바란 일도 아니었다. 호세 로드리게스는 루키아가 예전에 자기가 알고 있던 그 루키아가 아닐지도 모른다는 생각을 지울 수 없었고, 그 사실이 계속 신발에 돌멩이 몇 개가 들어간 것처럼 불편했다. 그래서 면회 시간이 빨리 끝나기를 바랐는데 그건 루키아도 마찬가지일 거라고 확신했다.

"이렇게 얼굴을 보니까 좋네요."

"나도 그래요, 루키아."

루키아는 면회 시간을 오 분 남겨두고 차마 입이 떨어지지 않는 사람처럼 입을 열었는데 예전의 루키아 같으면 상상도 할 수 없는 일이었다. 호세 로드리게스는 탁자를 내리치면서 할 말이 있으면 확실하게 하라고 소리치고 싶었지만 그러면 안 된다는 걸 알고 있었고, 그래서 그러지 않았다.

"다음에 올 때는 멱살을 잡아서라도 하이메를 끌고 올게요. 그 인간이 그러는 건…… 미안해요, 호세. 그리고 마리오는 걱정하지 말아요. 걔는 여전히 로드리게스고, 당신 아들이고, 말귀를 알아들을 만큼 크면 나도 그렇게 분명히 말하겠지만…… 내 아들처럼 잘 키울게요."

루키아는 빈말이나 하는 여자가 아니었다. 그날 루키아는 어딘지 모르게 예전의 루키아와 좀 달랐지만 그렇다고 루키아가 아닌 건 아니었고, 호세 로드리게스는 루키아가 어떤 여자였는지 정확하게 기억하고 있었다.

"고맙소, 루키아. 하지만 하이메는 그냥 둬요. 항상 바쁜 친구고, 정말 바쁠지도 모르니까. 그리고 마리오도 그냥 둬요. 내가 나가서 만날 테니까, 여기로 데려올 생각은 하지 말아요. 앞으로는 당신도 여기 오지 않았으면 좋겠고. 그리고 마리오가 미안하다는 말을 알 만한 나이가 되면 내가 미안해하더라고 좀 전해줘요."

루키아는 한동안 아주 복잡한 문제를 생각하는 사람처럼 심각한 표정으로 앉아 있다가 면회실을 나가기 직전에 그러겠다고 대답했고, 그 약속을 죽을 때까지 지켰다.

"그렇게 할게요. 호세. ……잘 지내요. 그리고 기도는 카를 드 카롤로스 교도소의 더러운 화장실을 그 어떤 교회보다도 더 훌륭한 교회로 만들 수 있다는 사실을 잊지 말아요."

그게 호세 로드리게스가 들은 루키아의 마지막 목소리였다. 루키아는 호세 로드리게스나 루키아 본인의 예상보다 훨씬 일찍 죽었는데, 루키아의 장례식장에 모인 사람들은 화장실에서 아무런 준비도 없이 미끄러져 넘어지는 게 얼마나 위험한 일인지 한마디씩 수군거리다 돌아갔다. 아무튼 루키아가 그렇게 된 건 마리오가 일곱 살 때의 일이었다. 하지만 호세 로드리게스는 루키아가 어떻게 됐고 마리오가 어떻게 지내는지 까맣게 몰랐다. 그걸 알게 된 건 카를 드 카롤로스 국립교도소에서 십오 년 동안 하루도 빠짐없이 똥걸레를 빨고 난 다음이었다.

"좆 까, 씨발. 마음대로 해."

옛날에 자기가 살던 집에서 웬 여자가 튀어나와 다짜고짜 소리를 질렀고, 호세 로드리게스는 뭐가 어떻게 된 건지 자세히는 몰랐지만 뭐가 어떻게 되긴 했다는 건 알 수 있었다.

"뭐냐고 묻잖아. 사람 말이 말 같지 않아?"

긴 생머리에 몸매가 좋고 얼굴이 제법 반반하게 생긴 젊은 여자였는데, 마음먹고 꼬리를 치기 시작하면 당해낼 남자가 아무도 없을 것 같았다. 그렇다고 그게 제대로 된 여자라는 뜻은 아니었다. 호세 로드리게스의 기준에 따르면 해가 지기 전에 입에서 술 냄새가 나거나, 브래지어 간수도 제대로 못 할 만큼 칠칠치 못하거나, 사람을 문밖에 세워놓고 바락바락 악이나 써대는 여자들은 죄다 밥맛없는 여자였는데, 그 여자는 호세 로드리게스가 만난 여자 중에서 최고로 밥맛없는 여자였다. 달랑 브래지어만 하나 걸치고 나와서 사람을 문밖에 세워놓고 악을 썼는데 그때마다 지독한 술 냄새를 풍겼으니까. 아무튼 제대로 된 여자가 아니라는 건 확실했고, 호세 로드리게스는 그런 상황에서 어떻게 해야 하는지 대충 알고 있었다.

"내 집에서 뭐 했어?"

호세 로드리게스는 일단 여자의 왼쪽 빰을 고개가 돌아갈 정도로 세게 한 대 갈긴 다음 그렇게 물었다. 하지만 정말 묻고 싶은 말은 그게 아니었고, 호세 로드리게스가 정말 묻고 싶은 말을 물은 건 오른쪽 빰을 똑같이 한 대 더 갈기고 난 다음이었다.

"마리오는 어디 있지?"

"당신이 손버릇 고약한 개새끼고, 그 개새끼가 마리오를 만나러 왔다는 건 알겠는데…… 한 번만 더 그러면 나도 맞고만 있지는 않을 거야."

화가 머리끝까지 난 여자가 삿대질을 하면서 몇 마디 더 지껄여댔고, 호세 로드리게스는 그 말을 못 들은 사람처럼 현관을 지나 거실로 들어갔다. 그러면서 하고 싶은 말이 있으면 그 자리에서 확실하게 하는 여자가 어쩌면 자기 생각만큼 그렇게 밥맛없는 여자는 아닐지도 모른다고 생각했다. 호세 로드리게스는 십오 년 전과 똑같은 식탁에, 십오 년 전에 그랬고 그 전에도 죽 그랬던 것처럼 두 발을 올려놓고 앉았다. 식탁이 더러워진다고 잔소리를 늘어놓는 여자는 루키아뿐이었다. 그때마다 호세 로드리게스는 그게 이빨도 들어가지 않을 소리라는 걸 알면서도 내 집에서는 누구도 나한테 이래라저래라 명령할 수 없다고 단단히 못을 박았고, 그런 다음 절반 이상이 쌍욕으로 변한 루키아의 잔소리를 식탁에 두 발을 올려놓은 채 가끔씩 하품을 해대면서 듣곤 했다.

밖에서 봤을 때도 그런 생각을 했지만 안에 들어와서 둘러봐도 집은 변한 게 없는 것 같았다. 지저분한 벽지와 지저분한 싱크대와 지저분한 수납장과…… 두 배쯤 지독해졌을 뿐 집 안에 밴 사람 사는 냄새도 그대로였다. 당장 필요한 식료품이나 간단한 생필품 같은 걸 사기 위해—그건 절대 덩치가 큰 가전제품처럼 꼼꼼하게 따져보면서 시간을 잡아먹어야 하는 물건이 아니었다— 잠깐 나갔다 온 기분이었다. 십오 년이 흘렀지만 호세 로드리게스의 눈에는 그랬다. 생판 처음 보는 젊은 여자가 루키아 대신 잔소리를 해댄다는 것만 빼면.

"이봐요, 발 내려요. 식탁이 더러워지잖아. 당신을 만난 지 오 분도 안 됐지만 당신이 어떤 사람인지 대충 알 것 같네요."

"나도 그래. 그리고 지금부터 내가 하는 말 잘 들어둬. 여기는 내 집이고, 내 집에서는 누구도 나한테 이래라저래라 명령할 수 없어. 그래서도 안 되고."

"곤잘레스 씨가 그러던가요? 이 집이 당신 집이라고?"

"어떤 곤잘레스? 그 곤잘레스가 만약 내가 아는 하이메 곤잘레스라면…… 곤잘레스는 이 일과는 아무 관계도 없어. 나는 십오 년 동안 오줌 때를 벗겼고, 지금 내가 여기에 온 건 이 식탁 위에 발을 올려놓고 쉬는 것처럼 제대로 좀 쉬기 위해서니까……. 그런데 이름이 뭐지?"

"파올라 엘게라."

"파올라, 그렇게 서 있지만 말고 마실 것 좀 내왔으면 좋겠는데…… 술만 빼면 아무거나 좋아. 내가 지금 지랄맞게 목이 마르거든."

거실 바닥에는 다 찌그러진 맥주 캔들이 괜찮으니까 우리는 신경 쓰지 말라고 말하는 것처럼 굴러다니고 있었는데, 그건 숙취가 고약하기로 유명한 싸구려 맥주가 틀림없었고, 이 집에서 마실 만한 거라곤 그것밖에 없는 것 같았다.

"이거라도 마실래요? 그런데 이름이 뭐죠?"

"뭐, 어쩔 수 없지……. 호세야. 호세 로드리게스."

둘은 맥주를 마시면서 오랫동안 이야기했다. 한 시간이 두 시간이 되고, 두 시간이 세 시간이 되고…… 파올라는 호세 로드리게스가 알고 싶어 하는 거의 모든 것을 알고 있었고, 그건 굉장히 흥미로운 이야기였는데, 들으면 들을수록 사람을 열 받게 만든다는 점에서 그랬다. 십오 년은 긴 시간이었다. 누구나 죽을 수 있었고 루카아만 그러지 말라는 법도 없었다. 하지만 화장실에서 그렇게 됐다는 건 질 나쁜 농담처럼 들렸다.

"루키아는 정말 괜찮은 여자였어. 그런 여자는 두 번 다시 만날 수 없을 거야."

"루키아 아줌마가 꼭 당신 마누라라도 되는 것처럼 말하네요."

"아니지. 루키아는 마누라 이상이었어. 나는 루키아의 말을 존중했는데, 남자들은 자기 마누라가 하는 말을 그렇게 존중하지 않거든. 자기 마누라가 정말 괜찮은 여자인 줄도 모르고. 하이메만 불쌍하게 됐군. 하긴 하이메는 자기가 왜 불쌍한지 알지도 못할 테지만."

파올라는 마리오를 나쁘게 말하지 않았고, 그건 다행이었다. 여자만큼 자기 남자를 잘 아는 사람은 없으니까. 하지만 다행이라고 할 만한 건 그것밖에 없었고 나머지는…… 마리오는 열여덟 살이었고, 그건 호세 로드리게스의 생각이 맞았다. 그리고 열여덟 살이라는 나이는 어떻게 생각하느냐에 따라서 문제가 아주 많을 수도 있고 그렇지 않을 수도 있는 나이였는데, 호세 로드리게스의 생각에는 손가락 하나만 까딱해도 문제가 되는 나이었다. 엄마가 뭔지도 모를 때 엄마가 도망갔고 아빠가 교도소에서 화장실 청소나 하고 있는 열여덟 살이라면 더더욱.

가정을 꾸리려면 가정을 꾸릴 수도 있는 나이였다. 어떻게 보느냐에 따라서 그랬다. 문제는 여자를 고르는 안목이었는데, 호세 로드리게스가 아는 열여덟 살 중에는 그걸 제대로 할 줄 아는 놈이 한 명도 없었다. 그리고 그건 호세 로드리게스가 아는 모든 남자들을 통틀어 봐도 그랬다. 둘 사이에 차이가 있다면…… 호세 로드리게스는 식탁 위에 올려놓은 발을 괜히 한 번 바꾸면서 자기가 열여덟 살 때 어땠는지 생각했다. 치마만 봤다 하면 그 전까지 그 비슷한 물건을 한 번도 본 적이 없는 놈처럼 환장했는데 그건 치마가 사람 환장할 정도로 예뻐서가 아니라 치마를 벗기고 싶다는 생각 때문이었다. 바지 입은 여자를 봐도 그랬고, 얼굴이 반반하든 반반하지 않든 하루 종일 벗기고 싶다는 생각만 했다. 그러지 않을 때는 치모와 음핵과 음순 같은 것들이 자기 삶에서 차지하는 비중에 대해 고민하다가 그런 것들이 자기 삶의 전부라는 결론을 내리며 정체성을 확립해나갔다. 남자는 죽을 때까지 그러다 죽는다는 게 호세 로드리게스의 생각이었지만, 열여덟 살 때처럼 그 생각만 할 수 있는 나이는 열여덟 살 때뿐이었고, 골 빈 여자랑 엮여서 인생을 망칠 수 있는 나이도 그때뿐이었다. 그런 면에서 마리오는 운이 좋은 편이었다. 호세 로드리게스는 파올라를 더 이상 그런 여자라고 생각하지 않았다.

"라울은 태어날 때부터 몸이 약했어요. 태어난 지도 얼마 안 됐지만…… 라울은 칠 개월이고 지금 여기에 없어요. 매일 병원으로 보러 가는데…… 그 애는 인큐베이터 안에 있고…… 주삿바늘 때문에 온몸이 시퍼런 멍 자국인데…… 그런 게 없으면 죽을지도 모른다는 건 알지만 작은 몸에 뭐가 그렇게 많이 꽂혀 있는지…… 내가 그 애를 보면서 무슨 생각을 하는지 알아요? 그 애 대신 내가 그랬으면 좋겠다는 생각을 할 것 같죠? 아뇨. 아무 생각도 안 해요. 아무 생각도 할 수 없거든요. 물론 인생이 엿 같다는 생각을 끊임없이 하긴 하죠. 그런 생각을 할 수 있을 때 그렇다는 말이지만……."

라울의 병명은 굉장히 길고 복잡했는데, 그건 치료가 가능한 병이지만 아주 많은 돈을 꼬라박아야 치료가 가능한 병이라는 뜻이었다. 그래서 마리오와 파올라는 많은 돈을 꼬라박았다. 매일 싸웠고 한번 싸우면…… 그때는 정말 사는 게 사는 것 같지 않았다. 둘은 거의 모든 면에서 생각이 달랐지만, 인생은 절대 자기편이 아니고 어딘가에 자기편이 있기는 한지 의심한다는 점에서는 생각을 같이했다. 파올라는 술집에 나갔고, 마리오는 빈집을 털었다. 그 전에 집을 담보로 하이메 곤잘레스의 돈을 빌리기도 했지만 라울을 인큐베이터에서 꺼내기 위해서는 더 많은 돈이 필요했다.

"어느 날 마리오가 그랬어요. 잘하면 크게 한 건 할 수 있을 것 같다고. 마리오는 제정신이 아니었어요. 그때는 나도 제정신이 아니었지만 마리오는 훨씬 더 제정신이 아니었죠. 헛소리 좀 작작 하라고 했더니, 헛소리가 아니라고 박박 우겨대면서 자기를 한번 믿어보라고 헛소리를 해대더군요. 나는 그때도 그랬지만 지금도 그렇게 생각해요. 마리오는 아직 믿을 만한 남자가 못 돼요. 십 년이나 이십 년 후라면 모를까 마리오는 아직 햇병아리고, 누가 햇병아리라고 부르면 잭나이프부터 꺼내서 휘두르는 햇병아리죠. 내가 무슨 일이냐고 물어도 실실 쪼개기만 했어요. 자기도 그게 무슨 일인지 모르는 것 같았죠. 그런데도 그 병신 새끼는…… 당신 아들을 그렇게 불러서 기분이 상했다면 미안해요. 하지만 마리오는 눈먼 돈이 어딘가에서 자기를 기다리고 있다고 믿고 있는…… 병신 새끼 맞아요. 아무튼 마리오는 지금 여기 없어요. 일주일 전에는 당신처럼 그 식탁 위에 발을 올려놓고 있었지만, 지금은 그래요. 곤잘레스 씨가 플랜A로 보냈거든요. 당신도 알 텐데…… 곤잘레스 씨는 아주 질이 나쁜 개새끼죠. 그래서 그때 내가 마리오한테 분명히 그렇게 말했는데……."

다음 날 호세 로드리게스는 파올라와 함께 성 프란체스코 병원으로 가는 비행정을 탔다. 그래야 할 것 같았고, 그래서 그랬지만, 꼭 그래야 하는 건 아니었다. 하지만 호세 로드리게스는 그렇게 했다. 무엇이 자기를 그렇게 하도록 만드는지 호세 로드리게스도 몰랐다. 어렴풋이 알 것 같았지만 딱 부러지게 그걸 인정하는 건 호세 로드리게스의 성격에 맞지 않았다. 그냥 싸구려 호텔에서 눈을 떴고, 침대 시트가 너무 더러워서 자기가 밤새도록 그걸 깔고 누워 있었다는 사실에 경악했고, 매니저 겸 벨보이 겸 객실 담당을 불러서 침대 시트가 그렇다는 걸 지적하자 싼 데는 다 이유가 있는 거라는 소리를 들었고, 지독한 숙취 때문에 몸 상태가 말이 아니었고, 그런 숙취에 시달리면서 개고생이나 실컷 하느니 당장 깨끗하게 죽어버리는 게 낫겠다고 생각했고, 그래서 호세 로드리게스는 파올라와 함께 라울을 보러 가기로 했다.

복도에 떠다니는 소독약 냄새와, 흰 가운을 걸친 의사들이 풍기는 소독약 냄새와, 텔레비전이나 보면서 시시덕거리는 나이롱환자들의 몸에 밴 소독약 냄새와…… 병원은 소독약 냄새로 가득했고, 소독약 냄새 그 자체였고, 소독약 냄새는 부피가 있고 질량이 있어서 뭐라도 하겠다고 마음만 먹으면 뭐라도 할 수 있을 것 같았고, 숨을 쉴 때마다 입과 코에 걸쭉한 찌꺼기를 남기는 것 같았다. 소독약 냄새는 문을 열고 병원 깊숙이 들어갈수록 심해졌는데 라울은 소독약 냄새가 가장 심한 곳에, 그러니까 병원의 가장 깊숙한 곳에 누워서 파올라와 호세 로드리게스를 기다리고 있었다.

"라울, 엄마 왔다. 이 애가 당신 손자 라울이에요."

간호사 몇 명과 의사 한두 명이 차트를 넘기거나 의료기기를 들여다보거나 하고 있었고, 뭔가를 측정하면서 신경을 긁어대는 삐삐 소리가 작지만 결코 작지 않게 계속되었다. 호세 로드리게스는 칠 개월밖에 안 된 아기가 몸에 바늘을 몇 개씩 꽂고 이런 곳에 누워 있다는 게 믿어지지 않았다. 하지만 호세 로드리게스가 어떻게 생각하든 사실은 사실이었고, 눈을 감고 인큐베이터 안에 누워 있는 라울은…… 숨을 쉴 때마다 갈

비뻐 모양이 그대로 드러나는 작은 흉부가 위아래로 오르내리고 있었다. 군데군데 황달기가 남아 있는 노란 피부는 가만히 들여다보고 있으면 해파리처럼 투명했고, 라울은 껌 종이 반 장만 한 두 손으로 주먹을 쥐고 있었다. 그걸 주먹이라고 부를 수 있다면 그렇다는 소리지만. 그리고 라울의 몸에 매달려 있는 것들이 보였다. 산소마스크와 동그란 모양의 전극 패치와 잘못 만진 실타래처럼 뒤엉켜 있는 실리콘 호스와 주삿바늘들……. 라울은 굉장히 잘생긴 놈이었고, 호세 로드리게스는 파올라에게 그 말을 해줄까 하다가 말았다.

파올라는 라울을 바라보며 망치로 뒤통수를 제대로 한 대 맞은 사람처럼 멍한 표정을 짓고 있었다. 정말 아무 생각이 없는 것처럼 보였고, 나중에 기분이 좀 나아지면 인생이 엿 같다는 생각을 할 것 같았다. 인생은 내내 엿 같았지만, 지금이 가장 엿 같았고, 앞으로도 계속 더 엿 같아지면 엿 같아졌지 나아질 것 같지 않다고. 호세 로드리게스의 생각도 그랬다. 혀만 살짝 움직이면 끝도 없이 쌍욕이 튀어나올 것 같았지만 호세 로드리게스는 자기가 그래 봤자 아무것도 달라지지 않는다는 걸 알고 있었다. 그때 호세 로드리게스는 자기 손으로 입에 지퍼를 채운 사람처럼 파올라 옆에 조용히 서서 잊을 만하면 한 번씩 꼼지락대는 핏덩어리를 들여다보고 있었다. 단 한 번이라도 자기가 이렇게 오랫동안 무언가를 바라보면서 입을 다물었던 적이 있었나 생각하면서.

"……로드리게스 씨?"

라울은 호세 로드리게스가 만난 두 번째 사람이었다. 호세 로드리게스는 마드리드 국제우주공항 대기실에 앉아 활주로 쪽 창밖을 바라보면서 그때 라울이 어떤 곳에 누워 있었는지, 라울을 바라보던 파올라의 표정이 어땠는지, 파올라와 자기가 어떻게 그곳을 나왔고 그때 자기가 무슨 말을 하기는 했는지 생각하고 있었다. 하지만 그런 것들은 하나도 생각나지 않았고 라울의 모습만 나무에 깊이 박힌 대못처럼 머릿속에 박혀 있었다. 아무튼 그건 자기 손으로 뽑아낼 수 있는 게 아닐 텐데, 당분간은 그 자리에 박힌 채 꿈쩍도 하지 않을 것 같았다. 누가 와서 대신 뽑아주지 않는다면 앞으로 계속 그럴 것 같았고.

"로드리게스 씨 맞죠?"

"그건 일단 맞는 걸로 하고…… 댁이 나를 어떻게 아는지 이제부터 한번 들어봅시다."

어디에 가면 그런 걸 살 수 있는지 한번 물어보고 싶을 만큼 눈에 확 띄는 캐리어를 끌고 나타난 남자는 정신이 제대로 박힌 사람이라면 절대 입을 것 같지 않은 꽃무늬 반팔 셔츠에 물안경처럼 커다란 선글라스를 쓰고 있었고, 딱 봐도 자기가 얼간이라는 사실을 광고하지 못해서 안달 난 얼간이 같았다. 키는 호세 로드리게스보다 주먹 하나가 작았지만 그건 절대 작은 키가 아니었다. 왼쪽 뺨에 있는 하트 모양 타투와 오른쪽 뺨에서 그걸 겨냥하고 있는 큐피드 모양 타투만 지우면 얼굴도 그런대로 괜찮았고, 떡 벌어진 어깨에 존재감이 확실한 팔뚝과 허벅지 근육도 그런 몸을 싫어하는 사람만 아니라면 봐줄 만했다. 나이는 삼십 대 중반 정도. 삼십 대처럼 보이는 이십 대거나 삼십 대처럼 보이는 사십 대일 수도 있지만, 아마 삼십 대 중반이 맞을 거라고 호세 로드리게스는 생각했다. 하지만 곧 얼간이의 나이 같은 건 개미 똥구멍만큼도 중요한 게 아니라는 생각이 들자, 자기가 왜 그런 걸 궁금해했는지 궁금했다. 아무튼 남자가 얼간이라는 사실에는 변함이 없었고, 어느 지역에서 활동하는 얼간이인지는 모르지만 호세 로드리게스가 아는 얼간이는 아니라는 사실도 그랬다.

"일주일 못 봤다고 이러면 섭섭하네요. 하긴 처음에는 나도 긴가민가 했지만…… 옷이라도 좀 갈아입지 그랬어요. 아니면 머리라도 단정하게 깎든가. 아무튼 이런 곳에서 로드리게스 씨를 만나게 될 줄이야…… 로드리게스 씨는 그런 것 같지 않지만, 엄청나게 반갑네요. 그런데 아들 얼굴이 어떻게 생겼나 확인은 했어요?"

얼간이는 커다란 선글라스를 벗고 호세 로드리게스의 옆자리에 앉았는데, 호세 로드리게스는 다른 것들도 벗길 수만 있다면 벗기고 싶었다. 얼간이의 캐리어도 어디 안 보이는 곳으로 치울 수 있다면 그러고 싶었고. 하지만 얼간이에게는 그러고 싶은 마음이 눈곱만큼도 없는 것 같았고, 누구든 그러자고 제안하면 일주일 전에 그랬던 것처럼 자기 아버지가 어떤 사람이었는지 들먹거리면서 난리를 부릴 것 같았다.

"아직 기회가 없어서 못 했네. 그걸 확인하고 싶어서 여기에 앉아 있는 거고. 물론 지금은 똥구멍처럼 생긴 얼굴이 여전히 똥구멍처럼 생겼다는 걸 확인하고 있지만, 아무튼 그래. 난 그렇다 치고 넌…… 교도소에서 똥 냄새를 풍기고 있어야 하잖아. 혹시 똥 냄새 때문에 잘린 거야? 안됐네."

"때려치웠어요. 때려치운다고 했잖아요. 마침 기회가 좋았죠. 경품하고는 인연이 없다고 생각했는데, 아주 인연이 없는 건 아니었나 봐요. 우주선 왕복 티켓에 놀이동산 자유이용권에 숙식 무료제공권까지…… 새빨간 거짓말처럼 들린다는 건 알아요. 나도 처음에는 그랬으니까. 하지만 그건 새빨간 거짓말이 아니었고, 그래서 지금 내가 여기에 있게 된 거죠. 클라크호의 A27번석이 내 이름으로 예약되어 있어요. 비즈니스석이죠. 편안한 의자에 앉아서 영화나 몇 편 보고 있으면 플랜A에 도착하는 거예요. 놀이기구도 제일 비싼 것만 탈 겁니다. 물론 팔 수도 있었고 사겠다는 사람도 많았지만 나는 그러지 않았어요. 인생이라는 건 즐기라고 있는 건데 나는 지금까지 살면서 한 번도 그래 본 적이 없었거든요. 지금 그러지 않으면 평생 그러지 못할 거라는 생각이 들더라고요. 아무튼 인생은 진짜 멋진 거예요. 그렇지 않나요, 로드리게스 씨?"

얼간이가 무슨 소리를 지껄이고 있는지 호세 로드리게스는 하나도 알아들을 수 없었다. 한때는 알아들었을지도 모르지만, 지금이 그때는 아니었다. 입안 가득 엿을 물고 있는데 어떤 얼간이가 나타나서 굵은 엿 하나를 더 쑤셔 박은 기분이었다.

"이름이 뭐였더라?"

"내 이름도 몰라요? 정말 너무하네. 십오 년 동안이나 같은 지붕 밑에서 밥을 먹은 사인데 이러면 정말……."

"기분 나빴다면 사과할게. 하지만…… 닥치고 이름이나 대. 내가 지금부터 너한테 듣기 싫은 소리를 좀 할 텐데, 나는 이름도 모르는 잡놈한테 그러는 사람이 아니거든."

"왜 그렇게 화가 났는지 모르겠지만, 로드리게스 씨……."

"이름이 뭐냐니까. 내가 지금 너랑 바람피운 여자 이름을 대라는 것도 아니잖아."

"……리예요. 하지만 나는 왜 로드리게스 씨가……."

"말은 이제부터 내가 할 테니까 넌 닥치고 듣기나 해……. 너는 내가 못 보는 사이에 잘 지냈는지 모르지만 난 전혀 그러지 못했어. 그래서 지금은 아무라도 한 명 후려치고 싶을 만큼 기분이 더러워. 여자와 어린아이만 빼고 말이야. 그런데 넌 어린아이도 아니고 내가 잘못 본 게 아니라면 여자도 아니잖아. 내 말이 무슨 말인지 알지? 그래. 한 대 맞기 전에 다른 데로 꺼지라는 소리야. 만약 이 자리에 꼭 앉고 싶어서 그러는 건데 내가 그걸 몰라주는 거라면…… 지금 분명하게 그렇다고 말해. 내가 다른 자리로 갈 테니까."

"로드리게스 씨, 난 그냥……."

리는 할 말이 더 있는 것 같았고, 그 말을 아직 시작도 하지 않은 것 같았지만, 호세 로드리게스는 자기 무릎을 치며 자리에서 일어났다. 카롤드 카롤로스 교도소에서는 한 번도 그렇게 행동한 적이 없었다. 그런 행동을 할 수도 없었고 해서도 안 됐다. 그때 자기 할 말만 하고 일어날 수 있는 사람은 리였다. 호세 로드리게스는 머리를 숙이고 자리에 앉아서 자기가 무슨 잘못을 하기는 했는지 생각해봐야 했는데, 지금은 리가 그러고 있었다.

아무튼 리가 호세 로드리게스의 머릿속에 대못처럼 단단히 박혀 있던 생각을 절반쯤 뽑아낸 건 사실이었다. 다른 곳으로 자리를 옮긴 호세 로드리게스는 그곳에 앉아서도 여전히 라울을 생각하고 있었지만 아까처럼 그렇게 라울 생각만 하지는 않았다. 똥구멍처럼 좁아터진 게이트에서 말도 못 하게 많은 사람들이 쏟아져 나오고 있었다. 모두 동양인 같았고, 얼른 숙소에 들어가 발이나 닦았으면 하는 얼굴로 자기 덩치만 한 캐리어를 하나씩 끌고 있었다. 아무튼 이제 그런 게 보이기 시작했고, 다른 것도 좀 신경 쓰이기 시작했다.

호세 로드리게스는 아까부터 자기가 깔고 앉아 있는 의자가 대체 어떤 물건인지 좀 알아볼 필요가 있다고 느꼈다. 조작 버튼이 열몇 개씩 달려 있는 물건이 정말 의자가 맞긴 맞는지, 자기가 다른 물건을 의자라고 착각한 건 아닌지, 만약 그게 의자가 맞고 자기가 착각한 게 아니라면 양쪽 팔걸이에 달려 있는 버튼들이 도대체 무슨 일을 할 수 있는지, 그런 것들을 직접 확인하지 않으면 직성이 풀리지 않을 것 같았고, 그래서 호세 로드리게스는 그렇게 했다.

첫 번째 버튼을 누르자 영화를 한 편 볼 수 있다는 걸 알게 되었다. 하지만 호세 로드리게스는 영화를 보고 싶은 마음이 없었고 그럴 만한 시간도 없었다. 클라크호의 출발 예정 시간은 삼십 분 뒤였다. 비즈니스석은 아니지만 호세 로드리게스도 그 우주선을 타야 했다. 호세 로드리게스는 두 번째 버튼을 누른 다음 무슨 일이 벌어지는지 지켜봤다. 젖은 손으로 가전제품을 만지작거리다가 살짝 감전된 느낌이었는데, 깜짝 놀라 자리에서 일어난 호세 로드리게스는 한동안 자기가 깔고 앉은 의자를 바라보며 어떻게 네가 나한테 이럴 수 있느냐는 표정을 지었다. 다시 자리에 앉은 뒤에도 세 번째 버튼은 누르지 않았다. 세 번째 버튼은 두 번째 버튼과 다를지도 모르지만 아무튼 누르지 않는 게 좋을 것 같았다. 확실하지도 않은 버튼을 아무 생각 없이 누르려면 아는 것보다 모르는 게 더 많아야 했는데 호세 로드리게스는 인생이 어떻게 생겨먹은 물건인지 자기가 좀 안다고 생각했다.

클라크호의 삼등칸에 앉아서도 호세 로드리게스는 똑같은 생각을 하고 있었다. 자기는 아주 늙고 지친 남잔데 성질머리 고약한 의자가 자기를 따라다니면서 괴롭히고 있고, 인생은 원래 그렇게 생겨먹은 물건이라고. 모양이 약간 다르기는 했지만 원칙적으로 C6번석은 조작 버튼이 열몇 개씩이나 달려 있다는 점에서 공항 대기실 의자와 별 차이가 없었다. 적어도 호세 로드리게스가 보기에는 그랬다. 그리고 정나미가 떨어지는 의자에 꼬박 일주일 동안 앉아 있어야 한다고 생각하니 거기에 엉덩이를 댄 지 오 분도 지나지 않았지만 벌써부터 정나미가 떨어지는 기분이었다. 물론 쌍욕을 해대고 줄기차게 방귀를 뀌고 일부러 더러운 걸 묻히거나 좌석 시트를 살짝 찢을 수도 있었지만, 그런다고 호세 로드리게스가 일주일 동안 거기에 앉아 있어야 한다는 사실이 달라지는 건 아니었다. 아무리 마음에 들지 않는다 해도 그곳은 호세 로드리게스의 자리였고, 생각해보면 인생도 지금 앉아 있는 의자와 비슷했다. 정나미가 떨어지고 사람 엿이나 먹이려 들고 한번 정해지면 바꿀 수 없고 내리기 전에는 계속 거기에 앉아 있어야 하고 돈이 끼어들면 이야기가 달라진다는 것까지. 예전부터 인생은 그랬고, 호세 로드리게스는 자기 마음에 들지 않는 인생과 사이좋게 지낸 적이 없었다. 인생은 성질머리가 아주 고약한 물건이었는데 호세 로드리게스도 한성질머리 했으니까. 하지만 호세 로드리게스는 더 이상 젊지 않았다. 어쩌면 인생도 자기를 마음에 들어하지 않았을지도 모른다는 생각을 했고, 그건 지금 자기가 깔고 앉아 있는 의자도 마찬가지일 거라고 생각했다.

호세 로드리게스는 의자와 친해지려고 노력하는 사람처럼 의자에 앉아 창밖을 바라봤다. 클라크호는 언제 그랬는지 모르지만 대기권을 벗어나 있었다. 호세 로드리게스가 앉아 있는 쪽에서는 지구가 보이지 않았고, 설령 지구가 보이는 쪽에 앉아 있었다 해도 지구는 이미 보이지 않을 것 같았다. 창밖으로 보이는 건 사람들이 우주라고 부르는 까만 공간뿐이었다. 깊고 넓고 조용하고…… 아무튼 지랄맞게 아름다웠다. 모든 별들이 먼 곳에서 빛나고 있었다. 아주 작고 하찮아 보였다. 실제로는 그렇지 않을 텐데 그렇게 보이는 별들을 바라보면서 호세 로드리게스는 자기가 만난 세 번째 사람을 생각하고 있었다.

"오랜만이야, 하이메."

호세 로드리게스가 만난 세 번째 사람은 하이메 곤잘레스였다. 하이메 곤잘레스는 그렇게 꽉 막힌 사람은 아니었지만 자기의 위치나 권위가 자기가 누구를 만나느냐에 따라서 결정된다고 생각하는 사람들 중 한 명이긴 했다. 그래서 이야고 거리 38번지에 있는 하이메 곤잘레스의 사무실은 동네 목욕탕처럼 아무나 들어가서 얼굴을 내밀 수 있는 곳이 못 됐고, 벌침에 쏘이고 싶지 않다면 벌통 근처에는 얼씬도 하지 않는 게 상책이라는 건 알 만한 사람이라면 다 아는 사실이었다. 성질 더럽게 생긴 하이메 곤잘레스의 똘마니 몇 명이 사무실 건물 앞에서 죽치고 앉아 있는 것만 봐도 그랬다. 하이메 곤잘레스의 똘마니들은 하루 종일 파라솔 밑에 앉아서 알루미늄 배트로 가만히 있는 땅바닥을 괜히 툭툭 치거나 잭나이프로 이빨 사이에 낀 음식 찌꺼기를 후벼 파거나 했는데, 하는 짓이 조금씩 다를 뿐 하루 종일 거기에 앉아서 그러고 있는 이유는 뻔했다. 하이메 곤잘레스의 똘마니들은 호세 로드리게스처럼 딱 봐도 수상해 보이는 얼간이가 눈앞에서 얼쩡거리면 잇몸을 까뒤집으면서 미친 듯이 짖어대기 위해 그곳에 앉아 있었다.

"형씨, 잠깐 이리 와서 나 좀 봅시다."

"그건 좀 곤란한데. 내가 지금 좀 바빠서."

"이 영감탱이가 죽고 싶어서 환장했나."

"그래 보여? 하긴 요즘 사는 게 영 재미없긴 했어."

사무실은 오 층짜리 건물 맨 꼭대기 층에 있었고, 엘리베이터가 없었기 때문에 볼일이 있어서 그곳에 온 사람들은 백 개가 조금 안 되는 낡은 계단을 한 칸 한 칸 걸어서 올라가야 했다. 그건 하이메 곤잘레스 본인도 그랬고, 호세 로드리게스처럼 무릎 관절이 시원치 않아서 고생하는 사람도 그랬다.

계단은 어두웠고 비가 올 때마다 물이 차는 지하실처럼 고약한 곰팡이 냄새를 풍겼다. 머리 위에서 감시 카메라가 돌아가고 있었다. 감시 카메라는 보이는 것만 열 대가 넘었는데, 보이지 않는 건…… 그게 몇 대나 되는지 정확하게 아는 사람은 별로 없었다. 아무튼 하이메 곤잘레스의 똘마니 몇 명이 어디선가 모니터를 들여다보면서 계단을 감시하고 있다는 것만은 확실했다. 계단에 호세 로드리게스처럼 수상한 얼간이가 나타나면 자기들끼리 험악한 쌍욕을 몇 마디 주고받은 다음, 빈총에 실탄을 장전하면서 자기들끼리 험악한 쌍욕을 몇 마디 더 주고받으리라는 것도 그랬고.

그전에 물론 건물 입구가 왜 뚫렸는지, 알루미늄 배트로 가만히 있는 땅바닥을 괜히 툭툭 치거나 잭나이프로 이빨 사이에 낀 음식 찌꺼기를 후벼 파거나 하던 다른 똘마니들은 어떻게 됐는지 확인할 테지만, 그걸 확인한다 해도 뭐가 달라지는 것은 아니었다. 파라솔 의자는 단체로 꼭지가 돈 술주정뱅이들처럼 죄다 옆으로 쓰러져 누워 있고, 파라솔은 어디로 날아갔는지 보이지도 않고, 얼굴을 아는 똘마니 몇 명이 안 그래도 더러운 길바닥에 시뻘건 피를 묻히면서 기어 다니고, 그렇지 않은 몇 명은 죽은 사람처럼 꼼짝도 하지 않고 누워 있는데 정말 죽은 사람 같고, 한 번도 휘둘러보지 못한 알루미늄 배트와 잭나이프가 여기저기 굴러다니고……. 그 모든 게 정말 엿 같은 일이었지만 이미 그렇게 된 엿 같은 일이었으니까. 그리고 무릎 관절 때문에 고생깨나 할 것 같은 영감탱이 한 명이 사 층을 지나 오 층으로 올라오고 있었는데, 포르노를 틀어놓고 카드나 돌리던 하이메 곤잘레스의 똘마니들에게는 사실 그게 가장 엿 같은 일이었다. 하지만 하이메 곤잘레스의 똘마니들은 상상력이 부족했다. 그래서 정말 엿 같은 일이 벌어지면 뭐가 어떻게 되는지, 정말 엿 같은 일이 벌어지고 난 다음에 알았다.

한동안 불꽃이 튀고 총성이 울려 퍼졌지만 그런 것들은 그리 오래가지 못했다. 그런 것들보다 그런 것들이 남긴 흔적이 더 오래갔다. 자욱한 화약 연기가 오 층 복도 가득 무겁게 떠다녔는데 자세히 보지 않으면 그건 떠다니는 것 같지도 않았고, 바닥에 떨어져 있는 탄피들은 코드를 뽑은 지 얼마 안 된 다리미처럼 아직 뜨거웠다……. 그리고 하이메 곤잘레스의 똘마니 다섯 명이 복도 양옆에 쓰러져 있었다. 한 명은 울고, 한 명은 비명을 지르고, 한 명은 쌍욕을 해대고, 나머지 두 명은 울고 비명을 지르면서 쌍욕을 해대고 있었다. 하지만 그들이 아는 건 그리 많지 않았다. 인대가 몇 군데 끊어졌고 그것 때문에 몸이 말을 듣지 않았지만, 하이메 곤잘레스의 똘마니들이 아는 건 자기가 그렇게 됐다는 사실뿐이었다. 모든 일은 한순간에 벌어졌고, 무슨 일이 벌어졌다는 걸 눈치채는 것과 동시에 그 일은 이미 끝나 있었으니까.

"오랜만이야, 하이메. 잘 지냈나?"

하이메 곤잘레스의 사무실은 그리 화려한 편이 아니었다. 아무나 들어가서 얼굴을 내밀 수 있는 곳이 아니라는 걸 생각하면 더 그랬다. 낡은 삼인용 소파 두 개와 그 사이에 무릎 높이쯤 되는 협탁 하나가 놓여 있긴 했지만, 그건 꼭 필요하기 때문에 어쩔 수 없이 거기에 놓아둔 느낌이었다. 그림이나 화분에도 취미가 없는 것 같았다. 그런 것들을 들여다볼 시간이 없거나, 왜 그런 것들을 들여다보고 있어야 하는지 이유를 모르거나, 그런 것들을 들여다보고 있으면 머리가 나빠진다고 철석같이 믿는 것 같았다. 아무튼 하이메 곤잘레스는 그게 뭐든 자기 사무실에 물건이 있는 걸 굉장히 싫어하는 사람 같았다.

호세 로드리게스는 협탁에 발을 올리고 앉아 하이메 곤잘레스의 사무실을 쓱 한 번 둘러본 다음 이렇게 생각했다. 사람은 그리 쉽게 변하는 것 같지 않은데 늙으면 늙을수록 더 그런 것 같다고.

"커피나 홍차는 됐어. 딱 한 가지만 물어보고 금방 갈 거야."

사무실에 책상은 하나뿐이었고, 그건 당연히 하이메 곤잘레스의 책상이었다. 십오 년 전에는 책상이 하나 더 있었지만, 아무튼 그때는 그랬고, 호세 로드리게스는 하이메 곤잘레스가 자기 책상을 어디다 치웠는지 걸고넘어질 수도 있었지만 걸고넘어지지 않았다. 사실 호세 로드리게스는 자기 책상에 진득하게 앉아서 뭘 한 적이 거의 없었고, 이제 와서 책상 같은 걸로 하이메 곤잘레스를 열 받게 만드는 건 현명한 짓이 못 된다고 생각했다. 이미 열 받은 것 같았지만 더 열 받게 만드는 건 호세 로드리게스가 바라는 일이 아니었다. 하이메 곤잘레스는 쉽게 열 받는 사람이 아니었지만 한번 열 받으면…… 호세 로드리게스는 하이메 곤잘레스를 그렇게 만든 사람치고 두 발로 멀쩡하게 살아서 돌아다니는 사람을 본 적이 없었다. 호세 로드리게스만 빼고 그랬다.

"내가 여기 오래 앉아 있는 걸 자네가 좋아할 것 같지도 않고."

하이메 곤잘레스는 일 미터가 조금 안 되는 단신이었고, 난쟁이 똥자루가 맞았는데, 누가 자기를 난쟁이 똥자루라고 부르면 말도 못 하게 화를 내면서 죽여 버리겠다고 쌍욕을 퍼부은 다음 정말 그렇게 하는 사람이었다. 하이메 곤잘레스를 난쟁이 똥자루라고 부를 수 있는 사람은 호세 로드리게스뿐이었다. 그리고 호세 로드리게스도 가끔씩 꼭 필요할 때만 하이메 곤잘레스를 그렇게 불렀다. 하지만 지금이 그때는 아니라고 생각했다. 물론 그럴 필요가 생기면 그렇게 하겠지만 그건 그때 가서 그렇게 해도 늦지 않을 것 같았다.

한편 하이메 곤잘레스는 아까부터 자기 책상에 앉아서 계속 거기에 없는 사람처럼 굴었는데, 그럴 필요가 있어서 그러고 있거나 그러겠다고 작정한 다음 그러고 있는 사람 같았다. 어쩌면 하이메 곤잘레스는 누가 지금 이 사무실의 주인인가를 확실하게 해두려는 건지도 몰랐다. 하지만 호세 로드리게스는 그런 데 전혀 관심이 없었다. 십오 년 전에는 그렇지 않았지만 지금은 그랬다. 호세 로드리게스가 카롤 드 카롤로스 교도소에서 뭔가 배운 게 있다면 그 전에 자기가 인생을 어떻게 생각했든 그건 진짜 인생이 아니라는 것과 정말 중요하다고 생각했던 것들이 사실은 전부 잡동사니에 불과하다는 것이었다. 정말 중요한 건 따로 있었고, 하이메 곤잘레스의 사무실에 앉아 있는 호세 로드리게스는 자기가 그게 뭔지 정확하게 알고 있다고 생각했다.

"마리오 때문에 왔어……. 사실 난 마리오가 어떻게 생긴 놈인지도 몰라. 몇 번 기저귀를 갈아주기는 했지. 분유를 타준 적도 있고. 하지만 그게 다야. 어느 날 보니까 기고 있더군. 그 전에 먼저 몸을 뒤집긴 했겠지만, 몸을 뒤집는 건 보지 못했어. 걸음마를 할 때도 그랬지. 옹알이를 할 때도 그랬고. 마리오는 그런 걸 하고 있었는데 난 마리오가 언제 그런 걸 시작했는지도 몰랐어. 하루 종일 울기만 했던 건 기억나. 그날 난 정말 어떻게 되는 줄 알았고, 어떻게 되지 않으려고 술을 좀 많이 마셨지. 그러다 이야고 거리 뒷골목에서 오줌을 쌌고…… 내가 마리오를 마지막으로 본 건 십오 년 전이었어. 마리오는 내 얼굴이 어떻게 생겼는지 기억도 못 할 거야. 나는 마리오의 얼굴을 기억하고 있지만, 그게 마리오의 요즘 얼굴은 아닐 테고. 나는 자네만큼도 마리오를 몰라. 하지만 마리오는 내 아들이고…… 다른 사람들은 어떻게 생각할지 모르지만 내 아들이고…… 나는 다른 사람들이 어떻게 생각하든 신경 쓰지 않을 작정이야. 그리고 그건 자네의 생각에 대해서도 그래."

하이메 곤잘레스는 그리 만만한 상대가 아니었는데, 호세 로드리게스가 아는 한 자기만큼 칼을 제대로 휘두를 줄 아는 사람은 하이메 곤잘레스가 유일했다. 일 미터가 조금 안 되는 난쟁이 똥자루였지만 그랬다. 그리고 그건 십오 년이 지난 지금도 그래 보였다. 원래 하이메 곤잘레스는 오른손잡이였다. 하지만 주로 왼손을 많이 사용했고, 그래서 사람들은 하이메 곤잘레스가 왼손잡이라고 생각했다. 그러나 그건 오른손을 사용할 필요가 없기 때문에 오른손을 사용하지 않은 것뿐이었다. 호세 로드리게스도 하이메 곤잘레스가 오른손을 사용하는 걸 딱 두 번밖에 본 적이 없었다. 물론 몇 명 더 그걸 보기는 했지만 그들은 이미 이 세상 사람이 아니었고, 그래서 하이메 곤잘레스가 오른손을 어떤 식으로 사용하는지 아는 사람은 호세 로드리게스뿐이었다. 호세 로드리게스는 협탁 위에 올려둔 발을 슬그머니 내리면서 생각했다. 어쩌면 오늘 그걸 한 번 더 보게 될지도 모르겠다고. 보고 싶지 않지만 보게 될 가능성이 컸고, 그래서 보게 되더라도 그건 어쩔 수 없는 일이라고.

"자네가 마리오를 어떻게 생각하는지 대충은 알아. 그 애를 더럽게 치사한 방법으로 괴롭혔다는 이야기도 들었고. 하지만 그건 됐어. 이미 지난 일이고, 자네도 그럴 만하니까 그렇게 했겠지. 내가 알고 싶은 건 그런 게 아니야. 한 가지만 물을 테니까 솔직하게 대답해줬으면 좋겠어. 그럼 난 조용히 사라질 테고, 조용히 사라졌는지도 모르게 조용히 사라질 테니까. 마리오를 어떻게 했나?"

하이메 곤잘레스의 얼굴은 일주일쯤 냉동실에 처박혀 있다가 누가 그걸 막 꺼낸 것처럼 차가워 보였다. 눈빛도 그랬고 표정도 그랬다. 목소리는…… 하이메 곤잘레스의 목소리는 원래 차가운 편이었는데 그때는 두 배쯤 더 그런 것 같았다.

"마리오라면 플랜A에 있네. 내가 그리로 보냈지. 몇 달 푹 쉬고 오라고 말이야."

호세 로드리게스는 스위스제 잭나이프를 꺼내서 만지작거리기 시작했다. 그걸 곧 사용하게 될 것 같았고, 만약 그걸 사용해야 한다면 하이메 곤잘레스보다 먼저 사용해야 했는데, 그래야 승산이 있을 것 같았다. 한 번, 두 번, 세 번…… 호세 로드리게스가 잭나이프를 만지작거릴 때마다 느슨한 요철 부위에서 금속끼리 부딪히는 철컥 소리가 났고 하이메 곤잘레스도 그 소리가 무슨 의미인지 알고 있었다. 호세 로드리게스는 자기가 할 만큼 했다고 생각했다. 둘 사이에 문제가 있었고 그 문제를 해결하기 위해서 정상적인 대화를 시도했지만 정상적인 대화는 호세 로드리게스의 전공 분야가 아니었다. 그래서 호세 로드리게스는 자기가 잘할 수 있는 일을 생각했고, 지금 그걸 해야겠다고 마음먹었다. 호세 로드리게스는 하이메 곤잘레스의 얼굴을 뚫어져라 들여다보며 입을 열었다.

"이거 왜 이래, 난쟁이 똥자루."

눈으로 보는 것보다 귀로 듣는 게 훨씬 빠르고 정확했다. 눈에 보인다는 건 그 일이 이미 벌어졌거나 곧 끝난다는 의미였으니까. 상대가 하이메 곤잘레스라면 더 그랬다. 하지만 소리는 그렇지 않았다. 소리를 내지 않고 움직일 수 있는 건 없었다. 아무리 조심해도 작은 소리는 났고 그건 하이메 곤잘레스도 그랬다. 호세 로드리게스는 더 이상 잭나이프를 만지작거리지 않았다. 울음소리와 비명 소리와 쌍욕을 해대는 소리가 끊임없이 이어졌지만 그건 모두 복도에서 나는 소리였고 옆방에서 틀어놓은 TV처럼 감이 멀었다. 하이메 곤잘레스의 사무실은 거기에 아무도 없는 것처럼 조용했다. 아니, 거기에 아무도 없는 것 이상으로 조용했는데 그건 누군가 거기에 있어야 만들 수 있는 적막이었다. 호세 로드리게스는 그 적막 속에 앉아 소리를 기다리고 있었고, 잠시 후 하이메 곤잘레스가 정말 무슨 소리를 내기는 했다. 하지만 그건 호세 로드리게스가 예상한 그런 소리가 아니었다.

"마리오는 내 여자를 건드렸어."

하이메 곤잘레스의 목소리는 냉동실에 일주일쯤 처박혀 있다 나온 것처럼 여전히 차가웠지만 아까만큼 그렇게 끔찍할 정도로 차갑지는 않았다. 참고 들으면 들을 만했고, 왜 갑자기 생각을 바꾼 건지는 모르지만 내용도 아까보다 훨씬 나았다. 조금만 기다리면 다른 이야기도 들을 수 있을 것 같았으니까. 그래서 호세 로드리게스는 기다렸다. 뭘 기다리는 건 호세 로드리게스가 잘할 수 있는 일이 아니었지만 호세 로드리게스는 지금 자기가 할 수 있는 일이 그것밖에 없다고 생각했고, 그래서 그렇게 했다. 그리고 그건 틀린 생각이 아닌 것 같았다.

"조용히 불러서 왜 그랬냐고 묻기는 했지. 그 나이에는 그럴 수 있고 나도 그 나이에는 그랬으니까. 잘못했다고 빌면 용서해줄 생각이었네. 그때 나는 머리끝까지 화가 나 있었고 그래서 뺨을 몇 대 갈기기는 했겠지만…… 아무튼 마리오는 나에게도 아들 같은 놈이었어. 자네 아들이라는 걸 깜빡 잊을 만큼 마리오를 아꼈지. 하지만 피는 속일 수 없더군. 미안하다고 한마디만 하면 됐는데, 마리오는 끝까지 그 말을 하지 않았네. 다른 말을 많이 하긴 했지만 내가 듣고 싶은 말은 그렇게 많은 말이 아니었어."

여자가 얽혀 있긴 했지만, 그때부터 그건 더 이상 여자 문제가 아니었다. 여자 문제라면 간단하게 끝낼 수도 있었다. 하지만 여자 문제가 아니라면 이야기가 달랐다. 하이메 곤잘레스는 자기의 권위가 달린 문제를 그렇게 간단하게 끝낼 생각이 없었다. 권위가 어떤 물건인지 정확하게 알고 있었기 때문에 더 그랬다. 권위는 얻는 것보다 지키는 게 훨씬 힘들었다. 세울 때는 오래 걸리지만 한순간에 무너지는 게 권위였다.

"마리오는 지금도 내가 여자 문제 때문에 그랬다고 생각하겠지."

이야고 거리에서 큰소리 좀 치면서 살고 싶은 사람은 먼저 하이메 곤잘레스에게 그래도 된다는 허락을 받아야 했다. 건물을 짓는 것도, 가게를 내는 것도, 밥을 먹거나 숨을 쉬는 것도 그랬다. 이야고 거리의 거의 모든 것은 하이메 곤잘레스의 소유였는데, 더러 그렇지 않은 게 있기는 했지만 계속 그렇지 않은 건 없었다. 이야고 거리에서 문제를 일으킬 수 있는 사람은 하이메 곤잘레스뿐이었고 그 문제를 해결할 수 있는 사람도 하이메 곤잘레스뿐이었다. 물론 이야고 거리를 벗어나면 사정이 달랐지만 아주 많이 다르지는 않았다. 하이메 곤잘레스는 자기가 없는 곳에서 자기의 영향력이 어떻게 작용하는가를 정확하게 이해하고 있는 사람이었다. 빨래를 하기 위해서 손에 물을 묻힐 필요는 없었다. 세탁기에 빨랫감을 넣고 버튼만 누르면 됐다. 그렇게 하면 세탁기가 알아서…… 마리오의 일을 처리할 때도 하이메 곤잘레스는 버튼만 눌렀다. 구체적으로 뭘 어떻게 하라는 말은 한마디도 하지 않았다. 파올라는 그렇게 생각하는 것 같지 않았지만, 그건 거의 사실에 가까웠다. 마리오를 어떻게 생각하는지 살짝 한 번 비치기는 했다. 정말 살짝 한 번 그랬고 그게 다였다. 그때부터 세탁기가 알아서 돌아가기 시작했다. 그것도 생각한 것 이상으로 굉장히 잘.

마리오가 할 수 있는 일은 아무것도 없었고, 그건 마리오를 살아 있지만 죽은 사람으로 만들었다. 물론 밥을 먹고 잠을 자고 똥을 싸기는 했다. 하지만 그런 것들은 혼자서도 할 수 있거나 혼자서 하는 게 편하거나 혼자서만 해야 하는 일이었다. 혼자서 뭘 하든 그건 마리오의 자유였다. 하지만 계속 그렇게 살 생각이 아니라면 문제가 달랐다.

이야고 거리 201번지에 살고 있는 페르난도 까스트로는 자기 집 근처에 있는 작은 고물상을 십 년째 운영하고 있었는데, 뭘 시키지 않으면 고철 덩어리처럼 꼼짝도 하지 않는 로봇 몇 기보다 일을 제대로 할 줄 아는 사람 한 명이 훨씬 더 낫다는 생각을 십 년째 매일 하고 있는 사람이었다. 페르난도 까스트로의 고물상에는 항상 일손이 부족했고, 페르난도 까스트로가 사람을 구한다는 소리를 어디서 주워들은 마리오는 어느 날 다섯 블록 떨어져 있는 고물상까지 한번 걸어가 봐야겠다고 결심했다. 석 달 가까이 집구석에 처박혀 있으면서 마리오가 한 일은 딱 두 가지였다. 파올라가 집어던진 물건을 피하거나 그 물건을 주워서 다시 파올라에게 집어던지거나. 석 달쯤 더 그러면 집구석에 남아나는 물건이 정말 하나도 없을 것 같았고, 하루 종일 하는 일도 없이 빈둥거리면서 파올라의 잔소리에 시달리느니 공병이나 폐지 따위를 상대하면서 시간을 보내는 게 훨씬 속 편할 것 같았다. 적어도 공병이나 폐지는 누군가 자기 눈앞에서 빈둥댄다는 이유로 사람을 들들 볶아대지는 않을 테니까.

고물상 입구에 도착한 마리오는 벽에 붙은 구인 광고지를 뜯어낸 다음 안으로 들어갔다. 그런 건 더 이상 거기에 붙어 있을 필요가 없다고 생각했다. 하지만 고물상 주인 페르난도 까스트로는 마리오를 그리 좋게 생각하는 것 같지 않았다. 페르난도 까스트로는 수염이 잔뜩 난 얼굴에 청색 멜빵바지를 입은 거구로 허리에 큼직한 머니 클러치를 차고 있었는데, 마리오가 자기 이름을 대자마자 얼굴에서 웃음을 지우며 태도를 바꿨다.

"소문은 들었어. 자네가 그 유명한 마리오군."

페르난도 까스트로는 돌려서 말하는 법을 모르는 사람이었다. 말이 많은 편은 아니었지만 할 말이 있을 땐 상대방의 눈을 똑바로 바라보면서 단도직입적으로 할 말만 했다. 마리오에게도 그랬다.

"내가 구하는 사람은 여기서 일을 할 사람이지 여기서 문제를 일으킬 사람이 아니야. 그리고…… 이게 뭔지 알지? 나가면서 아까 그 자리에 붙여놓게."

페르난도 까스트로는 수북하게 쌓여 있는 구인 광고지 중 한 장을 뭘 좀 생각할 게 있는 사람처럼 멍하니 서 있는 마리오에게 보여주면서 말했고, 마리오는 페르난도 까스트로가 시키는 대로 했다. 루이스 가르시아의 잡화점에서도 그랬고, 라몬 안또니오의 정비소에서도 그랬다. 아무도 마리오를 상대하거나 고용할 생각이 없는 것 같았다. 그리고 그건 이야고 거리 밖에서도 마찬가지였다. 마리오는 다시 밥을 먹고 잠을 자고 똥을 싸면서 빈둥거리기 시작했다. 마리오는 살아 있지만 죽은 사람이었고, 그렇게 석 달쯤 더 지나자 정말 집구석에 남아나는 물건이 하나도 없었다.

"어느 날 파올라가 잔뜩 열 받은 얼굴로 나를 찾아왔네. 자네가 지금 앉아 있는 바로 그 자리에 앉아서 이렇게 말하더군. 내가 더럽고 치사한 늙은 개새끼라고. 나는 가만히 듣고만 있었지. 파올라도 그럴 만하니까 그러는 거라고 생각했으니까. 파올라는 삿대질까지 해가면서 욕을 바가지로 해댔는데, 루키아가 몇 번 그러기는 했지. 하지만 루키아도 파올라처럼 그렇게 심하게 해댄 적은 없었어. 파올라처럼 그렇게 오래 해대지도 않았고. 가만히 놔두면 끝도 없을 것 같더군. 삼십 분쯤 쌍욕을 들으면서 앉아 있었으니까 나도 할 만큼 하기는 했고. 그만 닥치라고 했네. 그런 다음 나는 내가 파올라를 어떻게 할 수 있는지 말해줬고, 그렇게 되기 싫으면 내가 시키는 대로 하라고 했지. 파올라는 머리가 좋은 여자야. 한번 열 받으면 보이는 게 없기는 하지만, 아무튼 그래. 시키는 대로 하더군. 거기에 몇 분쯤 더 조용히 앉아 있다가 조용히 나갔지. 나가기 전에 무슨 말을 하기는 했는데, 나는 그게 무슨 말인지 바로 알아듣지 못했어. 문이 닫힌 후에야 파올라가 무슨 말을 했는지 알겠더군. 그때 파올라는 임신 육 개월이었네."

불알 달린 놈이라면 자기 여자는 자기가 끝까지 책임져야 한다는 게 하이메 곤잘레스의 평소 생각이었다. 여자를 만족시키는 건 쉬운 일이 아니지만 만족시킨다는 것과 책임진다는 건 별개의 문제였고, 어떤 형태로든 책임을 지기는 져야 한다고 생각했다. 똥구멍이 찢어지도록 가난하게 살든 잠깐 다른 여자와 바람을 피우든 그랬다. 하지만 아이는 달랐다. 이야고 거리에서 태어난 아이는 이야고 거리가 키워야 했고, 깐토 거리에서 태어난 아이는 깐토 거리가 키워야 했다. 그리고 설령 이야고 거리에서 태어나지 않았다 해도…… 아이를 나 몰라라 하는 건 사람이 할 짓이 아니라고 생각했다. 하이메 곤잘레스가 마리오를 부른 건 그래서였다.

"나도 내가 그렇게 뒤끝이 있는 사람인 줄 몰랐는데, 뒤끝이 있더군. 이번에는 알아듣기 쉽게 단도직입적으로 이야기했네. 미안하다고 한마디만 하면 파올라의 일을 없던 일로 할 테고, 나도 생각을 좀 바꿔보겠다고 말이야. 그때 마리오도 지금 자네가 앉아 있는 거기에 앉아 있었지."

마리오는 고개 한번 들지 못한 채 자기 발밑에 뭐가 떨어져 있나 살피는 사람처럼 사무실 바닥을 들여다보고 있었다. 침이 바싹 말랐고, 누가 억지로 밀어 넣는 것처럼 혀가 계속 말렸다. 그래도 할 말이 아주 많은 건 분명해 보였는데, 알아듣기 힘든 목소리로 계속 구시렁대는 걸 보면 그랬다. 고장 나긴 했지만 완전히 고장 나지 않은 라디오를 작게 틀어놓은 것 같았다.

"조금만 생각이 있는 놈이라면 미안하다고 했을 거야. 구두를 핥으라는 것도 아니고, 가랑이 사이로 기어가라는 것도 아니었으니까. 그냥 미안하다고 한마디만 하면 됐는데…… 마리오는 아예 생각이 없는 놈처럼 굴더군. 피는 못 속인다고 생각했지. 멍청한 데다 똥고집에 자존심만 세고…… 아무튼 마리오는 문제의 핵심을 요만큼도 이해하지 못하는 것 같았어. 문제가 뭔지도 모르는 것 같았고. 사랑은 죄가 아니라나. 이따위 소리나 해대는데, 그때는 정말 꼭지가 돌아버리는 줄 알았지. 마리오는 나한테 다른 말을 해야 했어. 나는 기회를 두 번이나 줬고…… 아무튼 나도 할 만큼은 했네. 그건 자네도 알아야 해. 하지만 어쩔 수 없는 건 어쩔 수 없는 거야."

하이메 곤잘레스에게는 자기 명의로 된 개인 전화가 두 대 있었는데, 하이메 곤잘레스가 주로 사용하는 전화는 그중 한 대였다. 똘마니들에게 할 말이 있거나 반대로 똘마니 쪽에서 정말 중요한 할 말이 있을 때, 뒤를 봐주는 업자 중 그럴 만한 자격이 되는 몇몇 업자와 일 이야기를 할 때, 그리고 가끔씩 개인적인 이야기를 나누면서 지인과 술이나 한잔하고 싶을 때 하이메 곤잘레스는 그 전화를 사용했다. 기분에 따라서는 받아도 되고 안 받아도 되는 전화였고, 머리가 복잡하거나 혼자서 뭘 좀 제대로 생각하고 싶을 땐 며칠씩 꺼두기도 했다. 하지만 두 대의 전화 중 나머지 한 대는 그렇지 않았다. 일 년에 한두 번씩 전화벨이 울렸는데, 하이메 곤잘레스는 일 년 내내 그 전화기를 가지고 다녔고, 기분이나 상황이 어떻든 전화벨이 울리면 그 자리에서 받았다. 하이메 곤잘레스는 대개 난데, 라는 말로 전화를 받았지만, 하이메 곤잘레스가 난데, 라는 말로 전화를 받을 수 있는 사람 중에 두 번째 전화의 번호를 아는 사람은 아무도 없었다. 두 번째 전화는 첫 번째 전화보다 훨씬 폐쇄적이고 중요했으며 다른 모든 일에 우선했다. 마리오가 하이메 곤잘레스의 사무실에 앉아서 한 시간 내내 똥고집을 부리다 돌아간 그날도 그랬다.

마리오를 내보낸 뒤 사무실에 혼자 남은 하이메 곤잘레스는 계속 혼자 있으면서 복잡한 생각을 좀 정리할 필요가 있다고 느꼈다. 옛 친구인 호세 로드리게스를 못 본 지도 십오 년쯤 된 것 같았고, 마리오를 생각하면…… 생각하지 않는 게 좋을 것 같았지만 생각하지 않을 수 없었다. 하이메 곤잘레스는 파올라에 대해서도 생각했다. 정확하게 말하면 파올라가 임신 육 개월이라는 사실과 몇 달 후에 태어날 파올라의 아이를 생각했다. 그러면 마리오는 그 아이의 아빠가 될 텐데…… 생각할수록 머리가 복잡했고, 더 생각해봤자 머리만 더 복잡해질 것 같았다. 그때 주머니 속에서 전화벨이 울렸다. 첫 번째 전화는 아니었다. 첫 번째 전화는 책상 서랍 속에 처박혀 있었고, 혼자서 뭘 좀 제대로 생각하는 데 방해가 될까 봐 일찌감치 전원을 꺼두었다. 하이메 곤잘레스는 난데, 라고 말하는 대신 자기 이름을 대며 전화를 받았다.

"예, 하이메 곤잘레스입니다."

"아, 난데……."

하이메 곤잘레스에게 난데, 라고 말한 다음 자기 할 말만 할 수 있는 사람은 몇 명 없었는데, 그 사람이 바로 그중 한 명이었다. 그는 정부 요인이었고, 가장 영향력 있는 정부 요인의 아들이기도 했다. 자기 집 벽에 못 하나 박을 줄 모르는 병신 새끼가…… 하이메 곤잘레스는 평소에 그를 그렇게 생각하고 있었다. 하지만 그 생각을 입 밖에 내서 말한 적은 한 번도 없었다. 그러면 안 된다는 걸 알고 있었고 만약 그렇게 하면…… 그나 그의 아버지는 두렵지 않았다. 밑바닥으로 굴러떨어진다는 게, 계단 청소부터 다시 시작해야 한다는 게, 하지만 그러기에는 자기가 너무 늙고 지쳤다는 게 하이메 곤잘레스를 두렵게 했다. 그는 하이메 곤잘레스를 그렇게 만들 수 있는 사람이었고 그의 아버지는 그러겠다고 마음만 먹으면 하이메 곤잘레스를 이 세상에서 지워버릴 수도 있는 사람이었다.

"부탁이 하나 있네."

거절할 수 없는 부탁. 만약 거절하면 밑바닥으로 굴러떨어지고, 계단 청소부터 다시 시작해야 하고…… 하이메 곤잘레스는 입이 바싹 말랐고, 전화를 끊은 다음 자기가 꼭지가 돌 때까지 술을 퍼마시게 될 거라고 생각했는데, 전화를 끊은 다음 하이메 곤잘레스는 정말 그렇게 했다.

"플랜A 알지? 자네 똘마니 중 한 명을 거기로 보내줬으면 해. 아, 이유는 묻지 말게. 이유를 알아보려고도 하지 말고. 나는 자네를 믿지만, 아직 완전히 다 믿는 건 아니니까."

하지만 하이메 곤잘레스를 상당히 높이 평가하고 있는 건 사실이고, 자기가 누구를 그렇게 높이 평가하는 것은 좀처럼 없는 일이라는 말도 덧붙였다. 자기 집 벽에 못 하나 제대로 박을 줄 모르는 병신 새끼가…… 하이메 곤잘레스는 계속 그 생각만 했고, 어떻게든 그 생각을 지우기 위해서 노력했다. 자기가 볼 때 오십 대 초반이라는 나이는 아직 대가리에 피도 안 마른 나이라는 생각도. 하이메 곤잘레스의 신경을 긁어대는 건 그런 것들이 아니었다. 하이메 곤잘레스는 자기가 방금 무슨 말을 들었는지 곰곰이 좀 생각해볼 필요가 있다고 느꼈다. 어떤 단어를 어디에서 사용했고, 목소리는 어땠으며, 그 목소리에서 어떤 분위기가 풍겼는지도. 하지만 그건 통화를 마친 다음 꼭지가 돌 때까지 술을 퍼마시면서 그렇게 해도 늦지 않을 것 같았다.

"그날은 정말 얼마나 퍼마셨는지 기억도 안 나. 아무튼 엄청나게 퍼마셔댄 것만은 확실해. 생각할 게 아주 많았으니까. 그러다 아침이 됐고, 그때까지 내가 생각한 게 있다면 그건 혼자 뭘 생각하는 게 그리 좋은 방법은 아니라는 거야. 술을 퍼마시면서 그러는 건 더 그렇고. 누굴 보내긴 보내야 했지. 그건 나도 어쩔 수 없었어. 하지만 그 전에…… 왜 하지 말라는 짓은 더 하고 싶어지는지 몰라. 그래서 살짝 한 번 찔러볼 생각이었는데, 살짝 한 번 찔러볼 필요도 없더군. 멍키스패너 찰리 알지? 그래, 자네가 생각하는 그 코흘리개 찰리 맞아. 자네만큼 겁대가리가 없는 친구였는데, 그 친구도 이제는 늙었어. 요즘은 멍키스패너 대신 지팡이를 들고 다니더군. 다된 거지. 소매로 코를 닦는 버릇은 그대로지만. 자네가 보고 싶다는 말을 많이 했으니까 잊지 말고 한번 만나봐. 굉장히 반가워할 거야……. 아무튼 그날 저녁 찰리가 전화로 시간이 좀 되느냐고 묻더군. 중요하게 할 이야기가 있는 것 같았는데, 꼭지가 돌 때까지 술을 퍼마시면서 그 이야기를 하고 싶어 하는 것 같았지. 하지만 그때는 술이라면 정말 쳐다보기도 싫었어. 숙취 때문에 하루 종일 머리가 깨지는 것 같았으니까. 그래서 그냥 내 사무실에서 보자고 했더니 찰리 그 친구가 그럼 그러자고 했고."

자기 똘마니 둘을 거느리고 나타난 찰리는 그리 기분 좋은 얼굴이 아니었고, 하이메 곤잘레스와 단둘이 남게 되자 들고 온 지팡이를 등 뒤에 세워놓은 다음 소파에 앉아 입을 열었다.

"그 새끼가 나한테만 전화해서 엿 먹인 건 아니지?"

사실 찰리가 하이메 곤잘레스를 찾아간 건 그런 걸 물어보기 위해서가 아니었다. 그건 그냥 그렇게 말하는 게 가장 무난하면서도 적절할 것 같다고 생각했기 때문에 그렇게 한 것뿐이었다. 원래 찰리는 혼자서 뭘 좀 제대로 생각하는 성격이 못 됐다. 머리를 굴리는 것보다 손발을 움직이는 게 항상 몇 박자 빨랐고, 그래서 밤새도록 술이나 퍼마셔댄 하이메 곤잘레스보다 훨씬 많은 걸 알고 있었다.

"그런데 정말 같이 한잔할 생각 없어?"

찰리는 목이 엄청나게 마른 사람처럼 입맛을 몇 번 다셨고, 그러면서 계속 자기 책상에만 앉아 있는 하이메 곤잘레스를 아무리 설명해도 말귀를 못 알아듣는 어린애 보듯 바라봤다.

"미안해, 찰리. 자네 기분이 정말 더럽다는 건 알겠는데 지금은 그러고 싶지 않군. 꼭 한잔해야겠다면 자네 혼자서라도 그렇게 해."

"정 그렇다면 나도 됐어. 오늘은 너하고 꼭 한잔하고 싶었는데……. 뭐, 앞으로도 기회는 많겠지. 내 이야기를 다 들으면 생각이 바뀔지도 모르고."

전날 찰리도 가장 영향력 있는 정부 요인을 아버지로 둔 정부 요인의 전화를 받았다. 통화를 마치자마자 찰리는 바로 믿을 만한 똘마니 몇 명을 풀었고, 하이메 곤잘레스가 자기보다 삼십 분쯤 먼저 똑같은 내용의 전화를 받았다는 걸 알아내는 데는 삼십 분밖에 걸리지 않았다. 그리고 한 시간 후에 찰리는 그런 전화를 받은 사람이 하이메 곤잘레스와 자기를 포함해서 전부 일곱 명이나 되는데, 그중 세 명은 무슨 일이 어떻게 돌아가고 있는지 알아보기 위해 벌써 똘마니들을 풀었고, 나머지 네 명은 아직 꼭지가 돌 정도로 술을 퍼마신 건 아니지만 계속 그렇게 퍼마셔 대면 곧 꼭지가 돌 거라는 사실까지 알아냈다. 그 네 명 중 한 명이 하이메 곤잘레스였다. 그 후로도 찰리의 똘마니들은 계속 정보를 긁어모았고, 더 이상 새로운 정보가 나오지 않을 때까지 정보를 긁어모았다. 그리고 그렇게 스물네 시간이 지나자 찰리는 아주 많은 것을 알게 되었다. 하지만 찰리가 알아낸 정보는 대부분 알고 싶지 않거나 알게 되면 기분만 엿 같아지는 것들뿐이었다.

"내가 알아낸 것들을 너도 알아야 할 것 같았어. 그래야 공평하잖아."

“자네가 그래 주면 나야 고맙지. 그게 뭐가 공평한 건지는 모르겠지만 말이야.”

“좀 있으면 알게 돼. 너도 나만큼 기분이 더러워질 테니까……. 플랜A가 뭐 하는 곳인지는 너도 알지?

“어디에 붙어 있는지는 모르지만 뭐 하는 곳인지는 알지.”

“그럼 됐어. 플랜A가 어디에 붙어 있는지는 나도 몰라. 중요한 건 이 모든 문제가 플랜A에서 시작됐다는 거야.”

찰리는 자기 지팡이를 한 번 보고 아까부터 계속 자기 책상에 앉아 있는 하이메 곤잘레스를 본 다음, 누가 똥을 싸면 반드시 거기에 파리가 꼬인다는 말로 이야기를 시작했다. 그런 다음 플랜A는 굉장히 먹음직스러운 똥이고, 거기에 꼬인 똥파리 중 한 마리가 지금 하이메 곤잘레스와 자기를 엿 먹이고 있는 바로 그 똥파리라는 사실을 지적하면서 뒷말을 이었다.

“내가 조사를 좀 해봤는데, 플랜A는 한마디로 황금 알을 낳는 거위야. 물론 말이 그렇다는 거지 진짜 그렇다는 건 아니고. 수십 억 마리의 거위가 매일 황금 알을 낳는다면 또 모르지. 아니면 거위 한 마리가 매일 수십 억 개의 황금 알을 낳거나. 하지만 그런 거위는 없거든. 황금 알을 낳는 거위가 수십 억 마리나 있다는 것도 말이 안 되고. 그런데 플랜A가 그래. 사람들이 하루에 얼마나 많을 돈을 플랜A에 뿌리느냐 하면…… 들었는데 까먹었네. 내가 원래 숫자에 약하잖아. 늙으니까 기억력도 예전 같지 않고. 아무튼 상상을 초월하는 액수라는 건 확실해. 너도 그게 얼마나 되는지 알면…….”

정확하게 말하면 황금 알을 낳는 거위는 플랜A가 아니라 플랜A에서 물 쓰듯이 돈을 뿌려대는 사람들이었다. 일주일 동안 우주선 안에 갇혀 있던 사람들은 그 일주일 동안 제대로 한번 돈을 써야겠다는 마음의 준비를 단단히 했고, 플랜A에 도착해서 다시 지구행 우주선에 자리를 잡고 앉는 그 순간까지 정말 그렇게 했다. 처음 플랜A에 놀러 온 사람들도 그랬고, 전에 몇 번 그런 적이 있는 사람들도 그랬다.

플랜A는 가고 싶다고 아무 때나 갈 수 있는 놀이동산이 아니었다. 놀이동산이기는 했지만 사람들은 우주 저편에 있는 플랜A를 아주 특별한 놀이동산이라고 생각했다. 그래서 가기 전에 미리 경비를 마련했고, 일단 가면 돈을 물 쓰듯이 썼다. 가장 영향력 있는 정부 요인의 아들도 그중 한 명이었다. 매번 퍼스트클래스석을 이용했으며, 가고 싶으면 아무때나 갔고, 돈을 물 쓰듯이 쓰면서 돌아다녔다. 플랜A는 사람들을 그렇게 만들었고, 사람들을 그렇게 만들 수 있는 곳은 그때까지 플랜A밖에 없었다. 플랜B가 개장하기 전까지는 그랬다.

"플랜B가 개장한 건 삼 개월 전이야. 1/4분기가 지난 셈이지. 그런데 너도 해봐서 알겠지만 사업이라는 게 처음에는 다 그렇잖아. 적자부터 시작하는 게 사업이야. 내 생각은 그래. 다른 업체가 시장을 선점하고 있는 상황이라면 더 그렇고."

하지만 그건 그렇게 단순하게 생각할 수 있는 문제가 아니었다. 사실 플랜B에 돈줄을 댄 투자자들도 찰리와 비슷한 생각을 하고 있었고, 처음에는 사업이 다 그렇다는 걸 찰리보다 훨씬 더 잘 알고 있었다. 문제는 일반 사업체의 규모와 플랜B의 규모가 전혀 다르다는 점이었다. 플랜B는 행성 규모의 사업체였고, 플랜B에 돈줄을 댄 투자자 중에는 행성 규모의 사업체를 운영해본 사람이 아무도 없었다. 적자의 규모부터가 일반 사업체와는 차원이 달랐다. 그건 뚝심 있게 버티면서 상황이 돌아가는 걸 느긋하게 지켜볼 수 있는 수준의 적자가 아니었다. 뚝심 있게 버티면서 상황이 돌아가는 걸 느긋하게 지켜봐야 했지만 그랬다. 기존 사업체에서 낸 일 년 치 흑자가 플랜B에서 까먹은 일주일치 적자와 맞먹는다면, 그렇게 1/4분기 내내 계속 적자만 봤다면, 아무리 배짱이 좋고 경험이 풍부한 사업가라고 해도…… 배짱이나 경험 같은 것들은 그들에게 아무런 도움도 되지 못했다.

"너도 알지? 왜 한 달 전인가, 중국에서 대기업 회장이 자살했잖아. 이름이 왕 뭐라고 했던 것 같은데…… 이름이 뭐가 중요해. 영국 상원위원 한 명이 타워브리지에서 템스 강으로 뛰어내린 일도 그렇고, 중동 어디라고 했더라. 그쪽 나라 이름이 다 비슷비슷하잖아. 석유 재벌 압둘…… 아무튼 그런 사람이 있어. 그 사람이 자기 집 수영장 다이빙대에서 목을 맨 일도 그렇고. 그렇게 굵직굵직한 친구들이 왜 돌아가면서 그런 짓을 했는지 모르는 사람만 모르고 다 아는 사실이더만."

플랜B에 돈줄을 댄 투자자들은 모두 다리 위에서 강물로 뛰어내리거나 자기 집 수영장 다이빙대에 목을 매거나 그러기 일보직전이었다. 며칠만 더 불면증에 시달리면, 몇 번만 더 주주총회에 불려 나가면, 마음만 한번 삐딱하게 먹어도 그렇게 될 가능성이 컸다. 그들은 매일 자기가 그렇게 될 가능성을 따져봤고, 그렇게 함으로써 자기가 그렇게 될 가능성을 높여갔다. 죽음은 어디에나 있었다. 거실 벽난로 위에 장식으로 걸어둔 총기 컬렉션과, 매일 생각 없이 사용하는 면도칼과, 몸무게를 지탱할 만한 줄은 생각 외로 구하기 어렵겠지만 구하겠다고 마음만 먹으면 얼마든지 구할 수 있었다. 죽음은 건물 옥상에도 있었다. 뛰어내리겠다고 마음만 먹으면 얼마든지…… 일부러 타워브리지까지 찾아갈 필요도 없었다. 다리는 타워브리지 말고도 많았다. 하지만 그런 것들은 치워버리거나 외면하면 됐다. 문제는 머릿속에 박혀 있는 죽음이었다. 그건 치우거나 외면할 수 없었다. 어떤 칼보다도 예리했고 어떤 줄보다도 튼튼했다. 플랜B는 그들을 그렇게 만들었다. 그들이 어디에 있든, 그들은 거기에 있지만 거기에 없는 사람들 같았다. 혼자서 멍하니 앉아 지난날을 돌이켜 본다는 건, 실수로 포크나 볼펜 같은 걸 떨어트리고 그 소리에 자기가 까무러칠 만큼 놀란다는 건, 달력이나 들여다보면서 죽을 날만 기다리고 있는 얼간이가 있는데 자기가 바로 그 얼간이라는 사실을 발견한다는 건 그리 유쾌한 경험이 아니었다. 가장 영향력 있는 정부 요인의 아들도 그런 사람들 중 한 명이었다. 뾰족한 대책이 있는 건 아니었지만, 뾰족한 대책이 있어야 한다는 데는 다른 사람들과 생각을 같이했다. 확실하면 확실할수록 좋았다. 원래 확실한 걸 좋아하기는 했지만 이번만큼 모든 게 확실해야 한다고 생각한 적은 한 번도 없었다.

"너라면 어떻게 했을까? 나라도 그렇고. 플랜B의 문제를 플랜B에서 해결하려고 했을까? 이용료를 내리고, 광고비를 늘리고, 서비스의 질을 개선하고……. 물론 그렇게 할 수도 있겠지. 그렇게 할 수 있는 시간과 돈만 있다면 말이야."

하지만 그런 건 없었고, 설령 그런 게 있다 해도 그건 확실한 방법이 아니었다. 그들은 비정상적인 상황에 놓여 있었고 비정상적인 상황에서는 비정상적인 방법이 필요했다.

"나라면 플랜A에서 문제를 일으켰을 거야. 그게 가장 쉽고 빠른 방법이니까. 플랜B를 어떻게 하는 것보다 그쪽이 비용도 훨씬 적게 들 테고. 네 생각은 어때?"

"비합법적이기는 하지만 확실히 합리적이긴 하군."

세상에는 그렇지 않은 일보다 그런 일이 훨씬 많았고, 하이메 곤잘레스는 자기 역시 그렇게 살아온 사람 중 한 명이라고 생각했다. 합법적으로 얻을 수 있는 권력은 존재하지 않았고 이권도 그랬다. 설령 그런 것들이 세상 어딘가에 정말 있다 해도…… 하이메 곤잘레스가 아는 한 그런 것들은 세상 어디에도 없었다. 이유 없이 사람을 죽인 적은 없었다. 하지만 분명한 이유가 있고 그것밖에 방법이 없을 땐 그렇게 했다. 물론 하이메 곤잘레스도 자기 손에 피를 묻히는 걸 그리 좋아하지는 않았다. 장례식장에 화환을 보냈고 유가족들을 찾아가 진심 어린 말로 조의를 표했다. 하지만 똥개들에게 자기가 누구고 무슨 일을 할 수 있는지 확실하게 보여주려면 그중 한 마리를 죽여서 본보기를 보여줘야 한다는 생각에는 변함이 없었다. 그게 가장 효율적이며 합리적이라는 생각에도.

"너 성 프란체스코 병원이라고 알아?"

성 프란체스코 병원이라면 그 일대에서 가장 규모가 큰 종합병원이었고, 하이메 곤잘레스도 그런 병원이 어디에 박혀 있다는 것쯤은 알고 있었다.

"지금 우리를 엿 먹이고 있는 그 개새끼가 며칠 전 그 병원에 다녀갔는데, 자기가 아파서 간 것도 아니고 과일 바구니를 들고 간 것도 아니야. 그럼 왜 거기에 갔을까? 힌트가 있는데 한번 들어볼래?"

"수수께끼라면 됐네. 자네가 안 그래도 머리가 복잡하니까."

"재미없게 왜 이래."

원래 찰리는 다른 사람의 눈치를 보거나 누구를 배려하는 성격이 아니었지만, 그날 찰리는 하이메 곤잘레스의 사무실에서 평생 안 하던 그 두 가지 짓을 한꺼번에 했다. 찰리는 멍키스패너를 휘두르며 쌍욕을 해대는 대신 소파에 가만히 앉아 다음 말을 이었다.

"그러니까 이런 거야. 플랜B가 적자에서 벗어나려면 플랜A에서 문제가 일어나야 해. 정확하게 말하면 문제를 일으켜야 해. 그것도 불알이 꽉

오그라들 만큼 겁나는 문제를 말이야. 그런 상황에서 갑자기 성 프란체스코 병원이 끼어들었어. 부탁을 할 만한 위치에 있는 어떤 새끼가 그 병원을 방문했고. 만약 너라면…… 알았어, 그냥 말할게. 병원에 가면 바이러스를 구할 수 있고, 바이러스가 있으면 아주 많은 일을 할 수 있지. 플랜A가 놀이동산이라는 걸 잊지 마. 놀이기구를 타기 위해서 목숨을 거는 사람은 아무도 없어. 바이러스가 퍼지고 감염이 확산되고 사망자가 속출하고…… 처음에 난 그렇게 생각했지. 그러다…… 여기 오기 몇 시간 전에 문득 그게 아닐 수도 있다는 생각이 들었어. 사실은 크리스티나가 그게 아닐 수도 있다고 했고. 크리스티나가 그게 아닐 수도 있다고 했으니까 아마 맞을 거야."

"크리스티나는 또 누구야?"

"크리스티나? 크리스티나에 대해서 이야기하자면 좀 복잡해. 아무튼 머리 하나는 기가 막히게 잘 돌아가는 여자야. 침대에서도 화끈하고."

"예쁜가?"

"지금 내 말을 똥구멍으로 듣는 거야? 침대에서도 화끈하다니까. 침대에서도 화끈하다는 건 화끈하게 예쁘다는 뜻이야."

그게 아무리 찰리의 똘마니 중 한 명이고 여자라 해도 다른 조직에 머리가 잘 돌아가는 똘마니가 있다는 건 그리 반가운 소식이 아니었다. 크리스티나라는 이름을 기억해둘 필요가 있을 것 같았다. 다음번에는 찰리 대신 크리스티나를 만나서 일 이야기를 하게 될지도 몰랐다. 그전에 내 편으로 만들거나, 내 편으로 만들지 못하면…… 하이메 곤잘레스는 잠깐 딴생각을 하면서 찰리의 다음 말을 기다렸다.

"크리스티나가 그러는데…… 바이러스를 꼭 그렇게 사용할 필요가 있냐는 거야. 바이러스로 뭘 한다는 게 이미 한물간 이야기기도 하고."

크리스티나를 실제로 만난 적은 한 번도 없지만, 하이메 곤잘레스는 자기가 그녀의 머릿속을 빤히 들여다보고 있다는 착각에 빠졌다. 어떤 정보들을 어떻게 해석하고, 그렇게 해석한 정보들을 어떤 방식으로 재배치하며, 결론을 내릴 땐 어떤 기준을 적용시키는지, 그런 사고 과정이 전부 눈에 보이는 것 같았다. 단순하고 상식적이고 현실적이며 그래서 굉장히 합리적인…… 찰리의 이야기를 더 들어봐야 알겠지만, 크리스티나는 생각이라는 걸 제대로 할 줄 아는 여자 같았다.

"크리스티나 말이, 자기라면 바이러스를 그런 식으로 사용하지 않을 거래. 바이러스보다 무서운 건 바이러스에 대한 사람들의 추측과 짐작이라나. 그래서 자기라면 사람들을 그렇게 만들겠대. 몇 명이 바이러스 때문에 죽었는데, 어떤 바이러스 때문에 죽었는지는 모른다, 뭐 이런 식으로 소문을 부풀리면서 말이야. 그러면서 크리스티나가 뭐랬는 줄 알아? 방귀 냄새가 똥 냄새보다 더 독한 거예요, 찰리. 크리스티나는 정말 멋진 여자라니까. 그런데 만약 일반 관광객이 죽어봐. 그건 그냥 어떤 바이러스 때문에 사람이 몇 명 죽은 것밖에 안 돼. 그러니까 내 말은…… 이 모든 일이 정말 말도 안 된다는 거야."

플랜A에서 문제를 일으키는 데 일곱 명씩이나 필요하다는 점도 그랬다. 바이러스 샘플을 들고 우주선에 올라타는 거라면 한 명이나 두 명으로도 충분했다. 일곱 명이 우르르 몰려다니는 것보다 그쪽이 훨씬 안전하기도 했고. 그렇다면 그 일곱 명은…… 하이메 곤잘레스는 머릿속이 복잡했다. 안 그래도 속이 뒤집히는 것 같았는데, 정말 속이 뒤집히면서 신물이 올라왔다. 결론은 이미 나와 있었다. 그 결론이 마음에 드는 결론은 아니었지만, 아무튼 그랬다. 사람들을 움직이는 건 사실이 아니라 사실처럼 조작된 소문이었다. 그리고 가장 영향력 있는 정부 요인의 아들은 얼굴 한번 본 적 없는 똘마니 일곱 명으로, 정확하게 말하면 똘마니 일곱 명의 시체로 자기에게 유리한 소문을 조작하려 하고 있었다.

"왜 꼭 일곱 명이 필요한지는 나도 몰라. 물론 여덟 명보다는 낫지. 하지만 여섯 명이면 왜 안 돼? 여섯 명이라면 좋겠어. 그래서 내가 이 일에서 빠졌으면 좋겠고. 일곱 명 중 한 명이면 확률이 칠 대 일이야. 그건 포커에서 마운틴 패를 잡는 것보다 높은 확률이라고. 그리고 나는 포커를 아주 잘하니까……. 사람 몇 명 죽이는 것쯤은 눈 하나 깜짝하지 않을 자신이 있어. 한번은 식탁에서 밥을 먹다가 더럽게 재수 없게 구는 새끼를 포크로 작살낸 적도 있고, 더럽게 재수 없게 구는 다른 새끼를 애들이 가지고 노는 퀵 보드로 찍어버린 적도 있으니까. 그래도 나는 그 포크로 끝까지 밥을 먹었어. 퀵 보드도 바퀴에 피가 좀 묻어 있기는 했지만 굴러가는 데는 전혀 지장이 없었고, 그래서 나는 그걸 타고……."

"그 이야기라면 예전에 몇 번 들어서 알아. 자네 기분이 지금 어떤지는 알겠지만, 나도 지금 몇 번 들은 이야기를 한 번 더 들을 기분은 아니라는 걸 알아줬으면 좋겠군."

"알았어. 그럼 사람 몇 명 죽이는 것쯤은 눈 하나 깜짝하지 않을 자신이 있다는 이야기부터 다시 할게……. 하지만 내가 데리고 있는 애들은 그러면 안 돼. 우리는 식구고, 그 애들은 내 가족이야. 장기판의 말이 아니라고. 그런데 그 개새끼가…… 너도 알 건 알아야 해. 그래서 왔어. 그래야 공평하니까."

찰리는 오 분쯤 더 사무실 소파에 앉아 있다가 등 뒤에 세워둔 자기 지팡이를 들고 일어섰다.

"난 지금부터 한잔하러 갈 생각인데…… 정말 같이 안 갈래?"

"정말 그러고 싶지만 지금은 됐어. 생각할 게 좀 있어서 말이야."

"생각해봤자…… 아무튼 생각이 바뀌면 알려줘. 아니면, 멘도사네 술집 알지? 그냥 거기로 와도 되고."

찰리가 나간 뒤, 사무실에 혼자 남은 하이메 곤잘레스는 정말 생각이라는 걸 하기 시작했다. 하기 싫은 생각이었지만 안 할 수 없는 생각이었고, 하면 할수록 기분만 엿 같아지는 생각이었지만 누가 대신 해줄 수 있는 생각도 아니었다. 하이메 곤잘레스는 계단을 청소하던 시절을 생각했고, 빗자루와 쓰레받기와 물걸레와 자기를 세워놓고 한 시간 내내 잔소리를 늘어놓던 늙은 여자들을 생각했고, 그런 다음 지금 자기가 가진 것들을 생각했다. 그리고 누구를 보내야 한다면 누구를 보내야 할지 생각했다. 다비드와 폴과 세르지오와 알렉스와…….

"내가 피도 눈물도 없는 놈이라는 건 나도 알지만…… 나도 그리 좋은 기분은 아니었네."

하이메 곤잘레스는 그때 자기가 무슨 생각을 했고 그래서 기분이 어땠는지, 하지만 그건 자기로서도 어쩔 수 없는 일이었고, 그 상황에서는 누구라도 그렇게 했을 거라고 말하면서 방금 자기가 내뱉은 말들을 전부 주워 담고 싶다는 생각을 했다. 구질구질하게 변명이나 늘어놓는 얼간이가 된 것 같았는데, 그게 백 퍼센트 사실은 아니라 해도 어느 정도 사실에 가깝다는 건 인정하지 않을 수 없었다. 하이메 곤잘레스는 자기를 그렇게 만든 사람을 한참 동안 바라보며 혀끝에 맴도는 말을 간신히 삼켰다.

무거운 침묵이 흘렀고, 무거운 침묵 위에 또 다른 무거운 침묵이 흘렀다. 침묵은 한 장 두 장 쌓이는 벽돌처럼 계속 무게를 더해가면서 하이메 곤잘레스의 어깨를 찍어 누르고 있었다. 하지만 할 말은 이미 다 했고, 거기서 무슨 말을 더 하면 그게 무슨 말이든 모두 변명이 될 것 같았다.

자기 입에서 튀어나온 변명의 무게만큼 견디기 힘든 건 없었다. 그건 침묵보다 훨씬 무거웠고 침묵보다 훨씬 오래갔으니까. 하이메 곤잘레스는 밑천이 탈탈 털린 채 노름판 주위를 괜히 기웃거리는 노름꾼처럼 기분이 더러웠는데, 자기 기분을 그렇게 만든 사람을 뚫어져라 바라보는 일 밖에 할 일이 없었고, 그래서 기분이 더 더러웠다. 이제 호세 로드리게스가 세 가지 중 적어도 한 가지는 해야 할 차례였다. 입을 열거나, 조용히 나가거나, 아니면 칼을 뽑거나. 잠시 후 호세 로드리게스는 원래 그렇게 목소리가 작은 사람처럼 작은 목소리로 입을 열었다.

"하지만 그게 꼭 마리오여야 할 이유는 없었어."

"하지만 그게 꼭 마리오가 아니어야 할 이유도 없었지. 마리오는 내 여자와 내 자존심을 건드렸고, 두 번이나 기회를 줬는데도……."

하이메 곤잘레스는 자기가 계속 변명만 늘어놓고 있다는 생각을 지울 수 없었다. 게다가 그곳은 하이메 곤잘레스의 사무실이었고, 하이메 곤잘레스는 자기 사무실에서 자기가 그러고 있다는 사실을 좀처럼 받아들일 수 없었다. 그러고 싶지 않은데 계속 그렇게 된다는 사실도.

"그리고 만약 다른 애를 보냈다면 다른 애의 아버지가 찾아왔겠지. 지금 자네가 앉아 있는 그곳에 앉아서 자기 아들에 대해 물었을 테고. 하지만 자네는…… 나는 자네가 오 년 뒤에나 거기에 앉을 거라고 생각했네. 그때는 자네가 없었고, 그래서 마리오를 보내는 게 가장 괜찮은 생각처럼 보였지. 결론적으로는 틀린 생각이었지만, 아무튼 일주일 전에는 그랬어."

호세 로드리게스는 마리오가 하루 종일 울면서 자기를 미치게 만들던 날을 생각했다. 그날 마리오는 작정이라도 한 것처럼 울어댔는데, 호세 로드리게스가 아무리 어르고 달래도 한번 마음먹은 걸 절대 바꿀 생각이 없는 것처럼 계속 울기만 했다. 기저귀를 들춰봤지만, 기저귀 때문에 그러는 건 아닌 것 같았다. 젖병을 물려보기도 했다. 몇 번 빨기는 했지만 몇 번 빨다 말았다. 그날 루키아는 약속이 있었고, 저녁 늦게나 잠깐 마리오를 봐줄 수 있다고 했다. 호세 로드리게스는 마리오를 침대 위에 눕혀놓은 다음 주방 식탁에 발을 올리고 앉아서 자기가 마리오를 침대에 눕혀놨다는 사실을 잊기 위해 노력했다. 취하지 않을 만큼 술을 마셨고, 한 벌밖에 없는 카드로 혼자서 할 수 있는 짓은 죄다 한 다음 그 짓을 처음부터 끝까지 몇 번이나 다시 하면서 시간을 보냈다. 하지만 호세 로드리게스는 침대에 누워서 목이 쉴 때까지 울어대는 마리오를 무시할 수 없었다. 몇 번 소리를 지르기는 했지만 뭐라고 소리를 질렀는지는 기억나지 않았다. 마리오는 더 크게 울기 시작했고 호세 로드리게스는 소리를 지르는 게 그리 좋은 방법은 아니라는 생각을 하면서 몇 번 더 소리를 질러댔다. 그러자 마리오는 좀 전보다 더 크게 울기 시작했고…….

그날의 기억은 그게 다였고, 그게 다라고 생각했다. 이야고 거리 뒷골목에서 오줌을 쌀 때도, 경찰관 두 명이 다가와 말을 걸 때도, 호세 로드리게스의 귀에는 그날 들은 마리오의 울음소리가 모기떼처럼 윙윙거리고 있었다. 그렇게 할 수만 있다면 달팽이관 두 개를 전부 들어내고 싶을 정도로. 하지만 그런 생각은 그리 오래가지 못했다. 카롤 드 카롤로스 교도소에서는 생각할 시간이 아주 많았다. 다른 걸 생각하지 않으면 어떻게 될 것 같았고, 그래서 호세 로드리게스도 다른 걸 생각하면서 시간을 보냈는데, 똥걸레를 빨거나 오줌 때를 벗기는 동안 호세 로드리게스는 주로 마리오에 대해 생각했다. 믿을 수 없을 만큼 작은 발과 그 발보다 더 작은 손과 이제 막 몇 가닥 나기 시작한 얇은 머리털과 집 안 곳곳에 밴 젖비린내와……. 호세 로드리게스는 그런 것들을 계속 만지작거렸고,

그런 것들은 계속 만지작거려도 손때가 묻거나 닳아 없어지지 않았다.

잘 생각해보니 그날 마리오는 울기만 한 게 아니었다. 울다가 기침을 두 번 했고, 다시 울다가 기침을 한 번 한 후에 마리오는 호세 로드리게스를 불렀다.

"아빠."

어쩌면 그건 그냥 기침을 한 번 더 한 걸지도 몰랐다. 울음소리가 그렇게 들린 것일 수도 있었다. 하지만 중요한 건 그런 게 아니었다. 중요한 건 호세 로드리게스가 그렇게 생각했고 십오 년 동안 줄곧 그렇게 생각했으며 지금도 그렇게 생각하고 있다는 점이었다. 딱 한 번뿐이었고, 그게 처음이자 마지막이었지만, 마리오가 분명히 자기를 아빠라고 불렀다고.

"돈 좀 빌려줘. 내가 한번 가봐야 할 것 같아. 만나면 용돈도 좀 주고 싶고. 갚겠다는 약속은 못 하겠지만…… 아마 못 갚을 거야. 그래도 친구끼리 그 정도는 해줄 수 있지?"

클라크호는 제일 빠른 우주선은 아니었지만 굉장히 빠른 우주선이었다. D타입 계열의 초기 기체라는 점을 감안하더라도 클라크호는 상당히 잘 만들어진 우주선이었고, 우주 끝에 뭐가 있는지 궁금해서 한번 갔다 올 생각이 아니라면 아직 쓸 만한 우주선이었다. 하지만 자리에 앉아서 창밖을 바라보고 있으면 꼭 그런 것 같지도 않았다. 별들은 아주 느리게 지나갔고, 사실 실내등 때문에 자세히 들여다보지 않으면 별 같은 건 보이지도 않았고, 거대한 암흑뿐이었고, 그리고 그건 십 분만 들여다보고 있어도 사람을 질리게 만들었고, 우주선이 고장 나서 그냥 제자리에 떠 있는 것처럼 보이게 했고, 그래서 호세 로드리게스는 한 시간마다 한 번씩 자기가 탄 우주선이 정말 움직이는 게 맞나 확인하기 위해 창밖을 바라보곤 했는데, 그렇게 오 분쯤 뚫어져라 바라본 뒤에야 마음을 놓을 수 있었다. 완전히 그랬다는 건 아니지만 약간 그러기는 했고, 누가 우주선 뒤로 가서 밀라고만 하지 않는다면 확인차 가끔씩 창밖을 내다보는 것도 그리 나쁜 것 같지는 않았다.

그렇게 호세 로드리게스는 클라크호의 이코노미클래스 C6번석에 앉아서 가끔씩 하품을 하고 그때마다 기지개를 켜고 어떨 땐 기내에 마련된 오락 시설이나 편의 시설을 이용하면서 시간을 보냈다. 기내식이 다섯 번인가 나왔고, 영화를 세 편쯤인가 봤으며, 매점 진열대 사이에서 한 번, 어슬렁거리라고 만들어놓은 복도 산책길에서 어슬렁거리다 한 번, 기내를 돌아다니는 리와 두 번씩이나 마주치기도 했다.

"로드리게스 씨, 이건 제가 계산할게요."

호세 로드리게스가 매점에 간 건 술이나 한잔할까 해서였는데, 그곳에서 만난 리는 굳이 자기가 대신 계산하겠다고 우기면서 호세 로드리게스를 귀찮게 했고, 복도 산책길에서도 멀찌감치 떨어져서 걸으라는 호세 로드리게스의 말을 무시한 채 다시 십 분쯤 호세 로드리게스를 귀찮게 했다.

"로드리게스 씨, 그만 기분 푸세요. 아까는 미안했어요. 하지만 그때 저는 로드리게스 씨가……."

다시 한 번 멀찌감치 떨어져서 걸으라고 소리칠 수도 있었지만, 그렇게 하면 자기가 너무 속이 좁은 인간이 될 것 같았고, 그래서 호세 로드리게스는 멀찌감치 떨어져서 걸으라고 소리치는 대신 이렇게 물었다.

"비즈니스석은 어때? 좋아?"

"뭐, 비즈니스석이니까…… 나쁘진 않죠."

"궁금해서 그러는데, 버튼 눌러봤어?"

"버튼요? 아…… 눌러보긴 했는데 그게 왜요?"

"눌러도 되나 궁금해서 그래. 누르라고 있는 건데 누르지 않으면 나만 손해 보는 것 같잖아."

"그러니까 로드리게스 씨 말은……."

그 후로 오 분쯤, 리는 좌석 옆에 달려 있는 버튼을 하나씩 누르면 그때마다 대충 무슨 일이 일어나는지 설명했는데, 그건 호세 로드리게스가 생각하는 그런 일이 아니었다. 기능 몇 개는 들어도 그게 어떤 기능인지 알 수 없었고, 다른 기능 몇 개는 왜 그런 기능이 사람이 앉는 의자에 필요한지 생각해볼 필요가 있는 것들이었으며, 나머지 기능 몇 개는 그런 기능이 있는 의자에 사람이 앉아도 되는지 한번 찬찬히 따져보게 만드는 기능이었다. 하지만 그중에 사람을 엿 먹이는 기능은 없는 것 같았다. 쓸 만한 기능도 하나 있었다. 오른쪽에서 네 번째 버튼을 누르면 안마를 받을 수 있다고 했고, 그건 호세 로드리게스에게 상당히 유용한 정보였다.

"비즈니스석만 그런 건 아니겠지?"

"요금이 다르니까 그럴지도 모르겠네요. 전 그럴 것 같지 않지만요. 그건 너무 치사하잖아요."

리는 인생이 얼마나 치사한지 아직 모르는 것 같았다. 아무튼 리는 몇 바퀴 더 돌 모양이었고, 실제로도 몇 바퀴 더 돌겠다고 말한 다음 아주 오래된 전쟁 영화의 주제곡을 휘파람으로 불면서 복도 산책길을 따라 멀어져 갔다. 호세 로드리게스도 본 적이 있는 영화였고 귀에 익은 멜로디였다. 세계 2차 대전, 정글에 둘러싸인 일본군 포로수용소, 찢어진 군복이나 땀에 전 러닝을 입은 영국군 포로들이 두 팔을 흔들면서 행군하고, 그들을 바라보는 부상병과 원주민 들, 군복 단추를 채우며 뭐가 어떻게 돌아가는지 살피는 일본군 장교, 밑창이 떨어져나간 군화는 고집스럽게 제자리걸음을 하면서 계속 땅을 파고, 그때마다 깊이 박히는 발자국……. 경쾌한 휘파람 소리는 구멍 난 주머니처럼 그런 장면들을 한 움큼씩 바닥에 흘리면서 멀어지고 있었고, 그러다 더 이상 흘릴 물건이 없는지 볼륨을 끝까지, 하지만 서서히 줄일 때처럼 사라졌다.

호세 로드리게스는 이코노미클래스 C6번석으로 돌아와 자기 자리에 앉았다. 창밖은 여전히 반딧불 몇 마리가 날아다니는 시골 촌구석의 여름밤처럼 캄캄했고, 실내등 불빛 때문에 자세히 들여다봐야 했지만 아무튼 자세히 들여다보면 그랬고, 호세 로드리게스는 자기가 지칠 대로 지쳤다는 사실을 인정하지 않을 수 없을 만큼 지쳐 있었다. 신발다운 신발 한 켤레 없이 아주 먼 길을 걸어온 기분이랄까, 몸에 힘이 하나도 없었고 내 몸이 내 몸 같지 않았고 끝까지 알뜰하게 짜낸 치약 튜브처럼 몸속에 아무것도 남아 있지 않은 것 같았다.

호세 로드리게스는 의자 등받이를 끝까지 뒤로 젖힌 다음 최대한 편안한 자세를 잡기 위해 몸을 몇 번 뒤척였고, 몇 번 더 몸을 뒤척이면서 이 의자에 앉아 있는 한 절대 편안한 자세를 잡을 수 없다는 결론을 내렸다. 바로 뒷좌석에 앉아 있던 남자가 갑자기 엄청나게 좁아진 자기 자리에 대해 몇 마디 구시렁대기는 했지만 몇 마디 더 구시렁대게 그냥 놔두자 곧 뒷좌석에 아무도 앉아 있지 않은 것처럼 조용해졌다. 하긴 산다는 게 모두 거기서 거기고 어떻게 보면 인생이라는 건 누구에게나 불공평하다는 점에서 언제나 공평했지만, 그래도 살 만큼 산 사람을 끝까지 엿 먹이는 건 절대 공평한 게 아니라는 생각이 계속 들었다. 호세 로드리게스는 오른쪽에서 네 번째 버튼이 어디에 붙어 있나 신중하게 확인했고, 한동안 우주공항 대기실에서 있었던 일을 잊기 위해 노력하다가 그

버튼을 눌렀다. 대단한 보상을 바란 건 아니지만 어떤 식으로든 보상을 받아야 한다고 생각한 건 사실이었다. 인생은 모두에게 빚이 있었고, 호세 로드리게스는 자기도 뭔가 돌려받을 게 있는 사람 중 한 명이라고 굳게 믿었다. 삐 소리와 함께 안마가 시작됐고, 호세 로드리게스는 신음 소리를 내면서 눈을 감았다. 인생은 늘 이런 식이라고 생각하면서. 더럽게 인색하지만 그걸로 충분하게, 인생은 가끔 자기가 그러고 싶을 때 보상을 하기도 한다고 생각하면서.

이제 당신은 오른쪽에서 네 번째 버튼을 누르면 무슨 일이 일어나는지 안다. 당신의 어깨는 돌덩이처럼 딱딱하게 굳었고, 그건 뒷목도 마찬가지고, 너무 오랫동안 사용한 당신의 팔다리는 물에 젖은 이불 빨래처럼 당신도 깜짝 놀랄 만큼 무겁다. 당신의 것이었지만 한 번도 당신 것이 아니었던 수많은 시간과 그 시간 동안 당신이 만난 사람들의 얼굴과 그 시간 동안 당신이 겪어야 했던 일과 그 시간 동안 당신 위에 차곡차곡 쌓인 피로가 당신의 몸을 더욱 무겁게 내리누른다.

당신은 잠깐 당신의 손을 물끄러미 들여다본다. 많은 것을 쥐고 싶었지만 아무것도 쥐지 못한 당신의 손이 거기에 있다. 그건 당신의 인생이고 그래서 당신이 마지막에 쥐게 될 물건은 손금보다 깊게 파인 한 움큼의 주름과 그걸 거기에 새긴 세월의 무심함뿐이다. 당신은 당신이 열심히 살아왔다고 생각하지 않는다. 열심히 살아왔다고 믿고 싶지만 그게 사실이 아니라는 걸 당신도 안다. 당신은 자기를 속일 생각도 없고 그런 얄팍한 속임수에 넘어갈 자신도 없다. 그러기에 당신은 너무 오래 살았다. 너무 많이 봤고 너무 많이 들었고 그래서 너무 많은 것을 알고 있고, 하지만 누가 말해주지 않아도 그게 당신의 잘못이 아니라는 걸 당신도 안다. 체념하지 않고 체념하는 방법을 알며 기대하지 않고 기대하는 방법을 당신은 알고 있다. 그러므로 당신이 당신의 인생을 어떻게 살았든 당신은 보상을 받을 만한 자격이 충분한 사람이다.

당신이 방금 누른 건 좌석 옆에 달린 오른쪽에서 네 번째 버튼이다. 그건 클라크호의 이코노미클래스에 있는 C6번 좌석을 C6번 좌석이 아닌 전혀 다른 어떤 것으로 바꾼다. 당신은 C6번석에 반쯤 입을 벌리고 앉아서 누군가의 강한 악력에 몸을 맡긴다. 주먹이 당신의 어깨를 두드리고 손가락이 당신의 등뼈 사이를 누른다. 당신은 당신의 입에서 새어 나오는 신음 소리가 낯 뜨겁다. 다른 사람의 귀 때문은 아니다. 당신이 낯 뜨거워하는 건 당신이 보낸 시간과 그 시간을 보낸 당신 때문일지도 모른다. 강한 악력이 딱딱하게 뭉친 당신의 근육을 주무른다. 하지만 오랫동안 뭉친 당신의 근육은 쉽게 풀릴 줄 모른다. 당신은 그게 뭐든 오랫동안 뭉친 건 오랫동안 풀어야 한다고 생각하며 몸을 한 번 뒤척인다. 당신은 아주 오랫동안 뭉쳐 있었다. 당신의 근육만 그런 게 아니라 당신의 근육이 살아낸 당신의 인생까지도.

처음에 당신은 약간 아프다고 느낄 수도 있다. 그건 제 몸에 난 상처를 손톱으로 긁어댈 때와 비슷한 고통이다. 아프지만 아픈 건 그리 오래가지 못한다. 당신은 고통을 참으면서 쾌락을 기다린다. 고통이 쾌락으로 바뀌는 순간을 기다리고 있다. 그리고 쾌락은 당신의 기대를 저버리지 않는다. 당신은 더 이상 몸을 뒤척이면서 신음 소리를 낼 필요가 없다. 이미 당신 몫의 고통이 당신을 지나갔기 때문이다. 당신의 얼굴에 미소가 번진다. 오랫동안 잊고 지낸 미소다. 당신이 잊은 게 하나 더 있다. 오래전에 당신은 그렇게 미소 지을 줄 아는 사람이었다.

이제 당신은 고장 난 저울이다. 더 이상 당신은 그 어떤 무게도 달 필요가 없다. 이제 당신은 사람이 살지 않는 빈집이다. 생활과 수고가 당신의 몸에서 빠져나가고 그 뒤에 남은 것은 당신의 살과 근육과 뼈뿐이니, 당신은 사람이 살지 않는 빈집이다. 당신은 물을 너무 많이 탄 밀가루 반죽이고, 아이가 땅바닥에 떨어트린 한 덩어리의 아이스크림이다. 당신의 몸은 말랑말랑해지고, 말랑말랑해지다가 어느 순간 녹아 없어진다. 또 당신은 납작한 조약돌로 뜬 물수제비다. 한 번, 두 번, 세 번…… 당신은 가라앉을 줄 모른다. 그렇게 당신은 계속 당신이 아닌 다른 무엇이 된다. 그렇게 당신은 당신의 몸을 잊고, 당신의 몸을 잊은 당신은 당신이 아주 편안한 상태라고 생각한다. 그러다 당신은 당신도 모르는 사이에 잠이 든다.

"마리오, 내가 몇 번이나 말해야 알아듣겠어요. 제발 식탁 위에 발 좀 올려놓지 말아요. 나를 잔소리가 심한 여편네로 만드는 건 바로 당신이라고요. 누군 잔소리를 하고 싶어서 하는 줄……."

당신은 아내가 시키는 대로 할 수밖에 없고 그래서 당신은 그렇게 한다. 파올라는 당신이 알고 있는 여자 중 가장 화끈한 여자다. 중년이 된 지금도 당신과 아내 파올라는 가끔씩 팬티 색깔 맞히기를 하면서 논다. 당신의 승률은 반반이다. 이십오 년 전에 처음 시작한 놀이지만 바뀐 룰은 없다. 당신이 파올라의 팬티 색깔을 맞히면 당신에게는 파올라의 팬티를 벗길 수 있는 자격이 생긴다. 그리고 당신은 그 상품이 여전히 최고라고 생각한다. 침대에서 파올라는 단 한 번도 당신을 실망시킨 적이 없다. 당신은 파올라를 정말 멋진 여자라고 생각한다. 화끈하게 잔소리를 늘어놓을 때만 빼면 당신의 생각은 대체로 그렇다. 당신은 식탁 위에서 발을 내리고 귀찮게 달라붙는 날파리를 쫓을 때처럼 한 손을 내젓는다.

"알았어. 알았다고."

당신은 일부러 약간 짜증스러운 목소리를 낸다. 손등으로 눈두덩을 비비고 있는 당신은 아직 잠이 덜 깬 사람 같다. 무거운 눈꺼풀과 그 위에 껌딱지처럼 달라붙어 있는 졸음이 아직 당신을 괴롭힌다. 당신은 당신이 식탁 위에 발을 올려놓은 것보다 파올라가 당신의 낮잠을 방해한 것이 훨씬 부당한 짓이라는 생각을 지울 수 없다. 그래서 지금 당신은 약간 화가 나 있다. 여기는 내 집이라는 걸 분명하게 밝힌 뒤, 내 집에서는 누구도 나한테 이래라저래라 명령할 수 없다고 한 소리 할까 하다가 그만둔다. 대신 당신은 몇 년 전부터 쓰기 시작한 금테 안경을 집어 들고 자리에서 일어난다.

"당신이 그러니까 라울까지 따라 하잖아요."

파올라의 잔소리가 지칠 줄 모르는 불도그처럼 당신의 뒤통수를 물고 늘어진다. 라울은 현재 마드리드 공과대학에 재학 중이고, 그곳에서 이름이 아주 복잡한 전공과목을 이수하고 있다. 일 년에 한두 번씩 방학 때만 잠깐 집에 다녀간다. 당신이 라울의 얼굴을 마지막으로 본 것은 석 달 보름쯤 전이다. 그때 라울은 여자 문제에 엮여 있는 것 같았고 그 문제를 원만하게 해결하기 위해서는 돈이 좀 필요하다고 했다. 당신은 돈으로 해결할 수 있는 문제가 확실하냐고 물은 뒤, 돈을 줬다. 당신은 당신의 아들이 여자 문제에 엮이는 걸 바라지 않는다. 식탁 위에 발을 올려놓는 건 상관없지만 여자 문제에 엮이는 건…… 당신은 그게 얼마나 위험한 일인지 정확하게 알고 있다. 여자 문제가 여자 문제로 끝나지 않는다는 것도.

"라울도 언젠가 점잖은 사람들을 상대해야 할 텐데, 그 애가 그런 자리에서도 식탁에 발을 올린다고 생각해봐요. 당신은 부끄러운 줄 알아야 해요."

"알았어, 여보. 알았으니까 제발 그만 좀 해요."

당신이 아는 사람 중에 자기 마누라와 싸워서 이기는 사람은 한 명도 없다. 당신은 당신 역시 그중 한 사람일 뿐이라고 생각한다. 당신은 그들이 마누라와 싸운 다음 다시는 안 들어올 것처럼 소리를 지르면서 집을 나가고, 집을 나가서는 비슷한 일을 겪은 다른 남자들과 함께 발 냄새 나는 술집에 죽치고 앉아서 시간을 때우거나, 그런 생활을 아주 오래한 똥개처럼 여기저기 기웃거리면서 시간을 때우거나 하다가 때가 되면 다시 집으로 기어들어간다는 사실도 알고 있다. 당신도 그렇게 하기 때문이다.

다음 날 술이 깨면 당신은 당신이 아는 남자들과 함께 꽃집으로 몰려가 장미 한 다발을 산다. 당신이 아는 한 꽃을 싫어하는 여자는 없다. 파올라는 붉은 장미를 좋아하고 장미가 붉으면 붉을수록 더 좋아한다. 당신은 뒤통수를 긁거나 괜히 발끝으로 땅을 파면서 파올라에게 장미를 건넨다. 하지만 당신은 미안하다고 말하지 않는다. 당신은 죽었다 깨어나도 미안하다는 말을 하지 않는 사람이다. 그건 당신의 성격이고, 그 성격 때문에 오래전 당신이 어떤 일을 겪어야 했는지 당신도 알고 있지만, 지금까지 살아오면서 당신은 그 누구에게도 미안하다는 말을 한 적이 없다. 당신은 미안하다는 말을 믿지 않는다. 미안하다는 말은 당신에게 당신이 떠올리고 싶지 않은 사실을 떠올리게 만든다. 아주 오래전 누군가 당신에게 그 말을 했고, 당신이 바로 그 누군가의 아들이라는 사실을 말이다.

"애야, 마리오. 너도 이제 미안하다는 말을 알 만한 나이가 된 것 같구나. 그렇지?"

당신은 일곱 살이었고, 그때 당신은 당신이 좋아하는 사람 전부를 합친 것보다 루키아 아줌마 한 사람을 더 좋아했다. 하지만 당신은 일곱 살이었고, 그다음 날 화장실에 들어간 루키아 아줌마가 삼십 분 동안 나오지 않을 때 그 안에서 무슨 일이 일어났는지 몰랐다. 지금도 당신은 당신 인생에서 가장 소중했던 사람이 화장실 바닥에서 죽어가는 동안 쟁반에 담겨 있던 동물 모양 쿠키에 손을 댄 당신을 용서하지 못한다. 스무 개의 쿠키 중 열 개를 먹어치운 당신은 식탁 의자에 앉아 나가 놀고 싶으면 나가 놀아도 된다는 루키아 아줌마의 말을 기다리며 발장난을 치고 있었다. 나머지 쿠키 열 개는 루키아 아줌마를 위해 남겨둔 것이었지만 루키아 아줌마가 그 쿠키를 먹는 일은 일어나지 않았고, 그 후로는 누구도 당신에게 쿠키를 구워주지 않았다.

"그래, 마리오는 똑똑한 아이니까…… 너를 아주 많이 사랑하는 사람이 아줌마한테 부탁한 일이 있는데, 그 장난감 좀 제자리에 갖다놓지 못하겠니? 아줌마가 이야기할 땐 아줌마 이야기를 들어야지, 마리오. 내가 너 때문에 정말……."

루키아 아줌마는 당신에게도 다른 아이들처럼 아빠가 있다고 했다. 좋은 아빠는 아니지만 좋은 사람이고, 언젠가 때가 되면 당신을 만나러 올 거라는 말도 덧붙였다. 교도소에서 매일 화장실 청소를 하는 사람, 이 세상에서 당신을 가장 사랑하고 당신을 위해 항상 기도하는 사람. 루키아 아줌마는 당신의 아빠가 그런 사람이라고 말했다. 하지만 어린 당신에게 아빠라는 말은 딱 한 번 친구들과 어울려 마셔본 싸구려 위스키처럼 어른이 되면 어떨지 모르지만 지금 당장은 목에 걸려 그냥 넘어가지 않는 낯선 단어에 불과했다. 어쩌면 그때 당신은 당신을 아들로 둔 아빠가 아니라, 아빠가 있는 당신을 받아들일 수 없었는지도 모른다.

"네 아빠가 너한테 미안하다는 말을 전해달라더구나. 잘못은 누구나 하는 거고, 너도 크면 남의 잘못을 용서하는 법을 배우겠지만…… 아빠를 용서해주렴, 마리오. 마리오는 착한 아이니까."

그때 당신은 아무 생각 없이 그러겠다고 대답했지만, 그건 당신이 정말 아무 생각 없이 내뱉은 대답에 불과했다. 그 후로 당신은 당신의 인생이 당신을 엿 먹일 때마다 아빠를 생각했다. 루키아 아줌마의 장례식에서도, 열두 살 때 도망쳐 나온 마리아 고아원에서도, 당신은 당신의 인생이 당신을 엿 먹인다고 생각했고, 그 모든 일이 얼굴도 기억나지 않는 당신의 아빠 때문이라고 생각했다. 그때부터 당신은 미안하다는 말을 믿지 않았다. 당신을 엿 먹인 사람이 한 말을 당신은 믿을 수 없었다.

"그럼 다녀오리다. 참, 오후에 리베르또 씨네 셋째가 오면 당신이 나 대신 엉덩이나 한 대 걷어차서 돌려보내요. 리베르또 씨가 부탁해서 그래요. 안또니오가 고물상에 오면 나도 그렇게 할 테니까."

"일 끝나고 바로 집에 와요?"

"아마 그럴 거요."

당신의 집은 라 벨라스꼬 지구의 깐토 거리에 있고, 당신이 운영하는 고물상은 당신의 집에서 다섯 블록 떨어진 이야고 거리 205번지에 있다. 큰길로 돌아가면 대략 사십 분 거리고 지름길로 질러가면 삼십 분쯤 소요된다. 그곳에서 태어나 그곳에서 자란 당신은 그날그날 기분 내키는 대로 방향을 잡는다. 하지만 당신은 주로 지름길을 이용한다. 정신이 번쩍 들 만큼 코를 톡 쏘는 지린내와 음란한 내용의 스프레이 낙서 때문에 몸살을 앓고 있는 주차장 벽과 고양이가 뜯어먹다 남긴 비둘기 시체와 러닝과 팬티만 입고 자기 집 베란다에 서 있는 남자들과 사람을 봐도 놀라지 않는 족제비만 한 시궁창 쥐와 길 한쪽을 차지하고 있는 녹슨 드럼통과 그 드럼통 위에 걸터앉아서 자기의 작은 범죄를 자랑삼아 떠들어대는 아이들과…… 당신은 이런 것들에 익숙한 사람이고, 사실 어느 정도는 이런 것들을 사랑하는 사람이다. 당신과 당신의 가족을 먹여 살리는 고물상도 이런 것들의 일부고 당신은 그 사실을 자랑스럽게 생각한다.

당신은 페르난도 까스트로 씨의 고물상에서 이십 년 가까이 일했으며 페르난도 까스트로 씨가 일선에서 물러난 삼 년 전부터는 혼자서 그 고물상을 운영하고 있다. 점심을 먹기 위해 잠깐 집에 다녀오는 일 외에는 거의 하루 종일 고물상에서 시간을 보낸다. 당신의 인생은 폐지와 비철과 구리와 알루미늄으로 이루어진 어떤 것이다. 당신은 그런 인생이 무척이나 마음에 든다. 당신에게는 사랑스러운 아내와 어른이 되어가는 아들 그리고 편안한 옷처럼 몸에 잘 맞는 고물상이 있다. 당신은 하루에도 몇 번씩 당신의 행운에 대해서 생각한다. 이 세상에 평탄한 삶만큼 커다란 행운은 없다고 말이다.

"하지만 그런 행운은 그냥 주어지는 게 아니지. 아무튼 자네는 자네 아버지보다 좀 현명한 사람 같군."

지난 일주일 동안 당신은 매일 누군가와 전화 통화를 했다. 처음에는 십 분쯤, 그러다 삼십 분이 되고, 한 시간이 되고…… 어떨 땐 두 시간 넘게 통화한 적도 있다. 통화 상대는 늙은 남자고, 자기가 세상에서 가장 비싼 놀이기구를 이십삼 년 동안 타고 있는 늙은 남자라고 소개했다. 또 그는 아주 오래전에 당신도 한 번 가본 적 있는 행성의 유일한 인간이다. 그는 자기가 신이라고 말했다가 다음 순간 세상에서 가장 외로운 인간일 뿐이라고 말을 바꾸기도 한다. 그의 이름은 리다. 하지만 당신은 그가 누군지 모른다. 그는 신기루 같다. 존재하지만 존재하지 않는 인간. 통화하는 내내 당신은 사무실 소파를 침대 삼아 누워 있거나 멍한 표정으로 하치장에 쌓여 있는 폐품을 바라보거나 한다. 당신은 주로 이야기를 듣는 쪽이다.

"네오-Γ가 자네의 전화번호를 조회하는 데 딱 0.0023초 걸리더군. 자네와 통화하는 데는 이십삼 년이나 걸렸지만 말일세. 아무튼 내가 로드리게스 씨를 처음 만난 곳은 카를 드 카롤로스 교도소였네. 그때 난 교도관이었고……."

리는 호세 로드리게스라는 사람의 이야기를 아주 길게 늘어놓는다. 하지만 당신은 할 일이 많은 사람이다. 그게 만약 당신의 아버지에 대한 이야기가 아니었다면 당신은 어떻게 했을까? 당신은 걸핏하면 잔 고장을 일으키는 로봇 두 기를 수리 센터에 맡길 수도 있었을 테고, 아니면 하치장에 쌓여 있는 실물과 목록표 상에 기재된 수치 사이에 오차는 없는지 몇 번 더 살피거나, 하다못해 안또니오를 찾아내 리베르또 씨의 부탁대로 엉덩이를 한 대 호되게 걷어차줄 수도 있었을 것이다. 만약 그게 당신의 아버지에 대한 이야기가 아니었다면 당신은 시간을 그렇게 사용했을 것이다. 하지만 어쨌거나 그건 당신의 아버지에 대한 이야기였고, 당신이 모르는 당신에 대한 이야기였고, 당신이 알고 싶어 했으며 꼭 알아야 한다고 생각하는 이야기였다. 그래서 당신은 당신의 시간을 다른 데 사용하는 대신 리의 이야기를 들었다. 사무실 소파를 침대 삼아 누워 있거나 멍한 표정으로 하치장에 쌓여 있는 폐품들을 바라보면서 말이다. 어제까지의 당신은 그랬다. 고물상에서 하루 종일 리의 전화를 기다렸고, 어떤 물건을 어디에 놓아두었는지 모를 만큼 리의 전화만 기다렸다. 하지만 오늘 당신은 더 이상 리의 전화를 기다릴 필요가 없다. 리와는 어제가 마지막이었고 리가 분명히 그렇게 말했기 때문이다.

"로드리게스 씨가 자네에게 전해달라는 말이 있네. 로드리게스 씨는……."

매일 소리를 지르며 물건을 집어던지던 파올라와 라울의 몸에 꽂혀 있던 열몇 개가 넘는 주삿바늘들. 당신은 일주일 내내 그랬지만 다시 한 번 아주 오래전 일을 떠올린다. 당신은 아주 오래전 당신이 플랜A에서 딱 한 번 만난 어떤 사람을 지금도 기억하고 있다.

"용돈이야. 줄 만하니까 주는 거고 주고 싶어서 주는 거니까 그냥 받아."

당신을 호텔 로비로 불러내 다짜고짜 돈 가방부터 안긴 그는 자기가 곤잘레스 씨가 보낸 사람이고, 곤잘레스 씨의 말을 전하기 위해서 당신을 찾아온 사람이라고 했다. 그는 탁자를 사이에 두고 당신과 마주 앉아 한참 동안 당신의 얼굴을 뚫어져라 들여다봤는데, 내 얼굴에 뭐가 묻었느냐는 당신의 말을 무시한 채 얼굴을 정말 뚫어져라 계속 들여다보기만 했다.

"나 그런 사람 아니니까 비싸게 굴지 말고 가만히 좀 있어봐. 그냥 보기만 할게."

그가 탁자 맞은편에 앉아서 당신의 얼굴을 빤히 들여다보는 동안 당신은 계속 당신의 얼굴에 뭐가 묻은 게 틀림없다고 생각했다. 그게 아니라면 그가 그런 사람이거나. 당신에게 돈 가방을 안기고, 한참 동안 당신의 얼굴을 뚫어져라 들여다본 다음 그는 당신에게 봉투 한 장을 내밀었다. 그 속에는 마드리드 국제우주공항행 티켓이 들어 있었다. 이번에는 당신이 그의 얼굴을 뚫어져라 들여다보며 물었다.

"이게 뭡니까?"

"이제부터 여기 일은 내가 알아서 한다. 넌 집에 가서 마누라 엉덩이나 토닥거리면 되고."

그는 곤잘레스 씨가 그렇게 하라고 시켰고, 만약 불만이 있다면 곤잘레스 씨에게 직접 가서 따지라고 말한 다음 자기라면 절대 그러지 않을 거라고 덧붙였다.

"비즈니스석이야. 참, 오른쪽에서 네 번째 버튼을 누르면…… 아무튼 그런 게 있으니까 너도 한번 눌러봐."

그는 다시 한 번 당신의 얼굴을 가만히 들여다보다가 자리에서 일어났고, 출입문 쪽으로 대여섯 발짝 걸어간 다음 잠시 그곳에 서서 당신의 얼굴을 또 한 번 빤히 들여다봤으며, 호텔을 나가기 전 중요한 물건을 두고 나왔는데 그게 뭔지 기억이 안 나는 사람처럼 걸음을 멈춘 채 마지막으로 당신의 얼굴을 멀리서 들여다봤다. 그러다 뭐라고 중얼거린 것 같았다. 하지만 그때 당신은 그 말을 듣지 못했다.

"자네에게 미안하다는 말을 전해달라고 했네. 그리고 자네를 세상에서 가장 사랑한다고…… 아니야. 사실 로드리게스 씨는 미안하다는 말만 했어. 하지만 로드리게스 씨가 정말 하고 싶었던 말은 그 말이 아닐 거야. 로드리게스 씨는 자네를 사랑했네. 이제 자네도 그걸 알 나이가 됐고, 충분히 알 거라고 생각하지만…… 뭐, 내가 상관할 일이 아니긴 해. 아무튼 잘 있게. 옛 친구와의 약속을 지킬 수 있어서 기뻤네."

지금 당신은 당신의 고물상을 향해 걸어가고 있다. 러닝과 팬티 바람으로 자기 집 베란다에 서 있는 한 남자가 당신에게 손을 흔들면서 이름을 부른다. 남자는 당신의 먼 친척이자 오래된 친구다. 당신도 남자를 향해 손을 흔들면서 요즘은 지내는 게 좀 어떠냐고 묻는다. 남자는 따분하고 재미없는 이야기를 내리 한 시간쯤 듣고 앉아 있을 용의가 있느냐고 당신에게 되묻는다. 당신은 조만간 기회가 되면 술이나 한잔하면서 그 이야기를 한번 들어보자고 대답한 뒤 그 자리를 뜬다. 당신은 당신의 삶 역시 따분하고 재미없고, 아무리 살을 붙여도 한 시간쯤 떠들어대면 바닥이 드러나는 그런 이야기가 아닐까 생각한다. 그래서 당신은 감사한

다. 당신의 평탄한 삶에 대해, 당신에게 찾아온 커다란 행운에 대해, 그리고 무엇보다 당신의 얼굴을 뚫어져라 들여다보던 당신의 아버지에 대해.

이제 당신은 당신이 그를 언제 만났고, 그가 당신에게 무엇을 줬으며, 그가 왜 그렇게 죽었는지 안다. 그리고 당신은 안다. 당신이 아주 오랫동안 그를 기억하리란 것을. 그가 세상에서 가장 사랑하는 아들이 바로 자신이라는 것도 알고 있다.

"안녕하세요, 로드리게스 씨."

일곱 살짜리 여자아이가 당신의 고물상 앞에서 당신에게 말을 건다.

"전에도 몇 번 말했지만 그냥 마리오 아저씨라고 불어도 된다. 안녕, 꼬마야. 안또니오는 어떻게 됐니?"

"오빠요? 관심 없어요. 로드리게스 씨도…… 그냥 마리오 아저씨라고 부르면 되는 거 맞죠? 마리오 아저씨도 우리 오빠가 어떤지 아시잖아요."

"글쎄다. 너도 네 오빠보다 형편없는 남자가 얼마나 많은지 알게 되면 생각이 좀 달라질 거다. 나한테 잡히면 엉덩이를 제대로 한 대 걷어차이기는 할 테지만 말이다."

"어떻게 보느냐에 따라서 다르겠지만, 그렇게 볼 수도 있겠네요. 뭐, 아저씨 말이 맞겠죠. ……그리고 며칠 전에 아저씨가 보여주시겠다고 한 물건 말인데요."

헐렁한 멜빵바지에 밀짚모자를 눌러쓴 여자아이는 마음만 먹으면 눈부시게 예쁜 미소를 지을 줄 알았고 지금 당신을 보면서 그런 미소를 짓고 있다. 당신은 언젠가 당신에게도 손녀가 생기면 그 애가 당신을 바라보면서 그렇게 웃어주기를 바란다.

"지금 보여주시면 안 될까요?"

"SP-302 모델 말이냐? 왜 안 되겠니."

당신은 여자아이와 함께 당신의 허름한 고물상 안으로 들어간다. 그 전에 당신은 당신이 무슨 생각을 했는지, 그 생각을 하는 동안 기분이 어땠고 누가 당신의 기분을 그렇게 만들었는지 그 모든 것을 까맣게 잊는다.

5
행성심사대

그날 일라이저 베일리 박사를 비롯한 다섯 명의 행성심사대 전원은 아시모프호의 중앙통제실에 모여서 역사적인 순간을 함께하고 있었다.

"세상에! 저것과 비슷한 건 몇 번 봤지만 저런 건 생전 처음 봐요. 저게 대체 뭔지 누가 설명 좀 해줄래요?"

세계적인 구조사회학자이자, 자기의 굉장한 미모에 대해 일종의 거부감을 가지고 있는 글래디아 델메어 박사는 전방 유리벽에 펼쳐진 광경을 들여다보며 놀란 입을 다물 줄 몰랐다. 그녀는 늘 자기가 이룩한 업적이 굉장한 미모에 가려 빛을 보지 못한다고 생각하는 사람이었고, 모스크바 국제우주공항을 출발해 플랜A까지 오는 이번 비행에서도 좀처럼 그런 생각을 지울 수 없었지만, 아무튼 그때 그녀의 머릿속은 갑자기 눈앞에 나타난 거대한 인공 구조물로 가득 차 있었다.

"행성대관람차잖아요. 자료 화면에서 같이 보지 않았나요?"

글래디아 델메어 박사의 굉장한 미모에 대해 일종의 거부감을 가지고 있던 루시 할머 박사는 모처럼 비아냥거릴 수 있는 기회가 찾아오자 그 기회를 놓치지 않기 위해 최선의 노력을 다했지만, 그녀 역시 행성심사대의 일원으로서 느끼는 흥분까지 감추지는 못했다. 그녀는 늘 자기의 뛰어난 미모가 로봇공학 분야에서 자기가 쌓아 올린 성과에 밀려 빛을 보지 못한다고 생각하는 사람이었고, 아시모프호에서 보낸 일주일 동안 아름답다는 말을 딱 두 번밖에 듣지 못했다는 것에 대해 단단히 화가 나 있었다. 아시모프호의 전방 백 킬로미터 내로 들어온 행성대관람차의 모습은 압도적이었지만 그렇다고 그게 얼굴이 좀 반반하게 생긴 골 빈 여자가 사람 열 받게 구는 것보다 더 압도적이라는 소리는 아니었다.

"내가 그런 뜻으로 한 말이 아니라는 건 루시 당신도 알 텐데요."

글래디아 델메어 박사가 신경질적인 반응을 보이자 루시 할머 박사는 지난 일주일 동안 자기가 두 번밖에 듣지 못한 말을 몸매가 좀 잘빠진 저 골 빈 여자는 몇 번이나 들었을까 생각한 다음…… 그 생각 말고는 아무 생각도 할 수 없었다.

"어머, 몰랐네요. 무슨 뜻인데요? 이번에는 알아들을 수 있게 다시 말해줄래요?"

"정말 지긋지긋하네요. 루시 당신이 나한테 왜 이러는지 몰라도……."

행성대관람차의 전방 오십 킬로미터 지점에서 아시모프호의 자동비행제어장치는 네 기의 역추진 제트엔진을 가동시켜 곧 있을 착륙을 준비하고 있었다. 급격하게 속도가 줄고 동체 내부에 관성이 작용하면서 앞으로 쏠릴 수 있는 거의 모든 것들이 앞으로 쏠렸지만, 글래디아 델메어 박사와 루시 할머 박사는 그런 물리적인 변화에 전혀 아랑곳하지 않았다. 글래디아 델메어 박사는 자기가 밟은 똥을 떼어내려고 안간힘을 쓰는 사람 같았고, 루시 할머 박사도 똥 한 무더기를 제대로 밟은 사람처럼 잔뜩 인상을 구기고 있었다. 그러면서 두 여자 모두는 자기가 밟은 똥을 어떻게든 깎아내리기 위해서 최선의 노력을 다하는 중이었다.

"믿어지지 않는군."

행성심사대의 최고 연장자이자 이번 프로젝트에서 가장 책임 있는 역할을 맡고 있는 일라이저 베일리 박사 역시 방금 자기가 뭘 봤고 그게 얼마나 놀라운 것이었는지 앞으로 몇 년 동안은 절대 잊을 수 없을 거라고 생각하며 씁쓸한 미소를 짓고 있었다. 삼십 년 전에도 한 번 보기는 했지만 삼십 년이 지난 지금도 행성대관람차는 여전히 믿을 수 없는 구조물이었다. 권위 있는 우주물리학자의 눈으로 볼 때 행성대관람차는…… 어떤 인간이 저런 말도 안 되는 물건을 만들었는지 몰라도 일라이저 베일리 박사는 죽기 전에 꼭 한 번 그 인간을 만나보고 싶었다. 우주물리학의 기본적인 법칙 전부를 깡그리 무시한 대가가 어떤 것인지 확실하게 보여줄 필요가 있었다. 하지만 일라이저 베일리 박사를 정말 놀라게 만든 것은 삼십 년 만에 다시 보는 덩치 큰 놀이기구가 아니었다. 이런 역사적인 순간에 말싸움이나 하고 있는 두 여자가 더 놀라웠다. 일라이저 베일리 박사는 단 한 편의 논문으로 십 대 후반에 이미 학계의 인정을 받았고, 그 후로는 죽 스탠포드 대학의 수석교수로 재직하면서 평생 독신으로 살아온 사람이었다. 그런 그에게 여자는…… 누가 저런 말도 안 되는 생명체를 만들었는지 몰라도 죽기 전에 꼭 한 번 만나보고 싶었다.

"정말 믿을 수 없어."

여자들에 비해 남자들의 반응은 단순했다. 이제 행성대관람차는 아시모프호의 머리 위를 천천히 지나고 있었고, 바이러스 전문가 자격으로 행성심사대에 참가한 제임스 툴 박사는 그 광경을 바라보며 와우, 이렇게 딱 한 마디 내뱉은 다음, 남들 눈에 자기가 어떻게 보일지 평생 한 번도 생각해본 적 없는 사람처럼 입을 반쯤 벌린 채 서 있었다. 그러니까 남들 눈에 그는 나사 빠진 놈처럼 보였다. 아니, 나사가 한 개 두 개씩 계속 빠지고 있는 것처럼 보인다는 게 좀 더 사실에 가까운 표현 같았다. 물론 제임스 툴 박사 본인의 생각은 그렇지 않을지도 모르지만.

전통적 보수 지역인 남부 텍사스 주의 한 부유한 가정에서 태어난 토미 붐은 자기를 소개할 때마다 늘 NCAA 리그 역사상 가장 걸출한 쿼터백이 누군 줄 아느냐고 물었고, 상대가 자기 이름을 댈 때까지 계속 같은 질문을 반복하는 고약한 버릇을 가지고 있었다. 또한 그는 글래디아 델메어 박사에게 기회가 날 때마다 한 말을 루시 할머 박사에게는 딱 두 번밖에 하지 않음으로써 골치 아픈 문제를 일으킨 장본인이기도 했는데, 아이러니하게도 그가 이번 프로젝트에서 맡은 임무는 행성심사대의 경호와 안전을 책임지는 일이었다. 아무튼 행성대관람차가 아시모프호의 머리 위를 지나는 동안 부담스러울 정도로 잘생긴 이 경호원의 얼굴은 그 거대한 놀이기구를 따라 아주 천천히 움직이고 있었다. 그러면서 토미 붐은 자기가 럭비공이 아닌 다른 무언가를 지금처럼 고개가 꺾일 때까지 뚫어져라 바라본 적이 한 번이라도 있었나 생각해봤다. 럭비공은 사람의 정신을 쏙 빼놓을 만큼 매력적인 물건이었고, 사람을 그렇게 만들 수 있는 물건은 이 세상에 럭비공밖에 없었다. 그런데…… 텍사스 주의 보수적인 가정에서 자랐고 NCAA 리그 역사상 가장 걸출한 쿼터백 중 한 명인 토미 붐은 자기가 지금 보고 있는 게 럭비공이 아니라는 사실을 좀처럼 받아들이기 힘들어하는 표정을 짓고 있었다.

"나는 일 분 후에 착륙할 걸세. 자네들이 원하든 원하지 않든 그렇게 할 거야. 내가 무슨 말을 하는지 알지? 그래. 자리에 앉아서 안전벨트를 착용하게. 어디 한 군데 부러지고 싶지 않다면 말이야."

잠시 후 스피커에서 이런 안내 방송이 흘러나왔다. 플랜A로 날아오는 일주일 내내 그랬지만, 마지막 순간까지 아시모프호의 메인 컴퓨터는 자기가 한낱 운송 수단에 불과하다는 사실을 인정할 생각이 눈곱만큼도 없는 것처럼 보였다. 자기가 별 볼 일 없는 운송 수단으로 전락하는 건 그 사실을 인정하는 바로 그 순간이라고 굳게 믿는 것 같았다. 아시모프호의 고도가 상공 십 킬로미터까지 떨어지자 일라이저 베일리 박사는 일주일 만에 처음으로 전방 유리벽을 통해 구름이 떠 있는 모습을 볼 수 있었다. 전장이 오륙 킬로미터쯤 될 것 같은 탑 모양의 거대한 적란운이었다. 메인 컴퓨터의 안내 방송이 이어졌다.

"착륙 십 초 전이네. 비가 오는군. 내가 태어난 중국에서도 이렇게 비가 내리곤 했지. 그럼 난…… 착륙 오 초 전일세."

동체가 바닥에 닿으면서 약간의 충격이 느껴지긴 했다. 하지만 그것 말고는 나무랄 데 없이 완벽한 착륙이었다. 휘거나 부러진 데도 없었고, 충격 때문에 이상이 발생한 기기도 없었다. 임무를 마친 뒤에도 아시모프호가 지금 상태 그대로라면 왔던 길을 따라 되돌아가는 데도 별문제가 없을 것 같았다. 공식적인 일정에 따르면 행성심사대가 플랜A에 체류하는 기간은 최대 보름이었다. 그 보름 동안 행성심사대는 바이러스의 잔존 여부를 조사하고, 시설물의 노후 상태를 체크하고…… 플랜A의 모든 부분을 종합적으로 심사한 뒤 이 거대한 행성유원지를 재활용할 수 있는지 없는지 결정해야 했다. 아무튼 스피커에서 시건방진 안내 방송이 계속 흘러나오는 걸 보면 메인 컴퓨터에도 이상이 없어 보였다.

"같이 가고 싶지만 그러지 못해서 유감이군. 난 이곳에서 자네들을 기다리고 있겠네. 그럼 행운을 비네."

그렇게 행성심사대 다섯 명을 태운 아시모프호는 삼십 년 만에 처음으로 플랜A에 도착한 역사적인 우주선이 되었다.

삼십 분쯤 더 비가 내렸고, 다른 행성심사대원들과 함께 아시모프호에 남아 있던 제임스 툴 박사는 그 삼십 분 동안 꼭 필요한 두 가지 일을 해내기 위해 정신없이 바쁜 시간을 보내고 있었다.

"이봐, 톰. 자네 혹시 내 캐리어 못 봤어?"

"박사님 캐리어라면 박사님 객실에 있지 않을까요? 제가 한번 가보겠습니다."

"그래 주면 나야 고맙지만."

우선 제임스 툴 박사는 최첨단 의료기기를 사용해 플랜A의 대기 성분을 조사했다. 속옷이나 칫솔, 일회용 샴푸처럼 캐리어에 넣고 다닐 수 있는 이 최첨단 의료기기는 크기에 비해 놀랄 만한 성능을 자랑했는데, 단추를 한 번 누르기만 하면 분석 가능한 모든 물질을 마이크로마이크로미터 단위까지 분석했고…… 토미 붐이 캐리어를 찾아오자 제임스 툴 박사는 단추를 눌렀다. 그렇게 함으로써 제임스 툴 박사는 행성심사대 중 가장 먼저 자기 임무를 완수한 대원이 되었고, 일주일 내내 자기가 주장한 가설이 틀림없는 사실임을 과학적으로 증명할 수 있었다.

"숙주가 없는 환경에서 삼십 년 동안 살아남을 수 있는 바이러스는, 내가 아는 한 그런 바이러스는 없어요. 바깥 공기는…… 굉장히 깨끗하네요."

하지만 마스크나 방균복 없이 우주선 밖으로 나가는 데는 엄청난 용기가 필요했고, 그래서 단 일 분만에 자기의 모든 임무를 완수한 제임스 툴 박사는 나머지 시간 동안 다른 대원들을 설득하기 위해 최선의 노력을 다해야 했다. 그리고 그건 대기 중에 바이러스가 없다는 사실을 증명하는 것보다 훨씬 더 어려운 일이었다.

빗발이 점점 약해지고 있었다. 구름을 뚫고 나온 눈부신 햇살이 멋진 하루를 약속하는 것 같았다. 대원들의 회의적인 반응에 부딪힌 제임스 툴 박사는 모든 과학적 발전이 어떤 난관을 극복하면서 매우 천천히 이루어졌다는 사실을 떠올렸다. 그리고 자기에게는 그렇게까지 해야 할 아무런 이유가 없다는 점을 분명하게 깨달았다. 짜증나는 일에 매달려서 시간을 낭비해도 될 만큼 인생은 길지 않았다. 제임스 툴 박사는 대원들의 분위기를 살폈다. 자기주장을 철회하고 나서도 줏대 없는 놈처럼 보이지 말아야 했는데 한두 마디만 더 하면 그런 분위기가 될 것 같았다.

"마스크와 방균복을 꼭 착용해야겠다면 그렇게 해요. 하지만 그게 과연 분별 있는 행동이냐고 누군가 묻는다면 내 대답은 절대 긍정적이지 않을 겁니다."

이제 제임스 툴 박사는 마지막 한마디를 준비하고 있었고, 자기가 그런 말을 하게 된 건 전부 당신들 책임이라는 듯 잠시 유감스러운 표정으로 뜸을 들인 뒤 그 말을 했다.

"비가 그쳤네요. 그럼 먼저 나갈게요. 외출할 때마다 아내를 기다려봐서 아는데…… 아무튼 아내가 없는 행성에 와서까지 그러고 싶지는 않군요."

제임스 툴 박사는 정말 나갔고, 잠시 후 중앙 통제실에 남은 네 명의 대원들은 모니터 화면에 잡힌 박사의 모습을 확인할 수 있었다. 이제 하늘은 거의 갠 것 같았고, 멀리 보이는 놀이기구들은 장난감처럼 작기만 했고, 다른 한편에서는 아름다운 바다가 보석처럼 반짝거리고 있었고…… 제임스 툴 박사는 동체 중앙에 있는 탑승 출입구와 백 미터 가까이 떨어진 우주선 후미 근처에서 하나 둘, 하나 둘, 이리저리 몸을 움직여 가며 맨손체조를 하고 있었다. 두 팔을 들어 올렸다 내렸다 하면서 심호흡을 할 때는 그걸 지켜보는 대원 모두가 경악을 금치 못했다.

"나도 나가서 맨손체조를 하고 싶군."

아시모프호의 공기정화시스템은 완벽 그 자체였지만, 일라이저 베일리 박사의 말은 방귀나 살비듬 같은 걸 골백번도 더 정화한 공기를 더 이상 들이마시고 싶지 않다는 뜻이었다. 다른 대원들의 생각은 어떨지 모르지만 일라이저 베일리 박사의 생각은 그랬고, 사실 다른 대원들도 비슷한 생각을 하고 있었다. 대원들이 그런 생각을 하고 있을 때 뭔가를 단단히 착각하고 있는 아시모프호의 메인 컴퓨터가 사람들 사이에 끼어들었다.

"자네들 아직 거기에 있었나? 내가 사십팔 분 십오 초 전에 행운을 빌어준 걸로 알고 있는데."

일주일 동안 잘 참았고 한 번만 더 참으면 됐다. 하지만…… 일라이저 베일리 박사는 자기가 어떻게 일주일 동안이나 그렇게 할 수 있었는지 이해할 수 없었다.

"사십팔 분 십오 초 전에 우리를 쫓아내려고 했지. 하지만 기계는 인간을 쫓아낼 수 없고, 그 사실을 증명하기 위해서라도 우리는 사십팔 분 십오 초 동안 더 이곳에 있을 걸세. 톰, 자네가 시간을 좀 재주겠나?"

"대장님이 그렇게 하라면 그렇게 하겠지만……."

"그렇게 해주게. 자네가 인간의 존엄성을 소중하게 생각한다면 말이야."

그 사십팔 분 십오 초는 지금까지 겪은 그 어떤 사십팔 분 십오 초보다 길게 느껴졌고, 루시 할머 박사는 자기가 지금 인생에 있어서 가장 무의미한 사십팔 분 십오 초를 보내고 있다는 생각을 지울 수 없었다. 글래디아 델메어 박사의 생각 역시 비슷했다. 사십팔 분 십오 초 만에 인간의 존엄성을 증명할 수 있다면 인간은 지금보다 훨씬 더…… 아무튼 세계적인 구조사회학자의 눈으로 볼 때는 그랬다. 그 시간 동안 가장 생산적인 활동을 한 사람은 제임스 툴 박사였다. 그는 우주선 후미에서 맨손체조를 계속했고, 적어도 그건 아무것도 하지 않거나 자기가 뭘 해야 할지 모르는 것보다 훨씬 생산적인 활동이었다.

"사십팔 분 십삼 초, 십사 초, 십오 초, 대장님 시간이 다 됐는데요."

"좋아. 나가지."

사십팔 분 십오 초 사이에 뭔가 달라진 게 있다면 사십팔 분 십오 초만큼 모두가 공평하게 늙었다는 것뿐이었고 그건 누구도 부정할 수 없는 사실이었다. 하지만 일라이저 베일리 박사는 우주물리학자였고, 우주물리학적인 관점에서 볼 때 시간은 원래 그렇게 흘러가게 되어 있었다. 인간은 잠깐 나타났다 사라지는 하찮은 존재에 불과했다. 고집도 부릴 줄 모른다면 지금보다 더 하찮은 존재가 될 터였다. 중앙통제실을 벗어나 우주선 밖으로 나가는 동안 일라이저 베일리 박사는 그런 생각을 했다.

발밑에서 올라오는 지열이 대원들의 시야를 뭉개고 있었다. 뭘 깔면 그렇게 되는지 모르지만 흰빛이 도는 우주공항 바닥은 기본적으로 약간 미끄러웠다. 걷다가 넘어질 정도로 미끄러운 건 아니지만 걷다가 그렇게 되지 말라는 보장도 없을 것 같았다. 한동안 대원들은 양치질을 하면서 거울을 들여다보는 사람처럼 멍하니 주위를 살폈고, 곧 사방 십 킬로미터 내에 보이는 우주선이라고는 단 한 대뿐이라는 것과 그 우주선이 바로 아시모프호라는 사실을 알아냈다. 루시 할머 박사는 작게 한숨을 내

쥐었고, 그 옆에 서 있던 글래디아 델메어 박사는 자기가 쓸쓸한 표정을 짓고 있다는 것도 모른 채 쓸쓸한 표정을 짓고 있었다. 그때 토미 붐은 어땠냐 하면…… 그는 상대 선수에게 공을 잘못 패스한 쿼터백처럼 굉장히 외로워 보였다. 일라이저 베일리 박사는 그런 그들을 데리고 우주선 후미로 향했다.

—이곳은 장애인 전용 착륙장입니다. 당신은 등록된 장애인이 아닙니다. 우주선을 다른 장소로 이동시켜주십시오.

"어차피 빈자리잖아. 딱딱하게 왜 이래?"

우주선 후미에서 제임스 툴 박사를 만날 수 있었지만, 그곳에서 맨손체조를 하고 있는 제임스 툴 박사는 만날 수 없었다. 그는 생전 처음 보는 로봇을 상대로 말싸움을 하고 있었고, 쌍욕이 나오기 직전 같았다. 제임스 툴 박사는 삿대질을 하면서 언성을 높였다.

"여기 책임자 누구야? 책임자 나오라고 해."

—여기는 장애인 전용 착륙장입니다…….

로봇은 방금 한 말을 그대로 반복했고, 앞으로도 얼마든지 그렇게 할 수 있을 것 같았다.

—당신은 등록된 장애인이 아닙니다…….

바로 옆에서 그 모습을 지켜보던 우주물리학자는 자기 대원 중 한 명이 지금 심각한 곤경에 빠져 있다는 사실을 깨달았다. 그리고 누군가 나서서, 그것도 지금 당장 이 불운한 바이러스 전문가를 도와야 한다고 생각했는데, 누군가 그래야 한다면 자기가 그래야 한다고 생각했고, 그래서 일라이저 베일리 박사는 그렇게 했다.

"무슨 문제라도 있나, 툴 박사?"

"마침 잘 오셨습니다, 대장님. 그렇지 않아도 문제가 뭔지 물어볼 만한 사람을 찾고 있었거든요. 글쎄 앞뒤가 꽉 막힌 이 고철 덩어리가…….”

—우주선을 다른 장소로 이동시켜 주십시오.

“지금 내가 이야기하고 있잖아. 넌 입 닥치고 가만히 있어!”

단단히 꼭지가 돈 사람처럼 있는 대로 악을 써대는 제임스 툴 박사를 보면서 일라이저 베일리 박사는 제임스 툴 박사가 원래 저런 사람이었나, 잠깐 생각했다. 하지만 곧 그런 건 전혀 중요하지 않다는 걸 깨달았고, 만약 지금 자기가 입장을 분명하게 하지 않으면 이 거대한 행성에 존재하는 다섯 명의 인간 중 한 명이 굉장히 비참해지리라는 사실을 떠올렸다. 그리고 일라이저 베일리 박사는 자기 대원에게 그런 일이 일어나길 바라지 않았다.

“옛날에는 로봇들이 이러지 않았는데…… 그때는 고장 난 로봇들만 가끔 이랬고, 지금보다 훨씬 살 만한 세상이었지.”

일라이저 베일리 박사는 이미 오래전에 한물간 구형 로봇을 아래위로 찬찬히 훑어본 뒤, 바퀴 달린 모델이 아직도 버젓이 굴러다닌다는 사실에 놀라움을 금치 못하며 다음 말을 이었다.

“우주선에 가면 망치랑 드라이버가 어디 있을 거야. 자네가 물리적인 방법으로 이 문제를 해결하고 싶다면 그렇게 하게. 모든 책임은 내가 지지. 하지만 그 방법을 권하고 싶지는 않군. 인간이 기계보다 낫다는 걸 보여주기 위해서는…….”

—이곳은 장애인 전용 착륙장입니다…….

제임스 툴 박사의 성질을 건드린 문제의 구형 로봇은 똑같은 말을 계속 되풀이함으로써 이번에는 일라이저 베일리 박사의 성질을 건드렸다.

“넌 입 닥치고 가만히 있어!”

머리가 희끗희끗한 우주물리학자는 단단히 꼭지가 돈 사람처럼 있는 대로 소리를 지른 뒤, 글래디아 델메어 박사를 보고 루시 할머 박사를 본 다음 그 옆에 서 있는 토미 붐을 보면서 말했다.

"톰, 우주선에 가서 망치랑 드라이버를 가져오게. 지금 당장 가져와!"

하지만 토미 붐은 그럴 필요가 전혀 없다고 생각했다. 자기가 훨씬 확실하고 간단하며 빠른 방법을 알고 있다고 확신했고, 그래서 토미 붐은 자기가 어떤 사람인지 얼마나 유능한 경호원인지 보여주기 위해서 그 방법을 사용했다. 토미 붐은 허리에 차고 있던 광선총을 뽑은 다음 박스 두 개를 엉성하게 쌓아 올린 것처럼 생긴 구형 로봇을 향해 발사했다. 슈웅 소리가 들렸고 쿠앙 하는 소리가 나더니 파지직 회로 기판에서 불꽃이 튀는 소리가 이어졌다.

—우주선을 다른 장소로…… 당신은 등록된 장애인이…… 이곳은 장애인 전용 착륙장…….

"세상에! 당신 지금 무슨 짓을 한 거예요?"

"톰, 미쳤어요?"

나쁘지 않은 미모의 로봇공학자와 굉장한 미모의 구조사회학자가 토미 붐을 향해 동시에 비명을 질렀지만, 토미 붐은 광선총을 허리에 꽂으면서 자기가 아주 골치 아픈 문제를 매우 적절한 방법으로 멋지게 해결했다고 믿었다.

—우주선을…… 당신은…… 이곳은…….

행성심사대 다섯 명은 자기들이 플랜A에서 최초로 만난 구형 로봇 한 기가 완전히 고장 나 작동을 멈출 때까지 그곳에 서서 지켜봤다. 지켜보기 힘들 정도로 끔찍한 장면이었지만 왠지 그래야 할 것 같았고 그래서 그렇게 했다. 그런 다음 그들은 아시모프호를 뒤로한 채 걷기 시작했다. 공항 리무진 전용 비행정 같은 건 눈을 씻고 찾아봐도 보이지 않았다. 뜨거운 햇빛이 대원들의 정수리를 공평하게 달구었다. 지열만 없어도 걸을 만할 것 같았는데 지열이 계속 올라왔다. 도마뱀하고 비슷하게 생겼지만 도마뱀하고 비슷하게 생긴 것뿐인 외계 생명체 둘이 그들을 앞질러 가기도 했다. 세 시간 뒤에 그들은 아시모프호에서 약 십 킬로미터 떨어진 지점을 통과하고 있었다.

—이곳은 장애인 전용 착륙장입니다. 이곳은 장애인 전용 착륙장입니다…….

"내 몸에서 그 더러운 손 당장 치우지 못해, 이 징그러운 고철 덩어리들아!"

광선총을 맞고 쓰러진 아까의 그 모델보다 전혀 나을 게 없는 구형 로봇 수천 기가 개미 떼처럼 몰려와 아시모프호를 괴롭힐 때도 그들은 그곳에 있어야 했지만 그곳에 없었다. 그때 대원들은 P-36 지구를 약 이십 킬로미터 남겨둔 지점에서 더위와 갈증에 시달리며 걷고 있었는데, 그나마 그들이 계속 걸을 수 있었던 이유는 지구의 삼분의 이밖에 안 되는 중력과 대기 중 산소의 농도가 두 배나 높다는 점 그리고 저 멀리 장난감처럼 보이는 P-36 지구의 놀이기구들 때문이었다. 아무튼 그들은 우주공항을 거쳐 P-36 지구로 간 수많은 사람들 중 가장 원시적인 이동수단에 의존해 그 일을 해낸 최초의 사람들이었다. 도마뱀처럼 생겼지만 도마뱀처럼 생긴 것뿐인 수십의 외계 생명체가 어느 정도 거리를 둔 채 말없이 걷고 있는 인간들의 모습을 지켜보고 있었다.

"저기 뭐가 있는데요, 대장님."

그로부터 두 시간 후에 대원들은 끝없이 이어진 해변을 따라 걷고 있었다. 갈매기처럼 생겼지만 갈매기처럼 생긴 것뿐인 수백의 외계 생명체가 머리 위를 날아다녔고, 대담하게도 그중 몇은 갈매기처럼 울어대 진짜 갈매기가 아닐까 하는 의심을 불러일으키기도 했다. 파도가 시작되는 곳에서 바람이 불어오고 있었다. 게처럼 생긴 수천의 외계 생명체가 바위에 붙어 기어 다니고 있었는데, 그즈음 대원들 중 가장 시력이 좋은 토미 붐이 전방을 가리키며 입을 열었다.

"저게 뭐죠?"

"뭐 말인가?"

유감스럽게도 일라이저 베일리 박사의 시력은 토미 붐의 시력만큼 좋지 않았다.

"저기 뭐가 있잖아요. 안 보이세요?"

"자네도 나만큼 나이가 들면 알게 되겠지만…… 아무튼 가보세."

토미 붐이 본 것을 일라이저 베일리 박사가 보게 되기까지는 십 분이 더 걸렸고, 그때 이미 토미 붐을 비롯한 나머지 대원 세 명은 그곳에서 뭔가가 움직이고 있다는 것을 감지한 상태였다. 그리고 늙은 우주물리학자가 그 움직임을 뒤늦게 감지했을 때 다른 대원들은 이미…… 만약 자기들이 보고 있는 게 전부 비치파라솔이 맞는다면 그 사실을 어떻게 받아들여야 할지 혼란스러워하고 있었다. 비치파라솔 하나당 누워서 쉴 수 있는 선베드가 한 개씩 놓여 있었고, 그 사이로 종업원 유니폼을 입은 로봇 몇 기가 시설물을 관리하기 위해서 바쁘게 돌아다니고 있었다.

"대체 사람들이 전부 어디로 사라진 거죠?"

행성심사대 다섯 명 중 그걸 모를 만큼 덜떨어진 대원은 아무도 없었다. 그들은 모두 엄격한 기준에 따라 각 분야에서 선발된 그 분야 최고의 전문가들이었고…… 다른 대원들은 자기들이 그런 것처럼 글래디아 델메어 박사 역시 그랬으면 하고 은연중에 바랐다. 외계 행성에 존재하는 다섯 명의 인간 중 자질이 의심스러운 인간이 한 명이라도 끼어 있다는 것은 그들의 입장에서 볼 때 심각한 문제가 아닐 수 없었다. 그러나 굉장한 미모의 이 구조사회학자는 점점 심각한 문제가 되어가고 있었다. 뒤늦게 자기가 보고 있는 것들을 어떻게 받아들여야 할지 혼란스러워하던 일라이저 베일리 박사가 놀란 눈으로 잠깐 글래디아 델메어 박사를 바라본 뒤, 다시 해변을 뒤덮고 있는 수천 개의 비치파라솔을 더 놀란 눈으로 바라보며 입을 열었다.

"여기에 있던 사람들은 삼십 년 전에 모두 집으로 돌아갔을 걸세, 박사. 내가 잘못 알고 있는 게 아니라면 그래. 하지만 그렇다고 하기에는…… 내가 잘못 알고 있는지도 모르지."

예쁘장한 날라리처럼 삐딱하게 서 있는 비치파라솔과 깨끗한 비치타월이 반듯하게 깔려 있는 선베드, 라이프가드처럼 관망대 위에 앉아 있는 로봇 몇 기가 아무렇지 않은 듯 텅 빈 해변을 바라보고 있었다. 그곳에 없는 건 사람뿐이었고, 그건 그곳에 존재하는 유일한 누락 같았지만…… 그래서 그곳은 완벽하게 완벽하지 않았다. 야외 테이블 위에 놓인 스피커에서 귀에 익은 해변 음악이 흘러나왔다. 종종 소설책 같은 게 눈에 띄기도 했는데 그중 몇 권은 대원들도 이미 읽었거나 제목 정도는 들어서 알고 있는 책들이었다. 하지만 대원들 눈에는 그 모든 것들이 전부…… 어딘지 모르게 비정상적이고 으스스해 보였다.

"마치 유령의 집 같군요."

지구에 있을 때 제임스 툴 박사는 믿을 수 없을 정도로 사소한 몇몇 문제들 때문에 아내와 별거 중이었고, 지구에 돌아가는 대로 이혼할 예정이었다. 하지만 남들이 볼 때 그건 정말 사소한 문제에 불과했는데, 다른 많은 부부들이 그렇듯 제임스 툴 박사와 그의 아내 역시 자기 고집을 꺾을 생각이 없었고, 그렇게 되자 그건 더 이상 사소한 문제가 아니었다.

클라라와 지미는 아내가 데려갔고, 그래서 최근 이 년 칠 개월 동안 그는 아무도 없는 집에서 혼자 생활해야 했다. 가끔 여자를 데려오기도 했고 어떤 여자와는 한두 달쯤 같이 살기도 했지만, 그는 여전히 아내와 아이들을 사랑하고 있었다. 혼자 소파에 앉아서 시시껄렁한 예능 프로그램을 볼 때면 그곳은 마치 유령의 집 같았고, 제임스 툴 박사는 자기가 유령이 된 듯한 기분을 지울 수 없었다. 일행과 함께 비치파라솔 쪽으로 이동하는 동안 세계적인 이 바이러스 전문가는 샌프란시스코 외곽에 위치한 자기 집과 이 년 칠 개월 동안 그 집에서 유령처럼 떠돌던 자기를 떠올리고 있었다. 물건은 모두 제자리에 있는데 사람들만 그걸 두고 떠났다는 게 제임스 툴 박사를 그렇게 만들고 있었다. 아내의 드레스와 클라라의 머리핀과 지미의 장난감 칼과…….

제임스 툴 박사가 그런 생각을 하면서 걷고 있을 때 루시 할머 박사는 좀 다른 생각을 하면서 걷고 있었다. 루시 할머 박사가 볼 때 남자들은 딱 두 종류였다. 여자에 대해서 아는 게 쥐뿔만큼도 없는 남자와 자기가 여자에 대해서 뭘 좀 안다고 단단히 착각하고 있는 남자. 특히 싸구려 술집에 들락거리면서 기회가 날 때마다 여자에게 수작을 거는 남자들은 전부 여자에 대해서 아는 게 쥐뿔만큼도 없는 주제에 자기가 뭘 좀 안다고 단단히 착각하는 남자들이었다. 혼자 왔어요? 그들은 허락도 없이 옆자리에 앉았고, 내가 살 테니까 같이 한잔할래요? 매일 아침 거울 앞에 설 때마다 가만히 십 초쯤 들여다보면서 연습하는 바로 그 미소를 지으면서 버드와이저나 기네스 같은 맥주를 내밀었다. 고마워요. 잘 마실게요. 싸구려 술집과 버드와이저 혹은 기네스. 루시 할머 박사는 남자들이 어떤 기대를 하면서 그런 행동을 하는지 정확하게 알고 있었다. 하지만 버드와이저나 기네스 같은 싸구려 맥주 몇 병에 그런 기대를 건다는 건 이해할 수 없었다. 남자들은 버드와이저나 기네스가 자기들이 해낼 수 없는 어떤 일을 대신 해낼 수 있을 거라고 굳게 믿는 것 같았다. 내가 아주 조용하고 괜찮은 곳을 알고 있는데……. 그건 술집 옆에 아주 괜찮은 싸구려 모텔이 있고 그곳에서 자기가 달고 다니는 연장이 조용해질 때까지 함께 뒹굴고 싶다는 뜻이었다. 우리는 지금 같이 술이나 한잔하고 있는 거 아니었나요? 루시 할머 박사가 하는 말을 알아듣는 남자도 있었고, 못 알아들은 척 딴소리를 해대는 남자도 있었다. 하지만 그들은 모두 주머니가 가벼운 남자들이었고, 몇 푼 안 되는 돈이 전부 바닥나기 전에 아주 조용하고 괜찮은 곳으로 여자를 데려가야 하는 남자들이었으며, 그런 남자들은 대부분 포기가 빨랐다. 잘 마셨어요, 릭. 내 이름은 릭이 아니라…… 그래요. 다음에 또 봐요. 아무튼 루시 할머 박사는 환장할 정도로 맥주를 좋아했고, 정신이 번쩍 들 만큼 시원한 맥주는 싸구려 술집에서만 팔았다. 다른 곳에서도 맥주 비슷한 걸 팔기는 했지만 그런 곳에서 파는 맥주는…… 똑같은 버드와이저와 기네스였지만 똑같은 버드와이저와 기네스가 아니었다. 하루 종일 연구실에 처박혀서 나사를 조이다 보면 자기 몸에 있는 나사가 전부 풀리는 기분이었고, 그때마다 루시 할머 박사는 싸구려 술집에 앉아서 맥주를 마셨다. 루시 할머 박사의 나사를 조일 수 있는 건 머리가 띵할 정도로 시원한 맥주뿐이었으니까.

"이봐요, 톰. 내가 뭐 하나 물어봐도 돼요?"

"뭔데요?"

"저기 야외 테이블 위에 있는 병 말인데요. 내가 보기에는 기네스 같은데…… 당신이 보기에도 그런가요?"

"내가 보기에도 그런 것 같네요, 박사님."

거기까지 걸어오는 동안 루시 할머 박사는 일주일 내내 연구실에 처박혀서 일만 한 것처럼 나사란 나사는 전부 풀려 있었고, 그런 곳에서 자기가 환장할 정도로 좋아하는 맥주를 보자 이성을 잃기로 작정한 사람처럼 이성을 잃었다.

"톰, 고마워요. 당신은 내 생명의 은인이에요."

말을 마치자마자 루시 할머 박사는 그렇게 지친 상태에서는 누구도 해낼 수 있다고 생각하지 못한 일을 해냈다. 루시 할머 박사는 기네스를 바라보며 달리기 시작했다. 그리 빨리 달린 건 아니지만 그래도 달린 건 사실이었고, 뒤에 남겨진 네 명의 대원들은 루시 할머 박사가 어떻게 저렇게 할 수 있는지 이해할 수 없다는 표정을 짓고 있었다. 잠시 후 루시 할머 박사는 비치파라솔 세 개를 쓰러트리고 선베드 다리에 발이 걸려 두 차례나 앞으로 넘어질 뻔한 다음, 토미 붐과 자기가 같이 본 바로 그 물건이 정말 그곳에 놓여 있다는 사실을 확인할 수 있었다. 그 아일랜드산 흑맥주는 진짜였고 병에 손을 대자…… 그때 느낌이 어땠는지 루시 할머 박사는 기억하지 못했다. 그 전의 느낌들을 모두 합한 것보다 훨씬 강렬한 느낌 같았지만 다음 순간 그보다 훨씬 강렬한 느낌이 밀려와 그 느낌을 흔적도 없이 지웠다. 기네스는 머리가 어떻게 될 정도로 시원했다. 다른 야외 테이블 위에 놓여 있던 두 번째 기네스도 그랬다. 바늘이 목구멍을 찔러대는 것처럼 아팠는데, 루시 할머 박사는 마치 바늘이 자기 목구멍을 계속 찔러대길 바라는 사람처럼 두 병째 아일랜드산 흑맥주를 다 마신 다음 이렇게 딱 한 마디 내뱉었다.

"와우!"

어느 정도 갈증이 가시자 세 번째 흑맥주는 좀 더 여유롭게 즐기고 싶었고, 그래서 루시 할머 박사는 그렇게 했다. 루시 할머 박사는 선베드에 엉덩이를 걸치고 앉아서 예전에도 이 맥주가 이렇게 맛이 있었는지 차근차근 따져봤는데, 아무리 차근차근 따져봐도 그런 것 같지 않았다. 게처럼 생긴 외계 생명체 한 무리가 파도를 피해 옆걸음질 치고 있었고, 다른 한편에서는 지칠 대로 지친 지구인 네 명이 맥주를 즐기면서 자기들을 바라보고 있는 지구인 한 명을 향해 앞걸음질 치고 있었다. 갈매기처럼 생긴 외계 생명체 몇이 아까부터 계속 그들의 머리 위를 맴도는 걸 보면 분명히 뭔가 바라는 게 있어서 그러는 것 같았다. 하지만 그건 헛된 바람이 될 가능성이 컸고…… 그때 누군가 루시 할머 박사의 등 뒤로 다가와 이렇게 말했다.

—지금 당장 모든 행동을 중지하고 명령에 따라주십시오.

루시 할머 박사는 깜짝 놀란 눈으로 고개를 돌렸고, 그곳에 서 있는 로봇이 자기가 어릴 때 가장 좋아했던 SP-302 모델이라는 사실을 알게 되자 더 깜짝 놀랐다. SP-302 모델은 삼십 년 전에 단종된 경찰 업무용 무장 로봇이었다. 고성능 위치추적장치인 K730-GPS를 장착한 이 모델이 삼십 년 전에 단종된 단 하나의 이유는 고성능 위치추적장치인 K730-GPS 때문이었다. 검거율의 비약적인 상승에도 불구하고 사람들은 개인적인 신변상의 위협을 느꼈다. 당장은 아니지만 어디론가 숨어야 할 필요가 있을 때 자기가 그럴 수 없다는 사실은 사람들을 불편하게 만들었고, 삼십 년 전에 사람들은 그걸 인권침해라고 생각했다. SP-302 모델이 언제나 등 뒤에서 기분 나쁘게 나타난다는 점도 사람들이 그렇게 생각하는 이유 중 하나였고.

루시 할머 박사는 일곱 살 때 자기가 마리오 로드리게스 아저씨네 고물상 구석에서 처음 찾아낸 이 멋진 로봇을, 일주일 동안 모든 부품을 분해한 뒤 어디가 고장 났는지 알아내고 그걸 다시 조립해서 원래대로 만드는 데 꼬박 석 달 반이나 걸린 SP-302 모델을 지금까지 잊지 않고 있었다. 그렇게 수리한 SP-302 모델이 엄마의 마지막 선물인 토끼 머리핀을 단 십 초 만에 찾아냈다는 사실도. 하지만 지금 SP-302 모델은 엄마 얼굴이 어떻게 생겼는지도 모르는 일곱 살짜리 계집애에게 토끼 머리핀을 돌려주기 위해 그곳에 서 있는 건 아닌 것 같았다.

—당신은 제48 해변 구역의 유료 시설물을 무단으로 이용했습니다. '모두에게 공평한 법' 1조 4항, 3조 17항, 5조 8항에 따라 당신을 체포합니다.

루시 할머 박사는 뭐라고 한마디 확실하게 해주고 싶었지만 두 가지 이유 때문에 그럴 수 없었다. 우선 루시 할머 박사는 자기 생각을 말로 정리하는 데 적지 않은 어려움을 겪고 있었다. 말은 공구처럼 손에 쥐고 사용할 수 있는 물건이 아니었고, 루시 할머 박사는 어떤 공구를 어디에 사용해야 하는지 정확하게 알고 있었지만 말은 그렇지 못했다. 자기는 삼십 년 만에 이 행성을 처음 방문한 다섯 명의 행성심사대 중 한 명이고, 행성심사대가 얼마나 중요한 임무를 띠고 플랜A에 왔는지 알면…… 그게 아니더라도 고작 싸구려 맥주 세 병 때문에 사람을 체포한다는 건…… 이런 생각들을 말로 정리한다는 것은 그리 쉬운 일이 아니었다. 그리고 그런 생각을 정리하기도 전에 루시 할머 박사는 손목에 수갑을 차고 있었다.

"지금 뭐 하는 거야?"

—당신을 체포하기 위해 수갑을 사용했습니다.

"당장 이거 풀지 못해?"

—당신에게는 명령권이 없음을 알려드립니다.

SP-302 모델은 루시 할머 박사의 모든 질문에 가장 논리적인 대답을 제시하며 자기 임무를 계속했다. 하지만 루시 할머 박사가 듣고 싶은 대답은 그런 게 아니었다. 사실 그건 질문이라기보다 항의에 가까웠는데, SP-302 모델은 김빠질 정도로 논리적인 대답을 제시함으로써 그런 종류의 모든 항의를 철저하게 무시하도록 프로그램 되어 있었다. 그렇게 함으로써 SP-302 모델은 로봇이 사람을 체포할 때 발생할 수 있는 사소한 잡음을 최소화하고 있었다. 하지만 자기에게도 일거리다운 일거리가 생겼음을 거의 동물적인 감각으로 알아챈 토미 붐이 그런 미묘한 사실을 알아챌 리 없었다. 일행과 함께 도착한 경호원은 허리에 차고 있던 광선총을 뽑아 들고 이렇게 질문했다.

"박사님 옆에서 당장 떨어지지 못해?"

—당신에게는 명령권이 없음을 알려드립니다.

토미 붐은 누구도 자기를 만만하게 보면 안 된다고 생각하는 사람이었는데, 지금 이 쇳덩어리가 자기를 그렇게 보고 있다고 확신했고, 그건 상대 팀 선수의 엉덩이 밑에 깔려서 똥구멍 냄새를 맡는 것만큼이나 열받는 일이었다. 토미 붐의 머릿속에서 본때를 제대로 보여주라고 소리치는 첫 번째 목소리가 계속 울려 퍼지고 있었다. 저 자식이 널 우습게 봤잖아. 때려눕혀! 그에 비해 그렇게 하면 안 그래도 위험에 처해 있는 루시 할머 박사가 더 큰 위험에 처하게 될지도 모른다고 신중하게 충고하는 두 번째 목소리는 거의 들리지도 않을 만큼 작았다. 그리고 토미 붐은 자기가 어떤 목소리를 귀담아들어야 하는지 아주 잘 알고 있었다. 토미 붐은 지금까지 그렇게 해왔던 것처럼 이번에도 그렇게 할 생각이었다. 한 번도 들어본 적 없는 세 번째 목소리가 꼬맹이 때부터 들어온 첫 번째 목소리보다 크지만 않았다면 그랬다.

—지금 당장 모든 행동을 중지하고 명령에 따라주십시오.

등 뒤에서 세 번째 목소리가 들리자 토미 붐은 아까 루시 할머 박사가 했던 행동을 그대로 따라 했다. 우선 깜짝 놀란 눈으로 고개를 돌렸고, 그곳에 서 있는 로봇이 자기가 방금 한 방에 날려버리려고 했던 바로 그 로봇과 완전히 동일한 모델이라는 사실을 알게 되자 더 깜짝 놀랐다.

—당신을 불법무기소지죄로 체포합니다. 광선총을 내려놓고 바닥에 엎드리십시오.

"세상에! 이게 다 무슨 일이람?"

"젠장, 저건 또 어디서 나타난 거야?"

"톰, 그 로봇이 시키는 대로 하게!"

글래디아 델메어 박사가 지금 여기서 기절하면 안 된다고 끈질기게 자기를 설득하는 동안 제임스 툴 박사는 지금 여기서 쌍욕을 하는 건 적절한 행동이 아니라고 끈질기게 자기를 설득하고 있었다. 그 순간 뭐가 어떻게 돌아가고 있는지 대충이라도 상황을 파악하고 있는 사람은 늙은 우주물리학자뿐이었다. 토미 붐의 등 뒤에 서 있는 두 번째 경찰 로봇은 전기면도기처럼 생겼지만 전기면도기보다 세 배쯤 복잡할 것 같은 물건을 손에 들고 있었고, 일라이저 베일리 박사는 그 물건 하단에 인쇄된 제품 번호까지 읽을 수 있을 만큼 가까운 위치에 서 있었다. 일라이저 베일리 박사의 시력을 고려해보면 그건 정말 말도 못 하게 가까운 거리였는데, 아무튼 일라이저 베일리 박사는 그 물건이 이 잘생긴 경호원을 어떻게 만들 수 있는지 알고 있는 유일한 사람이었다.

"어서 광선총을 내려놓고 바닥에 엎드리게, 톰. 내 말 안 들리나? 당장 그렇게 해."

하지만 토미 붐은 죽었다 깨어나도 절대 그렇게 할 생각이 없었다. 토미 붐은 언제나 쓸데없는 일에 똥고집을 부렸고, 그게 자기 인생을 얼마나 피곤하게 만드는지 누구보다 잘 알고 있었지만, 태어나길 원래 그렇게 태어났기 때문에 그 자신도 어쩔 수 없었다.

—다시 한 번 경고합니다. 지시에 따라 행동해주십시오.

“긍정적인 방향으로 생각은 한번 해볼게. 먼저 이걸로 널 날려버린 다음에.”

이번에 토미 붐은 고개뿐 아니라 몸 전체를 돌렸고, 그런 다음 갑자기 나타나서 사람을 열 받게 만드는 구형 경찰 로봇에게 방아쇠를 당기려고 했다……. 최소한 그렇게 하려고 시도는 한 것 같았다. 하지만 SP-302 모델의 손이 더 빨랐고, 일라이저 베일리 박사는 자리를 잘못 잡은 세탁기처럼 부르르 정신없이 떨고 있는 토미 붐의 모습을 더 이상 지켜볼 수 없었다. 늙은 우주물리학자는 토미 붐의 눈깔이 하얗게 까뒤집히는 모습을 본 뒤, 곧 입에서 게거품이 흘러나오고 있음을 확인한 다음, 자기가 이 모든 걸 감당하기에는 나이가 너무 많다고 생각하면서 고개를 돌렸다. 글래디아 델메어 박사는 이미 기절한 것 같았고, 제임스 툴 박사는…… 그는 악령에 씐 사람처럼 미친 듯이 쌍욕을 해대고 있었다.

“으어어어…….”

일라이저 베일리 박사는 고개를 돌리고 있었지만 그렇다고 모든 것을 외면할 수 있는 것은 아니었고, 자기가 모든 것을 외면할 수 있을 거라고도 생각하지 않았다. 고통스러운 신음 소리와 함께 이빨이 격렬하게 맞부딪히는 소리가 이어졌다. 계속 저러다가는 정말 남아나는 이빨이 하나도 없을 것 같았다. 고통을 바라보는 자에게 시간은 아주 천천히 흘러갔고 고통을 당하고 있는 자에게 시간은…… 일라이저 베일리 박사의 오랜 친구이자 저명한 정신물리학자이기도 한 제프리 포드 박사는 사적인 자리에서 이렇게 자기의 생각을 밝힌 적이 있었다.

“에일리, 자네의 호기심은 정말 늙지도 않는군. 그러니까 자네는 지금 고통이 시간을 어떻게 변질시키는지 알고 싶다는 건가? 하긴 그걸 나만큼 잘 아는 사람도 없기는 하지. 그쪽 분야에서는 내가 최고니까. 나는 지난 십오 년 동안 이천칠백다섯 명을 순전히 학술적인 목적으로 괴롭히면서 임상실험을 해왔고, 십오 년이 지난 지금은 그 이천칠백다섯 명의 피실험자들에게 원한을 사고 있다네. 그중에는 친구나 가족처럼 아는 사람들도 있었고, 그게 아마 재작년 말부터였나? 그때 이후로 나는 줄곧 혼자서 밥을 먹고 있지. 그러면서 내가 내린 결론은…… 알아서 좋을 게 하나도 없다는 거야. 내가 만약 자네고 지금 자네처럼 먹음직스러운 스테이크 앞에 앉아 있다면…… 나는 그 스테이크가 식어서 돌덩어리가 되기 전에 먹어치울 걸세. 그런 걸 궁금해하면서 인생을 낭비하지는 않을 거야. 난 이미 그렇게 했지만, 내가 만약 자네라면…….”

일라이저 베일리 박사는 웬만한 영화배우 빰칠 만큼 잘생긴 이 경호 담당 대원이 고압력 분자충격기에 괴롭힘을 당하는 동안 그때 제프리포드 박사가 무슨 말을 하고 싶어 했는지 확실하게 알 것 같았다.

“으아아아…….”

일반인의 기준으로 볼 때 NCAA 리그 역사상 가장 걸출한 쿼터백이었던 토미 붐의 체력은 믿을 수 없을 정도로 놀라운 것이었다. 그리고 그 체력 때문에 토미 붐은 일반인보다 세 배쯤 더 오래 고통을 받아야 했다. 하지만 토미 붐도 결국 사람은 사람이었고, 일라이저 베일리 박사가 아는 한 고압력 분자충격기를 몸에 댄 채 영원히 버틸 수 있는 사람은 아무도 없었다.

—협조해주셔서 감사합니다. 우리 P-36 지구는 범죄 예방과 이용객 여러분의 안전을 위해 최선의 노력을 다하고 있습니다. 만약 불편한 점이나 문의 사항이 있으시면 언제라도…….

이런 말을 계속하면서 SP-302 모델은 바닥에 쓰러져 있는 토미 붐의 몸을 들어 올렸는데, 그건 마치…… 일라이저 베일리 박사는 방금 자기가 본 모든 상황을 상부에 보고할 필요가 있다고 느꼈고, 나중에 그렇게 할 수 있는 기회가 주어지자 정말 그렇게 했다. 그때 저는 인간의 존엄성이 완전히 파괴되는 현장에 서 있었고, 오 년이 지난 지금도 당시에 제가 느껴야 했던 분노와 절망을 생생하게 기억하고 있습니다. 그리고 저는 지금 이 자리에서 또 다른 대원의 이름을 언급하지 않을 수 없다는 사실을 대단히 유감스럽게 생각합니다. 친애하는 플로이드 장관님, 루시 할머 박사는…….

—다시 한 번 경고합니다. 지시에 따라 행동해주십시오.

방금 어떤 SP-302 모델이 한 번 했던 말을 이번에는 또 다른 SP-302 모델이 그대로 따라 했고, 그건 방금 한 번 벌어진 일이 이번에도 한 번 더 벌어질 수 있다는 뜻이었다. 그래도 아까와 다른 점이 있다면 루시 할머 박사가 토미 붐만큼 오래 버티지 못하리라는 점뿐이었는데, 루시 할머 박사는 일라이저 베일리 박사가 예상했던 것보다 훨씬 더 오래 버티지 못했다.

"잠깐만, 그건……?"

—고압력 분자충격기입니다. 범인 진압을 목적으로 생산된 이 제품은 초당…….

일라이저 베일리 박사는 루시 할머 박사가 취할 수 있는 가장 적절한 행동이 뭔지 알고 있었다. 그 순간 루시 할머 박사가 취할 수 있는 가장 적절한 행동은 그 어떤 적절한 행동도 취하지 않는 것이었다. 하지만 루시 할머 박사는 그렇게 할 생각이 눈곱만큼도 없는 것 같았다.

"이거 놔!"

루시 할머 박사는 SP-302 모델을 뿌리치려고 했고, 그런 다음 가능한 멀리 도망치려고 했다. 최소한 그렇게 해보려고 애는 쓴 것 같았다. 하지만 SP-302 모델은 루시 할머 박사가 그렇게 하는 걸 보고만 있지 않았고…… 이번에도 늙은 우주물리학자는 자기가 이 모든 걸 감당하기에는 나이가 너무 많다고 생각하면서 고개를 돌렸다. 글래디아 델메어 박사의 아름다운 얼굴은 뭐가 좀 지저분하게 많이 묻어 있긴 해도 여전히 아름다워 보였고, 제임스 툴 박사는 악령에 씐 사람처럼 미친 듯이 계속 쌍욕을 해대면서 자기가 어떤 이유 때문에 아내와 별거를 하게 되었는지 서서히 깨달아가는 듯했다.

—협조해주셔서 감사합니다. 우리 P-36 지구는 범죄 예방과 이용객 여러분의 안전을 위해 최선의 노력을…….

일라이저 베일리 박사가 다시 고개를 돌렸을 때 루시 할머 박사도 토미 붐 대원도 이미 그 자리에 없었다. 깨끗하게 빈 기네스 맥주 세 병이 루시 할머 박사가 남긴 마지막 흔적이었고, 토미 붐은 그런 흔적조차 남기지 못했다. 그들을 데리고 간 SP-302 모델 두 기가 바퀴 네 개를 열심히 굴리면서 저 멀리로 점점 작아져 갔다. 이동 경로는 유원지 쪽으로 향하는 최단거리 직선 코스였고, 잠시 후 SP-302 모델 두 기가 시야에서 완전히 사라지고 난 뒤에도 일라이저 베일리 박사는 그쪽 방향을 계속 바라보고 있었다. 마치 그렇게 계속 바라보고 있으면 언젠가는 집 나간 자식들이 돌아올 거라고 믿는 늙은이처럼.

"대장님, 괜찮으세요?"

자기가 알고 있는 모든 쌍욕을 할 만큼 하고 난 제임스 툴 박사가 조심스럽게 다가와 걱정스러운 목소리로 물었다.

"자네 눈에는 내가 지금 괜찮아 보이나? 플랜A에 도착한 지 반나절도 지나지 않아서 대원 두 명을 잃었어. 그런데 그중 한 명은 세계적인 로봇 공학자고 나머지 한 명은 정말 잘생긴 일류 경호원이야. 나는 그들의 대장이고…… 그들은 더 이상 나를 대장이라고 생각하지 않겠지. 제임스 박사, 그런데도 지금 내가 괜찮은지 알고 싶나?"

"대장님, 전……."

"난 전혀 괜찮지 않아. 이렇게 괜찮지 않았던 적이 한 번도 없을 만큼 괜찮지 않아. 그러니까 제발……."

일라이저 베일리 박사는 자기가 무슨 말을 하려고 하는지 그 말을 이미 내뱉은 사람처럼 잘 알고 있었다. 입을 열기만 하면 됐고 그러면 그 말을 하게 되겠지만, 일라이저 베일리 박사는 일이 그렇게 돌아가는 걸 바라지 않았다. 그는 내륙 깊숙한 곳에 박혀 있는 놀이기구들을 한 번 보고, 그곳에서 해안까지 이어진 거대 산림 지역을 눈으로 죽 한 번 훑은 뒤, 지구의 적란운군보다 세 배쯤 더 덩치가 큰 적란운군이 수평선 위에 떠 있는 모습을 바라보면서 몇 번 심호흡을 했다. 간간이 바람이 불었고, 파도가 밀려와 하얗게 부서지고 있었다.

"미안하네. 자네가 잘못한 것도 아닌데 괜히 자네한테 화를 냈군."

"너무 신경 쓰지 마세요. 누구나 가끔 그러고 싶을 때가 있고, 저도 지구에 있을 때 가끔 그랬으니까요. 그보다 글래디아 델메어 박사를 저대로 두면 안 될 것 같은데요."

그들은 글래디아 델메어 박사를 비치파라솔 밑으로 옮겼고, 한동안 이 구조사회학자를 어디에 눕히는 게 좋을지 의견을 교환한 다음, 모래 위에 눕혔다. 선베드는…… 그들은 글래디아 델메어 박사를 그곳에 눕힘으로써 이 광활한 행성에 자신들만 남겨지는 것을 원하지 않았다. 잠시 후 제임스 툴 박사가 늙고 지친 자기 대장의 얼굴을 바라보며 다음과 같이 물었는데, 그건 일라이저 베일리 박사의 결코 짧지 않은 인생을 통틀어 가장 대답하기 힘든 질문 중 하나였다.

"이제 어떻게 하실 겁니까, 대장님?"

간간이 바람이 불었고, 쉴 새 없이 파도가 밀려와 하얗게 부서지고 있었지만, 이제 그런 건…… 그러든 말든 아무래도 상관없는 일이었다. 지구의 적란운군보다 세 배나 덩치가 큰 적란운군도 이제 더 이상 일라이저 베일리 박사의 관심을 끌지 못했다. 일라이저 베일리 박사는 한동안 입을 다물고 자기가 해야 할 말을 신중하게 생각했다. 하면 안 되는 말을 하지 않는 건 대단히 어려운 일이었다. 하지만 꼭 해야 할 말을 찾아서 한다는 건 그보다 훨씬 더 어려운 일 같았다. 늙은 우주물리학자가 어렵게 입을 열자 아무런 확신도 없는 목소리가 잠깐 튀어나왔다 자기가 그러지 말았어야 한다는 걸 뒤늦게 깨달은 것처럼 슬그머니 기어들었다.

"지구에 도움을 요청해야겠지. ……우리가 그 일을 해낼 수 있다면 말일세."

개인용 통신장비는 휴대가 가능했지만 행성 간 통신장비는 그렇지 못했다. 그걸 사용해서 몇 마디 하고 싶다면 우주선 내부에 있는 서른두 개의 전원 스위치를 모두 올리고 열일곱 개의 작동 버튼을 정확하게 누른 뒤 세 개의 볼륨조절기를 동시에 조작하면서 마이크에 입을 바짝 가져다 댄 다음 하고 싶은 말을 해야 했다.

"그럼 왔던 길로 다시 돌아가야겠네요."

"그래. 자네에게 더 좋은 생각이 없다면…… 그렇게 해야 하겠지."

"제 생각에는…… 델메어 박사의 생각도 들어봐야 할 것 같은데요."

하지만 삼십 분 후에 깨어난 글래디아 델메어 박사는 일라이저 베일리 박사의 생각을 들어봐야 할 것 같다고 말했고, 그래서 그들은 일라이저 베일리 박사의 생각대로 했다. 플랜A의 자전 속도는 지구의 자전 속도보다 약 1.5배 느렸다. 그렇다고 그게 플랜A가 돌지 않는다는 뜻은 아니었다. 해가 기울기 시작하면서 그림자의 길이도 점점 길어졌다. 까마귀처럼 생긴 외계 생명체 하나가 까마귀처럼 울면서 저 먼 어디론가 날아가고 있었다. 그리고 노을은 어디에서나 붉었다.

"제임스 박사, 우리가 우주선을 댄 곳이 이쯤 같은데…… 자네 생각은 어떤가?"

"글쎄요. 저는 델메어 박사의 생각을 들어보는 게 좋을 것 같은데요."

"전…… 대장님의 생각을 먼저 듣고 싶어요."

시계는 사방 삼십 킬로미터까지 열려 있었고, 아시모프호가 바닥에 떨어진 동전이 아니라면 이 근처 어디에 서 있는 모습이 보여야 했다. 다섯 시간 가까이 엉뚱한 방향으로 걸어온 게 아니라면 그래야 했는데, 방향이 엉뚱한 것 같지는 않았다.

"내 생각에는, 내 생각이 맞는지 어떤지 모르겠지만……."

일라이저 베일리 박사가 엄청난 중압감에 시달리면서 생각을 정리하는 동안 제임스 툴 박사는 아시모프가 서 있어야 할 자리에 대신 서 있는 표지판을 발견했다.

"잠깐만요, 대장님. 저기 뭐가 있는데요."

"뭐가 말인가?"

유감스럽게도 일라이저 베일리 박사의 시력은 제임스 툴 박사의 시력만큼 좋지 않았다.

"저기 뭐가 있잖아요. 안 보이세요?"

"자네도 나이를 먹으면 알게 되겠지만…… 아무튼 가보세."

해가 저물고, 하늘이 계속 색깔을 바꿔가면서 밑으로 가라앉고, 발치에서 시작된 어둠이 점점 머리 위로 차오르고…… 그 모든 일이 지구에서보다 1.5배쯤 천천히 진행되고 있었다. 그리고 표지판을 향해 걷는 동안은 세 명의 대원 중 어느 누구도 입을 열지 않았다. 무거운 침묵이 그들의 어깨를 짓누르고 있었고, 침묵은 표지판과의 거리가 가까워질수록 점점 더 무거워졌다. 어떤 예감이 그들의 온몸을 감싸고 있었다. 비에 젖은 속옷처럼 축축하고 우울하고 잘 떨어지지 않는. 그렇게 표지판 앞에 도착한 세 명의 대원은 한 사람의 예외도 없이 모두 똑같은 생각을 하고 있었다. 그들은 자기 옆에 있거나 혹은 그 옆에 있거나 아니면 자기 양옆에 서 있는 사람이 어떤 생각을 하는지 들어보고 싶어 했다. 하지만 그중에 자기 생각을 말할 수 있는 사람은 아무도 없었다.

—이곳은 장애인 전용 구역입니다. 당신의 우주선은 '모두에게 공평한 법' 48조 1항, 50조 6항, 59조 2항에 따라 견인 조치되었음을 알려드립니다. 문의 사항이 있으시면 아래에 나와 있는 번호로 연락 바랍니다.

아래에 정말 연락처가 나와 있었고, 일라이저 베일리 박사는 그 연락처를 뭐에 홀린 사람처럼 한참 동안 들여다보다가 자기 대원들에게 물었다.

"자네들 중에 혹시 번호판으로 된 단말기를 가지고 있는 사람 있나?"

하지만 이십오 년 전에 단종된 모델을 고집스럽게 계속 사용하고 있는 대원은 아무도 없었다. 밤은 점점 깊어만 갔고, 어디선가 늑대처럼 생긴 외계 생명체 한 무리가 늑대 울음소리를 내고 있었다.

"아무래도 저곳에 가봐야 할 것 같군. 할머 박사와 톰과 번호를 누를 수 있는 단말기를 찾아야 해. 만약 그 모든 게 전부 저곳에 있다면 말일세."

늙은 우주물리학자가 저 멀리 빛나는 불빛들을 바라보면서 지친 목소리로 말했다. 그런 다음 이제 할 말을 다 한 사람처럼 무거운 발걸음을 옮기기 시작했다. 잠시 후 글래디아 델메어 박사와 제임스 툴 박사도 그렇게 했다.

— 요금 결제가…… 요금을 결제한 뒤…….

다음 날 아침 일라이저 베일리 박사 일행은 제48 해변 지역을 지나 P-36 지구에 도착했고, 그로부터 한 시간 삼십 분 뒤에 글래디아 델메어 박사는 수많은 사람들이 거쳐 간 더블 침대에 알몸으로 누워서 왠지 무늬가 마음에 들지 않는 천장 벽지를 바라보고 있었다. 만약 누군가 그 벽지 무늬가 왜 마음에 들지 않느냐고 묻는다면 사실 글래디아 델메어 박사는 별로 할 말이 없었다. 그냥 너무 싸구려 같았고, 그래서 싫은 것뿐이었으니까. 객실에 있는 물건들도 전부 그랬다. 소형 냉장고는 심하다 싶을 만큼 소형이었고, 글래디아 델메어 박사는 반쯤 열려 있는 커튼의 무늬가 왜 천장 벽지의 무늬와 똑같아야 하는지 이해할 수 없었다. 화장대가 그래도 좀 나아 보이기는 했지만 동일한 디자인의 제품을 집에다 놓고 써야 한다면…… 솔직히 그럴 자신은 없었다. 침대 스프링도 몇 군데 삐걱거리는 것 같았고, 온도조절시스템이나 자동조명장치도 제구실을 하지 못하는 것 같았다. 그리고 그건 투숙객의 입장에서 볼 때 결코 바람직하거나 환영할 만한 일이 아니었다. 자기 집만 한 곳이 없다는 걸 알기 위해 자기 집을 떠나는 사람은 아무도 없을 테니까. 설령 그런 사람이 어딘가에 한두 명 있다 해도 글래디아 델메어 박사가 그런 짓을 할 사람이 아니라는 건 분명했다. 게다가 사 층 복도 맨 끝에 있는 이 객실은 누구에게나 다 공평하게 대하는지는 몰라도 아무튼 인심이 더럽게 야박한 곳임에 틀림없었다.

—요금 결제가 필요한 시설입니다…….

글래디아 델메어 박사는 객실에 들어가자마자 일단 좀 씻고 싶었는데, 그건 그녀가 열두 시간 전부터 가장 하고 싶다고 줄곧 생각만 한 일이었고, 그 일을 당장 할 수 있을 것 같다는 생각이 들자 서둘러 옷을 벗었다. 겉옷과 속옷에서 땀 냄새가 났고, 그런 것들을 하나도 남김없이 모두 벗은 뒤에도 여전히 땀 냄새가 났는데, 이십육 년 동안 살면서 그 비슷한 일을 한 번도 경험해본 적 없었던 그녀는 자기 몸에서도 그런 냄새가 날 수 있다는 사실에 몹시 충격을 받았다. 하지만 그건 우주 어딘가에 돈을 달라고 손을 벌리는 뻔뻔한 샤워기가 엄연히 존재하고 있었으며, 그 샤워기 밑에 알몸으로 서 있는 사람이 바로 자기라는 사실을 깨달았을 때 받은 충격에 비하면 정말 아무것도 아니었다.

—요금을 결제한 뒤 이용해주십시오.

밸브를 틀자 시원한 물이 쏟아져 내리는 대신 돈을 안 내면 물도 없다는 안내 방송이 흘러나왔고, 글래디아 델메어 박사는 자기 몸이 성숙한 이래로 가장 깊은 좌절감을 맛봐야 했다. 그녀는 거절당하는 일에 익숙하지 않았다. 특히나 알몸인 채로 거절당한 적은 글래디아 델메어 박사가 기억하는 한 단 한 번도 없었다. 틀니를 착용하기 전에 자기가 그런 일을 당할 수 있으리라고 생각해본 적도 없었고.

—요금 결제가 필요한 시설입니다. 요금을 결제한 뒤 이용해주십시오.

글래디아 델메어 박사는 신경질적인 동작으로 몇 번 더 샤워기 밸브를 틀었다 잠갔다 했고, 그때마다 돈을 안 내면 물도 없다는 안내 방송을 반복해서 들어야 했다. 결국 그녀는 누군가 자기를 제대로 엿 먹이기 위해서 이 인정머리 없는 샤워기를 여기에 매달아둔 것이 틀림없다고 단정한 뒤 화장실 문을 열고 밖으로 나갔다. 몸에서는 여전히 지독한 땀 냄새가 났고, 글래디아 델메어 박사는 방금 자기가 화장실에서 당한 일을 객실에서도 똑같이 당할 수 있는지 확실하게 알아둘 필요가 있다고 느꼈다.

—요금 결제가 필요한…… 요금을 결제한 뒤 이용해…….

잠시 후 글래디아 델메어 박사는 몇 가지 간단한 실험을 통해서 객실에 있는 거의 모든 물건이 살짝 건드리기만 해도 돈을 달라고 손을 벌린다는 사실을 알아냈고, 그 사실을 알아낸 다음 그녀는 더 이상 그 어떤 사실도 알아내고 싶지 않다고 생각했다. 알아내면 알아낼수록 정나미만 더 떨어질 것 같았다. 모든 남자들이 다 그렇다는 건 아니지만 대부분의 남자들이 그런 것처럼.

그 뒤로 글래디아 델메어 박사는 줄곧 마음에 들지 않는 천장 벽지를 바라보면서 침대 시트 위에 누워 있었다. 뭘 좀 걸쳐야겠다는 생각은 아까부터 했지만, 마땅히 몸에 걸칠 만한 게 보이지 않았다. 바닥에 벗어놓은 옷은 누가 거기에 잔뜩 먹은 음식을 토해놓은 것 같았고, 그걸 다시 입는다면 뭔가를 뒤집어쓴 기분이 들 것 같았다. 그렇게 어느 정도 시간이 흐르자 글래디아 델메어 박사는 묘한 기분이 들었다. 절대 그럴 리 없지만, 마이클이나 도너반이 자기 옆에 누워 있는 것 같았다.

"오, 글랜. 당신 몸은 정말이지……."

백악관의 기준으로 볼 때 마이클은 굉장히 젊은 나이에 상원의원이 된 정치가였지만 사실 그리 젊은 나이도 아니었다. 돈과 권력만 빼면 그는 글래디아 델메어 박사의 아버지보다도 나이가 많은 늙은 남자에 불과했다. 도너반은 글래디아 델메어 박사와 같은 연구 시설에서 일하는 역사사회학자였다. 그는 늘 자기에게 가정이 있고, 자기가 아내와 두 아이를 얼마나 사랑하는지 강조하면서 있는 대로 몸을 사리곤 했다. 마이클에게도 아내와 두 아이가 있기는 했지만 도너반처럼 그렇게 사랑하는 것 같지는 않았다. 아무튼 그들은 둘 다 굉장히 정중했다. 팬티와 브래지어를 맨 마지막까지 남겨둘 줄 아는 남자들이었고, 팬티와 브래지어를 모두 벗긴 다음에도 예의에서 벗어나는 행동을 자제할 줄 아는 남자들이었다. 아주 오래 그러지는 못했지만 적어도 그렇게 하려고 노력은 했고, 그래서 얼마 동안은 정말 그렇게 할 수 있었다. 그 둘은 행위 전에 대화다운 대화가 가능한, 정말 믿을 수 없을 만큼 점잖은 남자들이었는데, 아무것도 걸치지 않고 누워 있는 글래디아 델메어 박사 옆에 아무것도 걸치지 않은 채 누워서 글래디아 델메어 박사가 이제 해도 된다고 할 때까지 재미없는 이야기를 진지한 목소리로 늘어놓곤 했다. 아주 오래 그러지는 못했지만.

글래디아 델메어 박사는 마이클이나 도너반이 옆에 누워 있지 않다는 사실을 확인하기 위해 고개를 돌려 옆을 봤고, 마이클이나 도너반이 옆에 누워 있지 않다는 사실을 확인했다. 만약 마이클이나 도너반이 옆에 누워 있다면 무슨 말을 하기는 했겠지만 정나미가 떨어지는 말을 쉬지도 않고 반복할 리 없었다. 만약 그들이라면 좀 더 달콤하고 은밀한 말을 속삭일 테고, 글래디아 델메어 박사가 이제 들어와도 된다고 말할 때까지 계속 그렇게 할 텐데……. 플랜A에 도착한 지 하루가 지난 그날 아침, 미모의 구조사회학자는 돈을 안 내면 침대에 눕지도 말라는 안내 방송을 반복해서 듣고 있었다.

—요금 결제가…… 요금을 결제한 뒤…….

반쯤 열린 창문 너머로 바람이 불어와 객실 커튼을 흔들어대고 있었다. 천장 벽지와 똑같은 무늬의 커튼이었고, 글래디아 델메어 박사는 그

점이 마음에 들지 않기는 했지만 커튼이 물결칠 때마다 눈꺼풀이 무거워지는 것 같았고, 글래디아 델메어 박사는 여기서 이대로 잠들면 안 된다고 생각했지만 좀 더 곰곰이 생각해보니 여기서 이대로 잠들면 안 될 만한 이유를 한 가지도 찾아낼 수 없었다. 정나미가 떨어지는 안내 방송도 아까만큼 그렇게 정나미가 떨어지지는 않았다. 그건 마치 다른 객실에서 들리는 것처럼 멀고 몽롱했는데, 마이클이나 도너반이 자기가 하고 싶은 일을 하기 위해서 듣기 좋은 목소리로 지저분한 말을 속삭이는 것 같았다.

—요금…… 요금을…….

그때 일라이저 베일리 박사와 제임스 툴 박사도 글래디아 델메어 박사와 동일한 과정을 모두 거친 뒤 좁아터진 더블 침대 위에 알몸으로 누워 있었다. 몸에서는 지독한 땀 냄새가 났고…… 일라이저 베일리 박사와 제임스 툴 박사는 옆에 누워 있는 사람이 먼저 뭐라도 좀 걸쳐주었으면 하고 같은 생각을 하고 있었다. 피치 못할 남자의 맨살이 자기 몸에 와 닿을 때도 그들은 둘 다 같은 생각을 했다. 뜨겁고 불쾌하고 낯설고 더럽고…… 게다가 요금 결제가 필요한 침대가 아까부터 계속 요금을 결제한 뒤 이용해야 한다고 고집을 부리고 있었다. 일라이저 베일리 박사는 자기가 처한 이 모든 상황에 화가 났고, 어떤 식으로든 강력한 조치를 취해야 할 필요가 있다고 느꼈다.

"툴 박사."

"그냥 편하게 지미라고 부르세요."

"지금 그러기에는 우리 상황이 좀 부적절한 것 같네만."

"저도 그냥 에일리라고 부를게요. 그럼 됐죠?"

일라이저 베일리 박사는 누가 자기를 애칭으로 부르는 것에 익숙하지 않은 사람이었다. 그래서 잠깐 시간을 두고 이 문제에 대해 고려해본 다음 그래도 될 것 같다는 결론을 정말 어렵게 내렸고, 그래도 된다는 말은 좀 더 시간을 두고 고려해본 다음에 했다.

"음, 지미…… 난 우리가 이 사기꾼 호텔한테 한 방 제대로 먹은 것 같은데, 자네 생각은 어떤가? 그리고…… 자네 팔꿈치가 지금 내 옆구리를 계속 찌르고 있는데 우선 그걸 좀 치워주지 않겠나?"

"제 생각도 그래요, 에일리. 이 호텔이 똥 덩어리라면 우리는 그걸 아주 제대로 밟은 거죠. ……미안해요, 에일리. 일부러 그런 건 아니에요. 이제 됐나요?"

두 시간쯤 전에 P-36 지구의 호텔 거리로 들어선 일라이저 베일리 박사 일행은 건물 입구마다 설치된 아주 이상한 내용의 전자 광고판을 바라보면서 그걸 곧이곧대로 믿어야 할지 말아야 할지 혼란스러워하고 있었다. 표현은 조금씩 달랐지만 내용은 전부 똑같았다. 객실을 무료로 대여한다는 전자 광고판 옆에 방을 공짜로 빌려준다는 전자 광고판이 나란히 서 있었고, 대원들에게는 그 말이 모두 그 말 같았다. 문제는 이런 말들을 어디서부터 어디까지 믿을 수 있느냐 하는 것이었는데, 대부분의 호텔들이 너무 좋아 보였고, 그래서 공짜나 무료라는 말에 믿음이 안 갔다. 천장이 높은 로비에는 대리석으로 된 바닥재가 깔려 있었고, 그런 로비가 있는 곳에서 하룻밤만 묵을 수 있다면 당장 영혼이라도 팔아치울 수 있을 것 같았지만, 대원들은 대부분의 좋아 보이는 호텔들을 그 호텔이 너무 좋아 보인다는 이유 때문에 그냥 지나쳐야 했다. 그렇지 않은 곳은 딱 한 군데밖에 없었다. 그곳은 수많은 A급 호텔들 속에 우뚝 서 있는 진정한 B급 호텔이었고, B급 호텔의 화신이자 완전체 같은 곳이었다. 그래서 전자 광고판에 나와 있는 말을 곧이곧대로 믿어도 될 곳 같았다.

—무료로 체크인하세요.

일라이저 베일리 박사와 나머지 대원 두 명은 자기들이 얼마나 휘파람을 불면서 거품 목욕을 하고 싶은지, 깨끗하게 세탁한 호텔 가운을 걸치고 깜짝 놀랄 정도로 냄새가 강한 싸구려 스킨을 얼굴에 바르고 싶은지, 침대에 누워서 마음 편안하게 쉬고 싶은지 각자 한마디씩 이야기한 다음 그 호텔 입구로 발걸음을 옮겼다. 천장이 낮은 로비는 밖에서 볼 때보다 훨씬 천장이 낮았지만 한잠도 못 자고 그곳까지 걸어온 대원들에게 그건 그리 큰 문제가 아니었다. 유니폼 차림의 로봇 몇 기가 천장이 낮은 로비 이곳저곳에서 돌아다니고 있었고, 자기들끼리 뭘 하는지 몰라도 아무튼 굉장히 바빠 보였는데, 그중에 지금 막 도착한 일라이저 베일리 박사 일행에게 관심을 보이는 로봇은 한 기도 없었다. 아주 오래전부터 그렇게 해왔고, 그래서 지금도 그렇게 하는 것 같았다. 생각보다 나쁘지 않네……. 대원들은 프런트까지 걸어가는 동안 그런 생각을 했고, 프런트 앞에 도착한 뒤에는 자기들이 좀 다른 생각을 해야 한다는 걸 깨달았다.

—어서 오십시오. 무엇을 도와드릴까요?

제48 해변 지역에서 이미 두 명의 대원을 잃은 일라이저 베일리 박사는 더 이상 대원을 잃고 싶지 않았다. 그래서 자기 생각을 제임스 툴 박사와 글래디아 델메어 박사에게 말했다.

"객실을 하나만 빌리면…… 좀 불편하기는 하겠네요. 그래도 대장님 생각처럼 방을 따로 잡는 것보다는 안전하겠죠."

제임스 툴 박사는 아무래도 상관없다는 투로 우주물리학자의 의견에 동의했지만, 글래디아 델메어 박사를 설득하려면 노력이 좀 필요할 것 같았다.

“저는 여자고, 객실 하나를 혼자서 사용할 권리가 있어요. 그리고 저는 그 권리를 포기할 생각이 조금도 없고요.”

글래디아 델메어 박사를 설득하는 것은 그리 쉬운 일 같지 않았고, 일라이저 베일리 박사는 곧 그 일이 아예 불가능하다는 사실을 깨달았다.

“자네 생각이 정 그렇다면 어쩔 수 없지. 무슨 일이 생기거나 생길 것 같으면 통신기로…… 아니, 그냥 소리를 지르게. 붙어 있는 더블 룸 두 개를 잡을 테니까.

빈 객실은 많았고, 일라이저 베일리 박사 일행은 프런트 담당 로봇과 간단하게 몇 마디 주고받은 뒤 자기들이 원하는 객실을 어렵지 않게 배정받을 수 있었다.

—우리 호텔에서 가장 전망이 좋은 두 객실입니다. 손님들은 정말 운이 좋은 겁니다. 직접 가보시면 얼마나 운이 좋은지 알게 되실 겁니다.

프런트 담당 로봇은 404호와 405호 열쇠를 꺼내면서 프로그램에 입력된 대로 거드름을 피웠고, 그런 다음 계약서 하단에 첨부된 아주 사소한 내용을 읽을 때처럼 몇 마디 덧붙였는데, 그것 역시 그렇게 하라고 프로그램에 입력된 대로였다. 그래서 그때는 누구도 프런트 담당 로봇이 하는 말을 귀담아듣지 않았다. 그 말이 얼마나 위험한 말인지도 생각해 보지 않았고.

—부대 비용이 발생할 수 있음을 미리 알려드립니다. 이 점을 양지하시어 이용에 불편이 없으시길 바랍니다. 그럼 즐거운 시간 보내십시오.

이제는 편한 사이가 된 에일리 대원과 지미 대원은 좁아터진 더블 침대 위에 알몸으로 누워서 두 가지 생각을 하고 있었다. 플랜A는 정말 무서운 곳이고, 절대 가난뱅이들이 놀러 올 만한 곳이 못 된다고. 일라이저 베일리 박사의 경우 삼십 년 전에 한 번 와 본 적이 있기는 했지만, 삼십 년 전에 일라이저 베일리 박사는 지금처럼 수중에 땡전 한 푼도 없는 가난뱅이가 아니었다. 삼십 년 전에 제임스 툴 박사는…… 막대사탕 같은 걸 물려줘야 오 분쯤 얌전해지는 다섯 살짜리 코흘리개에 불과했다. 깨물어 먹지 못하게 옆에서 잘 감시한다면 그랬다. 그래서 그들은 플랜A가 가난뱅이들에게 얼마나 야박한 곳인지 몰랐고, 그 사실을 깨달은 뒤에는 계속 그 생각만 했다.

—요금 결제가 필요한 시설입니다. 요금을 결제한 뒤 이용해주십시오.

두 번째 생각은 좀 더 구체적이고 현실적인 것이었다. 샤워기와 더블 침대가 요금 결제를 강요했고, 더블 침대는 지금도 요금을 결제하라고 계속 압력을 가하고 있었으며, 객실의 다른 물건들 역시 살짝 건드리기만 해도 돈을 달라고 손을 벌리는 상황이었다. 스킨과 로션이, 헤어드라이어가, 냉동 칸도 없는 두 칸짜리 소형 냉장고가, 심지어는 침대 밑에 처박혀 있는 헝겊 슬리퍼까지…… 전부 요금 결제가 필요한 시설물이었고, 그런 것들 때문에 두 대원의 마음은 무겁기만 했다. 하지만 그들의 마음을 가장 무겁게 만드는 물건은 따로 있었다. 객실 문을 여는 데 왜 요금 결제가 필요한지 일라이저 베일리 박사와 제임스 툴 박사는 이해할 수 없었다. 하지만 한 가지 사실만은 분명했고, 그들은 그 사실이 무엇을 의미하는지 정확하게 이해하고 있었다. 그리고 그걸 이해한 다음 다시 첫 번째 생각으로 돌아갔다. 플랜A는 그들이 생각하는 것 이상으로 무서운 곳인 게 분명했다.

"지미, 내 생각에는 우리가 지금 이 객실에 감금된 채 협박을 당하고 있는 것 같은데. 이 점에 대해서 자네가 어떻게 생각하는지 한번 들어봤으면 좋겠군."

"어떤 의미에서는 그렇게 볼 수도 있겠네요, 에일리."

"다르게 볼 수도 있다는 말인가?"

"돈만 있다면요. 그런데 저는 한 푼도 없어요. 혹시 돈 가진 거 있으세요?"

"나도 없는데."

"그럼 대장님 생각이 맞을 거예요."

일라이저 베일리 박사는 다시 한 번 강력한 조치를 취해야 할 필요가 있다고 느꼈는데, 그건 돈을 들이지 않고 취할 수 있는 강력한 조치여야 했다. 어느새 제임스 툴 박사의 팔꿈치가 아까 그 자리를 정확하게 다시 찔러대면서 일라이저 베일리 박사의 성질을 건드리고 있었다. 생각 같아서는 다시는 그런 짓을 못 하도록 세게 한 대 후려치고 싶었지만, 지금은 그런 사소한 잘못을 바로잡으면서 시간을 낭비할 때가 아니라고 생각한 일라이저 베일리 박사는 좀 더 중요한 잘못을 바로잡기 위해서 신중하게 입을 열었다.

"이보게, 지미. 내 생각에는 말이야……."

다른 객실에 있는 남자 대원 두 명이 좀 더 중요한 잘못을 바로잡기 위해서 서로의 의견을 주고받고 있을 때, 글래디아 델메어 박사는 여전히 아무것도 걸치지 않은 알몸으로 침대 위에 누워 있었다. 가끔씩 이마를 구기거나 몸을 뒤척이기도 했고, 더러는 코를 골거나 입맛을 다시기도 했으며, 몇 번은 그 모든 행동을 한꺼번에 하기도 했지만, 그럼에도 불구하고 글래디아 델메어 박사는 좀처럼 깨어날 것 같지 않았다. 만약 누군가 흔들어 깨운다면 쌍욕을 하면서 발길질을 해댈 것 같았고, 억지로 일으켜 세운다면 쌍욕을 하면서 발길질을 해댄 다음 한 번만 더 그러면 가만두지 않겠다고 분명하게 경고한 뒤 다시 자리에 누울 것 같았다.

글래디아 델메어 박사는 아주 오래전부터 여러 남자들에게 그래 왔고, 그녀도 자신이 그런다는 사실을 알고 있었다. 하지만 만약에 비상경보가 울리면…… 그녀는 한 번도 그런 일을 당한 적이 없었고, 그래서 정말 비상경보가 울리자 뭘 어떻게 해야 할지 결정을 내릴 수 없었다.

—위잉.

달팽이관 두 개를 전부 들어낸 다음 계속 잘 수만 있다면 글래디아 델메어 박사는 그렇게 하고 싶었다. 하지만 그럴 수 없다는 사실을 알고 있었고, 그래서 그녀는 괜히 성질을 한번 부린 다음 자리에서 일어났다. 이곳은 호텔 방이고 자기는 알몸인데…… 옆자리에 남자가 없었다. 글래디아 델메어 박사는 가끔 그런 짓을 해서 사람을 열 받게 만드는 도너반 박사가 이번에도 사람 열 받게 그런 짓을 한 거라고 생각했다. 그러지 말라고 그렇게 주의를 줬는데도…… 하지만 그녀는 곧 자기가 도너반에 대해서 그렇게 생각한 것이 얼마나 불공평한 일인지 깨닫게 되었다. 몸에서는 지독한 땀 냄새가 났고, 살짝 움직이기만 해도 스프링이 삐걱대는 더블 침대가 돈을 달라고 손을 벌리고 있었다.

—요금을 결제하시오. 경고합니다. 요금을 결제하시오.

그리고 안내 방송보다 훨씬 더 더럽게 시끄러운 비상경보음이 글래디아 델메어 박사의 참을성을 시험하고 있었는데, 그건 그녀를 한 번쯤 겪어본 남자라면 절대 하고 싶지 않은 짓이었다.

—위잉.

그렇게 글래디아 델메어 박사는 돌아오고 싶지 않은 현실로 돌아오게 되었고, 무슨 일이 도대체 어떻게 돌아가고 있는지 좀 알아봐야 할 필요가 있다고 생각하면서 일라이저 베일리 박사와 제임스 툴 박사를 떠올렸다. 자기에게도 몇 가지 문제가 있기는 했지만, 자기 때문에 경보기가 울린 것 같지는 않았다. 만약 그들에게 무슨 문제가 생긴 거라면…….

"지미, 안 돼!"

……그들에게 무슨 문제가 생긴 것 같았다. 일라이저 베일리 박사가 누군가의 이름을 부르면서 처절하게 소리 지르고 있었는데, 보통 심각한 문제가 아닌 것 같았고, 아무튼 건물 밖에서 그러고 있는 것 같았다. 그리고 그들은 정말 건물 밖에서 그러고 있었다.

"도망쳐요, 에일리!"

이번에는 제임스 툴 박사가 누군가의 이름을 부르면서 처절하게 소리 지르고 있었다. 보통 심각한 문제가 아닌 게 틀림없었다. 이번에도 목소리는 건물 밖에서 들려왔다. 글래디아 델메어 박사는 곧 창문 앞으로 달려갔고, 그곳에 서자마자 무슨 일이 대충 어떻게 돌아가고 있는지 한눈에 알아볼 수 있었다. 누군가 입던 옷이 바로 옆 창문 난간에 매달려 있었는데, 405호 같았고, 위아래 네 벌을 밧줄처럼 길게 묶어서 이 층 창문까지 늘어뜨려 놓은 것을 보면 세탁한 옷을 말리려고 그렇게 한 건 아닌 것 같았다. 그리고 그 밑에서 아무것도 걸치지 않은 채 길바닥에 쓰러져 있는 제임스 툴 박사가 왜 자기가 아무것도 걸치지 않은 채 길바닥에 쓰러져 있는지 그 이유를 큰 소리로 외치고 있었다.

"아무래도 왼쪽 다리가 부러진 것 같아요. 난 틀렸으니까 어서 도망쳐요, 에일리."

"그럴 수 없네. 난 자네들의 대장이야!"

역시 아무것도 걸치지 않은 알몸으로 제임스 툴 박사를 바라보며 오열하고 있는 일라이저 베일리 박사의 모습도 보였다. 일라이저 베일리 박사는 모습도 보였지만…… 글래디아 델메어 박사는 보고 싶지 않았다. 그렇게 할 수만 있다면 그렇게 하고 싶었다.

"지미!"

"에일리!"

그들은 자꾸만 서로의 이름을 애칭으로 부르고 있었는데, 누군가 그들에게 뭘 좀 걸치기 전에는 두 번 다시 그러지 말라고 따끔하게 주의를 주지 않으면 계속 그럴 것 같았다. 하지만 커튼으로 몸을 가린 채 사 층에서 얼굴만 반쯤 내밀고 있는 글래디아 델메어 박사가 그런 일을 하지 않으리라는 점은 분명했고…… 대신 호텔 로비에서 달려 나온 경비원 로봇 두 기가 길바닥에 쓰러져 있던 제임스 툴 박사를 체포하면서 그 일을 했다.

—지금 당장 모든 행동을 중지하고 명령에 따라주십시오.

그럼에도 불구하고 제임스 툴 박사는 필사적으로 몸부림치면서 일라이저 베일리 박사의 애칭을 한 번 더 외쳐 부르는 용기를 보여줬고,

"어서 도망쳐요, 에일리. 어서요!"

일라이저 베일리 박사 역시 제임스 툴 박사의 애칭을 다시 한 번 소리쳐 부른 다음,

"지미!"

아주 하기 어려운 말을 굉장히 힘들게 하는 것처럼 얼마쯤 망설인 뒤에 아주 하기 어려운 말을 굉장히 힘들게 했다.

"……반드시 구하러 오겠네."

말을 마치자마자 일라이저 베일리 박사는 재빨리 몸을 돌렸고, 그대로 뛰기 시작했다. 하지만 그리 빨리 뛰지는 못했는데, 어떤 피치 못할 사정이 있어서 속도를 제대로 내지 못하는 것 같았다. 그 모습을 처음부터 끝까지 죽 지켜보고 있던 글래디아 델메어 박사는 뛸 때마다 다리 사이에서 뭐가 저렇게 계속 덜렁덜렁 흔들리면 자기도 그리 빨리 뛰지 못할 것

같다는 생각을 했다.

"에일리, 제발 빨리요! 더는 못 버텨요!"

다른 한편에서는 제임스 툴 박사가…… 글래디아 델메어 박사는 남자들이 일단 옷을 벗으면 그 옷을 다시 주워 입기 위해서 얼마나 쩨쩨하고 치사하게 구는지 자기가 알 만큼 안다고 생각했다. 하지만 제임스 툴 박사를 보면 모든 남자들이 전부 그런 것 같지는 않았다. 그는 두 기나 되는 경비원 로봇을 그 자리에 묶어두기 위해서 자기가 할 수 있는 거의 모든 일을 다 하고 있었다. 제임스 툴 박사는 바퀴에 깔릴 때마다 비명을 질렀고, 질질 끌려갈 때도 비명을 질렀고, 팔이 꺾이거나 몸이 뒤틀릴 때도 비명을 질렀고, 부러진 다리에 뭐가 살짝 닿기만 해도 비명을 질렀고…… 그렇게 계속 비명을 지르고 있었지만, 아무튼 자기가 한번 하겠다고 마음먹은 일은 그럭저럭 잘 해내고 있는 것 같았다. 경비원 로봇 중 한 기가 고압력 분자충격기를 사용해야겠다고 결정하기 전까지는 그랬다.

"지미, 조심해요!"

글래디아 델메어 박사는 이렇게 소리치면서 제임스 툴 박사를 애칭으로 불렀는데, 왠지 그냥 그러고 싶었고, 만약 어디선가 다음에 또 만날 기회가 생긴다면 그때는 자기를 편하게 글랜이라고 불러달라고 말해볼 생각이었다. 제임스 툴 박사만 좋다면 그렇게 하고 싶었다. 싫다고 할 리 없지만, 만약 싫다고 하면…… 그래도 말은 한번 꺼내볼 생각이었다. 창밖을 내다보는 동안 글래디아 델메어 박사는 아주 잠깐 그런 생각을 했고, 그다음에는 정말 아무 생각도 할 수 없었다.

어느새 제임스 툴 박사가 글래디아 델메어 박사를 바라보고 있었다. 오래 그러지는 못했지만, 오래 그러고 싶어 하는 것 같았다. 글래디아 델메어 박사의 얼굴은 여전히 아름다웠고, 더 이상 아름다울 수 없을 만큼 아름다웠는데, 그 얼굴을 보면서 제임스 툴 박사는 다른 건 이제 아무래도 상관없다고 생각했다. 그리고 글래디아 델메어 박사가 불쑥 창문 밖으로 반쯤 몸을 내미는 대담한 행동을 취하자, 아! 다른 건 정말 아무래도 상관없었다. 그렇게 제임스 툴 박사는 많은 것을 잊을 수 있었다. 자기에게 곧 무슨 일이 벌어지리라는 것을 대충 알고 있었지만 그 일이 벌어지기 전까지 제임스 툴 박사는 그 일을 잊을 수 있었다. 물론 그 일이 벌어지는 것을 막을 수는 없었지만.

"으어어어……."

"안 돼, 지미!"

글래디아 델메어 박사가 다시 한 번 소리를 질렀지만, 제임스 툴 박사는 더 이상 뭘 들을 수 있는 상태가 아니었다. 눈알이 하얗게 뒤집히고, 입에서 게거품이 흐르고…… 글래디아 델메어 박사는 자기가 제임스 툴 박사의 최후를 끝까지 지켜봐야 한다고 생각했다. 왜 그래야 한다고 생각했는지 모르지만, 아무튼 그래야 한다는 생각이 들었다. 혓바닥이 늘어지고 온몸의 근육이 끔찍하게 뒤틀리고…… 잠깐 그렇게 생각했지만 글래디아 델메어 박사는 곧 그 생각을 바꿀 필요가 있다고 느꼈다. 그것도 지금 당장 그렇게 하지 않으면 안 될 것 같았고, 그래서 글래디아 델메어 박사는 다른 곳으로 눈을 돌렸다. 건물 사이로 방향을 튼 일라이저 베일리 박사의 모습은 이미 보이지 않았다. 글래디아 델메어 박사는 객실 바닥에 그대로 주저앉았다. 가까운 곳에 팔걸이 소파가 하나 놓여 있기는 했지만, 엉덩이 밑에서 계속 누가 돈을 달라고 손을 벌린다면 정말 아무 생각도 할 수 없을 것 같았다.

잠시 후 글래디아 델메어 박사는 자기 생각이 맞는지 아닌지 확인하기 위해서 몸을 일으켰다. 생각하면 생각할수록 이상한 점이 너무 많았다. 모든 게 다 이상했지만 그중에 가장 이상한 점은……. 충격을 받을 때마다 습관적으로 현기증이 밀려왔다. 누군가 옆에서 자기를 지켜보고 있다면 기절하고 싶었다. 하지만 이제 그녀 곁에는 아무도 없었다. 일라이저 베일리 박사와 제임스 툴 박사가 왜 그런 행동을 했을까? 곰곰이 생각해봤다. 창문으로 도망친 이유는…… 딱 한 가지밖에 생각할 수 없었다. 글래디아 델메어 박사는 객실 문을 노려보면서 한 발 한 발 걸음을 옮겼다. 자기 생각이 틀리길 간절하게 바랐다. 하지만 문고리에 손을 대자마자 글래디아 델메어 박사는 깜짝 놀랐고, 자기 생각이 틀리지 않았다는 사실을 알게 되었다.

—요금 결제가 필요한 시설입니다. 요금을 결제한 후 이용하십시오.

그렇게 그녀는 희생자 명단의 네 번째 칸에 이름을 올렸다.

희생자 명단에는 아직 다섯 번째 칸이 남아 있었고, 일라이저 베일리 박사가 그곳에 자기 이름을 올린 것은 그로부터 몇 개월 뒤의 일이었다. 그 몇 개월 동안 그는 아무도 없는 거리를 혼자서 떠돌아다녔다. P-36 유원지 지구는 어딜 가나 깨끗했고, 이 사람 저 사람이 매일 만지작거려서 반질반질해진 동전처럼 더러워질 틈이 없었고, 거리에는 언제나 한물간 구형 로봇들이 바퀴 네 개를 열심히 굴리면서 바쁘게 돌아다니고 있었지만, 일라이저 베일리 박사에게 그건 아무도 없는 것이나 마찬가지였다. 가끔 다리 비슷한 걸 달고 돌아다니는 로봇들도 보이기는 했다. 하지만 일라이저 베일리 박사는 자기가 혼자라는 생각을 지울 수 없었다. 아주 오랫동안 혼자 살아왔지만 이렇게까지 혼자라는 생각을 깊이 있게 한 적이 있었나 싶었다. 늙은 우주물리학자는 플랜A라는 거대한 행성에 자기 혼자만 남겨졌다는 생각을 거의 매순간마다 했고, 거의 매순간 그 생각에 시달리고 있었다. 그러던 어느 날이었다.

—괜찮으십니까, 선생님?

일라이저 베일리 박사는 계속 뭘 좀 걸쳐야겠다는 생각을 하면서도 한동안은 어쩔 수 없이 알몸으로 돌아다녔고, 운 좋게 걸칠 만한 게 생기자 그걸 걸쳤다. 그건 제법 덩치가 큰 가전제품 박스였는데 몇 군데만 손보면 꽤 쓸 만한 물건이 될 것 같았다. 그리고 머리와 두 팔을 내밀 수 있도록 세 군데 구멍을 뚫자 그 박스는 정말 꽤 쓸 만한 물건이 됐다. 며칠 후 그는 작은 박스도 하나 구할 수 있었다. 머리에 써 봤다. 왠지 아무것도 안 쓸 때보다 기분이 좋았다.

—어디 다치신 데 없으십니까?

그날도 일라이저 베일리 박사는 박스 옷차림에 박스 모자를 쓰고 돌아다녔다. 매일 돌아다녀야 할 이유는 없었지만, 매일 돌아다니지 말아야 할 이유도 찾을 수 없었던 일라이저 베일리 박사는 그래서 매일 돌아다녔다. 그날은 그리 많이 상하지 않은 음식 쓰레기로 배를 채운 뒤라 생각할 여유가 있었고, 그래서 심각한 자괴감에 시달리고 있었다. 인간은 자기가 짐승처럼 살다가 짐승처럼 죽어가는 짐승이라고 자학하면서 자기를 괴롭힐 수 있는 유일한 짐승이었다. 그때 일라이저 베일리 박사도 그런 착각에 빠져 거리를 걷고 있었고…… 박스 옷을 입고 있으면 항상 발밑에 뭐가 있는지 조심해야 했는데, 그날 일라이저 베일리 박사는 정말 잠깐 그러지 못했다. 누군가 일부러 다리를 건 것 같았고, 아니면 바닥에 굴러다니는 깡통을 잘못 밟은 것 같기도 했는데, 아무튼 다음 순간 일라이저 베일리 박사는 고통스러운 얼굴로 길바닥에 쓰러져 있었다. 무릎에 타박상을 입은 것 같았다. 손목도 약간 꺾인 것 같았고, 손바닥에서

피가 흐르고 있었다. 오른쪽 발목을 살짝 삐끗한 게 가장 골치 아팠다. 일라이저 베일리 박사는 비명을 지르거나 고통을 호소하면서 몇 마디 쌍욕을 하고 싶었다. 하지만 그는 그러지 못했다. 그래 봤자 들어줄 사람이 아무도 없다는 생각이 그를 그렇게 만들고 있었다.

—제가 도와드려도 될까요, 선생님?

그때 인심이 아주 좋아 보이는 로봇 한 기가 다가와 손을 내밀었고, 외로움에 지친 우주물리학자는 고운 마음씨가 담겨 있는 그 손길을 거부할 수 없었다. 아주 오래전에 만들어진 로봇이거나 가장 최근에 제작된 로봇이 틀림없었다. 아니면 어디가 좀 고장 난 로봇이거나.

대부분의 로봇은 일라이저 베일리 박사를 철저하게 무시했다. 보고도 못 본 척하거나 듣고도 못 들은 척했는데, 그건 그렇게 프로그램 된 행동 패턴 같았다. 알몸을 내놓고 돌아다녀도 로봇들은 반응하지 않았다. '모두에게 공평한 법'에는 알몸에 대한 규제 조항은 없는 것 같았다. 아니면 부분적인 알몸에 대한 규제 조항만 있거나. 아무튼 일라이저 베일리 박사는 자기가 로봇들에게 따돌림을 당하고 있다는 느낌을 지울 수 없었고, 처음에 그는 그걸 굉장히 심각하게 받아들였다. 편한 점도 많았지만 그렇지 않은 점도 많았다. 유령이나 투명인간이 된 기분이었는데 그런 기분은 일라이저 베일리 박사를 굉장히 불편하게 만들었다. 그는 어딘가에 자기 같은 유령이나 투명인간이 한 명쯤 더 있었으면 좋겠다고 생각한 다음 곧 그 생각을 접었다. 만나도 보이지 않을 것 같았다. 그쪽도 일라이저 베일리 박사가 그곳에 있다는 걸 모를 것 같았고.

"고맙네."

일라이저 베일리 박사도 로봇에게 손을 내밀었다. 절대 그럴 리 없지만 따뜻한 체온 같은 걸 어렴풋하게 느낄 수 있었고, 눈시울이 붉어진 그는 흘러내리는 눈물을 멈출 수 없었다. 일라이저 베일리 박사를 일으켜 세운 로봇이 이런 말을 하기 전까지는 그랬다.

—요금을 결제하십시오.

정나미가 완전히 떨어진 일라이저 베일리 박사는 그 자리에서 로봇의 손길을 뿌리쳤고, 그 후로는 그 어떤 로봇에게도 마음을 열지 않았다. 몇 번 기회가 있기는 했지만 그때마다 일라이저 베일리 박사는…… 그에게 로봇은 그냥 인정머리 없는 쇳덩어리에 불과했다. 그리고 생각해보면 로봇은 그냥 인정머리 없는 쇳덩어리가 맞았다. 박스 옷을 입고 박스 모자를 쓰고 쓰레기통을 뒤지다 자괴감에 빠지고, 그러면서 그는 또다시 유령이나 투명인간처럼 거리를 떠돌기 시작했다. 그리고 그렇게 몇 개월이 지난 어느 날 일라이저 베일리 박사에게 한 통의 전화가 걸려왔다.

—따르릉. 따르릉.

몇 개월 동안 대화다운 대화는 한마디도 해보지 못했고, 생각해보면 발음기관을 사용해서 무슨 소리를 낸 기억도 없는 것 같았다. 더럽고 긴 수염을 절대 자를 생각이 없는 사람처럼 그는 고집스럽게 입을 다물고 있었다. 하지만 그날 밤 그는 그럴 수 없었다.

—따르릉. 따르릉.

어디선가 전화벨이 울리고 있었다. 하지만 그것 말고는 평소와 다를 게 하나도 없는 밤이었다. 네온사인이 반짝이고 있었고, 인도에는 조용히 다가왔다가 말없이 멀어지는 다양한 모델의 로봇들이 지나다녔다. 혼잡한 교차로에서 이십여 대의 비행정들이 신호를 기다리고 있었지만 그 중에 클랙슨을 울려대는 비행정은 단 한 대도 없었다. 지난 몇 개월 동안 그랬던 것처럼 화려하고 조용한 밤이었다. 스피커가 고장 난 채 화면만 나오는 것 같았다. 그건 한마디로, 전체적인 내용은 대충 알겠는데 전체적인 내용만 대충 알고 넘어가는 느낌이었다. 매일 밤 그런 느낌이었고.

하지만 전화벨이 울리자, 그 순간 달라질 수 있는 거의 모든 것이 달라졌다. 재미없게 생긴 공중전화 부스 한 대가 잘 보이지도 않는 곳에 서서 일라이저 베일리 박사를 부르고 있었다.

—따르릉. 따르릉.

일라이저 베일리 박사는 한 발 한 발 공중전화 부스로 다가갔고, 전화벨이 울리면 아주 오래전부터 그래 왔던 것처럼 수화기를 집어 들었다. 상대가 먼저 무슨 말을 꺼낼 때까지 기다릴 생각이었다. 조급하게 굴 필요는 없었다. 시간은 많았고, 전화를 받을 수 있는 사람이 딱 한 명밖에 없는 행성에 전화를 건 걸 보면 상대도 시간이 아주 많은 사람 같았으니까.

"여보세요? 나는 리라고 하는 사람입니다. 괜찮다면 이야기를 좀 하고 싶은데……."

다음 날 일라이저 베일리 박사는 아주 많은 일을 하면서 바쁜 시간을 보내야 했다. 우선 이발을 하고 면도를 했다.

—어떤 스타일을 원하십니까, 손님?

"그냥 단정하게 잘라주게."

이발사 로봇은 말이 좀 많은 편이었고, 깜짝 놀랄 만큼 오래된 정치나 스포츠 뉴스를 화제로 올리면서 일라이저 베일리 박사를 계속 지루하게 만들었는데, 그래도 삼십 년 만에 처음 가위질을 하는 것치고는 솜씨가 제법 좋은 편이었다. 이발사 로봇이 자기 일을 하는 동안 일라이저 베일리 박사는 약간 심통 난 얼굴로 이발 의자에 앉아서 먼지 하나 없이 깨끗한 벽면 거울을 노려보고 있었다. 말없이 노려보기만 했다. 몇 개월 사이에 이렇게까지…… 길게 자란 머리카락이 가위질 몇 번에 뭉텅뭉텅 잘려 나갔다.

—면도도 하시겠습니까?

"그러지."

면도칼은 날카로웠고 수염은 쉽게 잘렸다. 잠시 후 일라이저 베일리 박사는 김이 모락모락 날 정도로 뜨거운 수건을 얼굴에 덮고 누워 있었는데, 영원히 그렇게 누워 있고 싶었고, 다시는 일어나고 싶지 않았다. 너무 편안하고 기분 좋아서, 왠지 모르게 자꾸만 한숨이 나와서, 아까 벽면 거울로 본 늙은 남자의 얼굴이 계속 떠올라서, 그리고 최근 몇 개월 동안 겪었던 일들이 주마등처럼 지나가는 바람에…… 일라이저 베일리 박사는 조용히 눈물을 흘렸다. 곧 어깨가 들썩이기 시작했고, 일라이저 베일리 박사는 뜨거운 수건으로 얼굴을 가린 채 좀 더 조용히 울고 싶었지만 더 이상 그럴 수 없었다.

—손님, 어디 불편하십니까?

"아니야. 신경 쓸 것 없네."

쓸데없이 말이 좀 많기는 했지만 친절하고 좋은 로봇이었다. 사람이 됐든 로봇이 됐든 자기가 하는 일을 제대로 할 줄 안다는 건…… 일라이저 베일리 박사는 그에 합당한 요금을 지불해야 한다고 생각했다. 할 수만 있다면 팁도 좀 주고 싶었다. 이발사 로봇이 바닥에 떨어진 머리카락들을 쓸어 담느라 정신없을 때 슬쩍 도망친다면 그건 옳은 행동이 아니었고, 평생 자기가 한 짓을 치욕스럽게 생각하면서 살아야 할 것 같았다. 하지만 그는 어쩔 수 없이 그렇게 할 수밖에 없었고, 그래서 그렇게 했다. 일라이저 베일리 박사는 잽싸게 얼굴 수건을 치우고 스프링처럼 이발 의자에서 일어나 미친 듯이 달려서 이발소 출입문을 통과했는데, 이 모든 일을 불과 삼 초 만에 해냈다. 이발소를 나온 뒤에도 그는 죽을힘을 다해 계속 달렸다. 혹시 모를 추격을 피하기 위해 골목이 나올 때마다 필사적으로 방향을 틀었다. 지구로 돌아가자마자 이발 요금과 팁을 송금하면 된다고 자기를 합리화하면서.

"……나는 일라이저 베일리라고 하오. 지구에 있을 때는 우주물리학 박사였고, 몇 개월 전까지만 해도 행성심사대를 책임지고 있는 대장이었는데, 지금은…… 나도 내가 누군지 모르겠소. 아무튼 만나서 반갑군요."

"베일리 박사."

"편하게 에일리라고 불러요. 나도 그냥 리라고 부를 테니까."

"좋아요, 에일리. 삼십 년 전에 나는 관광객이었고, 그 전에는 스페인에서 교도관 노릇을 좀 했는데 지금은…… 나도 내가 누군지 몰라요. 하긴 자기가 지금 누군지 대충이라도 아는 사람이 몇 명이나 되겠소. 아무튼 나도 만나서 반가워요."

리는 굉장히 묘한 분위기를 풍기는 사람이었다. 아주 오래된 단어들을 빈번하게 사용했는데 그중에는 이미 한두 세대 전에 사라진 어휘들도 많았다. 그리고 그건 리를 화석이나 골동품처럼 보이게 했다. 말투는 비교적 느리고 정중한 편이었다. 하지만 이번에도 일라이저 베일리 박사는 낡았다는 느낌을 지울 수 없었다. 위엄 있고 명예가 뭔지 아는, 아주 오래전에 멸종한 고대 생물과 전화로 이야기를 나누는 기분이었다. 무인도에 표류한 늙은 귀족 같기도 했고. 목소리는 중성적인 느낌이 강했다. 중후하면서도 약간 떠다녔고, 어디지 모르게 거친 것 같으면서도 부드러웠다. 대충 어떻게 생긴 사람인지 감도 잡히지 않았다. 너무 많은 냄새가 섞여 있어서 아무 냄새도 나지 않는 느낌이었다. 키는? 나이는? 직업은? 하지만 한 가지 확실한 사실은 리가 사람이라는 점이었고, 그것도 대화가 통하는 꽤 괜찮은 사람이라는 점이었다.

"우주물리학에 대해서 좀 듣고 싶군요."

"나는 강단에 서서 우주물리학으로 돈벌이를 하는 사람이오. 그러지 않을 때는 가끔씩 사람들을 괴롭히려고 그 이야기를 하지. 그래도 듣고 싶다면…… 그러지 말고 교도소 이야기나 좀 해봐요. 마이크로 원자의 운동성 법칙보다 훨씬 재미있을 것 같은데."

"아마 그렇지도 않을 거요. 만약 에일리 당신이 그 이야기가 끝날 때까지 전화를 끊지 않는다면 당신은 정말 대단한 일을 해내는 거고, 그럼 나는 당신에게 보답을 하고 싶어질 텐데……."

"그럴 필요 없소. 지금은 아무리 재미없는 이야기도 재미있을 것 같으니까."

"그래도 다 듣고 나면 생각이 바뀔 거요, 에일리."

"일단 듣고 난 다음에, 그때 가서 생각해봅시다. 생각이 바뀌면 생각이 바뀌었다고 말할 테니까."

하지만 리는 교도소 이야기를 꺼내고 싶은 마음이 없는 것 같았다. 생각나지 않거나 생각하고 싶지 않아서 그러는 것 같았는데, 일라이저 베일리 박사가 볼 때는 둘 다일 가능성이 제일 컸다. 대신 리는 보답에 대해서 한 번 더 언급했고, 그런 다음 일라이저 베일리 박사에게 받고 싶은 것이 있는지 물었다.

"나는 그 사람이 뭘 갖고 싶어 하는지 알면 그 사람을 알 수 있다고 생각해요. 이런 이야기가 훨씬 흥미롭지 않나요?"

우주물리학이나 교도소 이야기보다 그렇기는 할 것 같았다. 안 그래도 요 몇 개월 동안 일라이저 베일리 박사는 말도 못 하게 큰 교도소에 갇혀 지내는 기분이었고, 그것도 음식이나 잠자리가 형편없는 교도소에 갇혀 지내는 기분이었다. 하지만 일라이저 베일리 박사는 짚고 넘어갈 건 분명하게 짚고 넘어가야 한다고 생각했다.

"당신은 방금 당신이 정말 재수 없게 굴었다는 사실을 알고 있소? 가진 게 좀 있다고 뻐기고 싶은 거라면……."

"그렇게 들렸다면 미안해요. 그게 사실이기는 하지만, 그렇게 말할 생각은 없었소."

"겸손하시군."

"그렇게 비꼬지 말아요. 당신에게 거짓말을 하고 싶지 않은 것뿐이니까."

일라이저 베일리 박사는 먼저 비꼴 생각은 없었다고 사과한 뒤, 자기가 요즘 힘든 시기를 겪고 있어서 신경이 좀 날카로워진 것 같다고 변명했다. 그런 다음 리에게 얼마나 많은 걸 가지고 있는지 물었다. 비꼴 의도는 아니라는 말을 조심스럽게 덧붙이면서.

"내가 이 말을 하면…… 에일리, 당신은 나를 미친놈이라고 생각할 거요."

"내가 아까도 똑같은 말을 한 번 한 것 같은데…… 일단 들어본 다음에 생각해봅시다."

리는 오 초쯤 입을 다문 채 뜸을 들이고 있었는데, 생각을 정리할 필요가 있어서 그러는 것 같지는 않았다. 그냥 어떤 결정을 내리는 데 어려움을 좀 겪고 있는 것 같았다. 일라이저 베일리 박사는 수화기를 귀에 댄 채 말없이 기다렸고…… 그때 경찰 비행정 한 대가 교차로 쪽에서 다가오고 있었다. 경광등 불빛이 번쩍거리자 모든 것이 번쩍거렸고 공중전화 부스 안에서 그 모습을 지켜보고 있던 일라이저 베일리 박사는 경찰 비행정이 지나갈 때까지 늘 그래 왔던 것처럼 고개를 숙이고 있었다. 그럴 필요가 없다는 걸 알고 있었지만 그렇게 했다.

"나는 행성 하나를 가지고 있소. ……자, 그럼 이제 당신의 비웃음 소리가 어떤지 한번 들어볼 차례로군요."

하지만 리는 자기가 예상하고 있었던 소리를 들을 수 없었다. 이번에는 리가 오 초쯤 수화기를 귀에 댄 채 기다려야 했고, 그러는 동안 일라이저 베일리 박사는 자기가 방금 들은 말에 대해서 생각을 좀 정리할 시간을 가졌다. 거짓말 같지는 않았다. 우선 통화의 감이 너무 가까웠고…… 일라이저 베일리 박사는 말도 안 되는 거짓말은 대부분 거짓말이 아니라고 생각했다. 어떤 사실은 거짓말보다 훨씬 더 거짓말 같았다. 자기가 행성 하나를 가지고 있다는 말처럼.

"그래서…… 거기가 어디요?"

일라이저 베일리 박사는 그냥 한번 그렇게 물었다. 상대가 어떤 대답을 할지 뻔했고…… 리는 뻔한 대답을 했다.

"플랜A. 잊힌 행성이죠."

……이발과 면도를 무사히 마친 일라이저 베일리 박사는 그날 오후 C-17번 거리에 볼일이 좀 있어서 잠깐 그곳에 들렀다. 기성복이라면 대형 쇼핑센터에 더 많았지만 일라이저 베일리 박사가 볼 때 그런 곳에 걸려 있는 옷들은 전부 제대로 된 옷이 아니었다. 제대로 된 옷을 입으려면 제대로 된 곳에 가야 했고, C-17번 거리는 제대로 된 양복점들이 모여 있는 거리였다. 오래된 상점 간판과 재봉틀 돌아가는 소리와 양복 견본을 걸치고 쇼윈도에 서 있는 마네킹들과……. 거리 곳곳에서 고급스러운 원단 냄새가 기분 좋게 감돌고 있었다.

—어서 오십시오.

"오전에 주문한 옷을 찾으러 왔네."

—주문 번호가 어떻게 되십니까?

C-17번 거리에는 선금을 걸지 않아도 되는 양복점이 딱 두 군데밖에

없었는데, 일라이저 베일리 박사가 문을 열고 들어간 양복점은 그 둘 중에 좀 더 고전적인 분위기를 풍기는 가게였다. 우선 바닥이 마루 재질이었고, 그곳에서 은은한 왁스 냄새가 올라오고 있었다. 약간 어두운 조명이 안 그래도 골동품처럼 보이는 가구들을 더욱 골동품처럼 보이게 했다. 아름다운 발레리나 인형이 클래식한 유리 장식장 위에 진열되어 있었고, 같은 장식장의 좀 먼 곳에 투박하게 생긴 병정 인형 하나가 험상궂은 얼굴로 서 있었다. 일라이저 베일리 박사는 병정 인형을 발레리나 인형 옆으로 옮긴 다음 삐뚤어지지 않았는지 찬찬히 살펴보면서 양복점 로봇에게 주문 번호를 댔다.

—잠시만 기다리십시오. 곧 가져다드리겠습니다.

정중하게 예의를 지킬 줄 아는 로봇이었다. 박스 옷을 입고 찾아온 손님에게도 그랬다. 양복점 로봇이 주문받은 옷을 가지러 자리를 비운 사이에 슬쩍 도망친다면 그건…… 일라이저 베일리 박사는 그런 생각을 하지 않기로 했다. 시간이 많지 않았다. 하나, 둘…… 속으로 숫자를 세면서 빠르고 정확하게 움직이기 시작했다. 고가의 턱시도는 제일 안쪽 옷장에 걸려 있었다. 셋, 넷…… 모양과 사이즈를 대충 파악하는 데 이 초가 걸렸다. 턱시도를 입을 일이 많지는 않았지만, 일라이저 베일리 박사는 밑단이 길고 중후한 느낌을 주는 모닝코트를 선호하는 편이었다. 그중에서도 짙은 그레이 계통의 컷어웨이 스타일은 키가 크고 마른 체형의 일라이저 베일리 박사를 더욱 돋보이게 했다. 다섯, 여섯…… 스트라이프 팬츠는 약간 밝은 색으로 골랐다. 재킷과 같은 색상의 베스트는 좀처럼 눈에 띄지 않았다. 일곱, 여덟…… 시간이 다 되어가고 있었다. 삐거덕, 마룻바닥 위로 바퀴 굴러가는 소리가 들리기 시작했다. 아홉, 열…… 셔츠와 넥타이를 고르면서 시간을 끌면 안 될 것 같았다. 아무거나 손에 잡히는 대로 낚아챈 다음 일라이저 베일리 박사는 출입문 쪽으로 뛰었다. 열하나, 열둘…… 양복점을 나온 뒤에도 그는 죽을힘을 다해 계속 달렸다. 지구로 돌아가자마자 옷값과 팁을 송금하면 된다고 자기를 합리화하면서.

"……모든 걸 그렇게 본질적으로 생각하면 우리는 아무것도 생각할 수 없을 거요, 리."

네온사인 불빛이 하나둘씩 꺼지고 비행정들의 모습도 더 이상 보이지 않았다. 거리에 가득했던 로봇들도 어디론가 사라진 뒤였다. 어둡고 조용하고 낯설고……. 일라이저 베일리 박사는 공중전화 부스 안에서 가끔씩 밤하늘을 바라보기 위해 고개를 들었다. 천문학자들의 생각은 좀 다를지도 모르지만 어디서 보나 밤하늘은 모두 비슷비슷한 것 같았다. 유난히 반짝이는 별도 있었고, 제법 밝아서 봐줄 만한 별도 있었고, 한참 들여다봐야 거기에 뭐가 있다는 걸 겨우 알 수 있는 별도 있었다. 삐딱하게 몸을 약간 뒤로 젖히고 있는 행성 고리의 모습도 보였다. 밤하늘에 거대한 무지개가 걸려 있는 것 같았다. 일라이저 베일리 박사는 어젯밤에도 저런 게 저기에 있었는지 궁금했다. 하룻밤 사이에 새로 생긴 게 아니라면 그랬을 텐데, 일라이저 베일리 박사는 자기가 최근 몇 개월 동안 뭘 하면서 살았는지 의심스러웠다. 그리고 그 밑에서 행성대관람차가…….

일라이저 베일리 박사는 지난 삼십 년 동안 자기가 뭘 했는지 잠깐 생각해봤다. 연구실에 틀어박혀서 머리에 쥐가 날 정도로 어려운 책들을 읽었고, 머리에 쥐가 날 정도로 어려운 책들을 여러 권 쓰기도 했다. 그리고 매일 머리에 쥐가 날 정도로 어려운 논문들 때문에 고통을 받았는데, 그때마다 그는 머리에 쥐가 날 정도로 어려운 논문을 발표함으로써 자기가 받은 고통을 사람들에게 되돌려주곤 했다. 생활은 학교 관사에서 했고, 학술회 때 말고는 외출도 거의 하지 않았다. 그게 편했다. 돌아다니는 걸 그렇게 좋아하는 성격도 아니었으니까. 그런 생활은 일라이저 베일리 박사를 머리밖에 없는 인간으로 만들었고, 사람들과 문제가 생길 때마다 그도 자기가 그런 인간이라는 사실을 인정하지 않을 수 없었다.

"사람들을 좀 만나보게, 에일리."

오랜 친구이자 관록 있는 정신물리학자인 제프리 포드 박사는 인간관계에 서툰 일라이저 베일리 박사를 볼 때마다 이렇게 충고하곤 했다.

"사람이라면 매일 지겹도록 만나고 있으니까 걱정 말게. 지금도 이렇게 자네를 만나고 있고."

"내 말은 좀 더 다양한 사람들을 만나보라는 거야. 지금보다 제대로 된 사람이 되고 싶다면 말일세."

일라이저 베일리 박사는 예전에 자기가 들은 말을 수화기에 대고 똑같이 해주고 싶었다. 여건상 그럴 수 없다 해도 말은 한번 해볼 필요가 있을 것 같았다. 리는 일라이저 베일리 박사가 지금까지 만나본 그 어떤 사람보다도 관념적인 사람이었다. 삼십 년 전에는 어땠는지 모르지만 지금은 그랬고, 일라이저 베일리 박사가 보기에 리는 생각을 너무 많이 해서 아무 생각도 할 수 없게 된 사람 같았다.

"나도 내가 그렇다는 걸 알아요. 그래서 그러지 않으려고 노력 중이오. 처음에는 정말 아무 생각도 할 수 없었어요. 너무 무서웠으니까. 그때는 하루 종일 딱 세 가지 일만 하면서 지냈는데, 멍하니 앉아 있거나, 멍하니 서 있거나, 멍하니 돌아다니는 게 다였소. 그러다 생각을 좀 해야겠다는 생각이 들더군요. 그때부터 나는 내가 아는 모든 것들에 대해서 생각하기 시작했고…… 생각할 시간은 주체할 수 없을 정도로 많았소. 바퀴벌레에 대해서 일주일 내내 생각하다 보면 에일리 당신도 바퀴벌레에 대해서 생각할 게 얼마나 많은지 알게 될 거요. 여자에 대해서는 지금도 거의 매일 생각해요. 여자의 얼굴과 피부와 냄새와 목소리와…… 그런 것들로 이루어진 여자의 몸에 대해서 말이오. 그리고 여자와 나누는 대화. 나는 줄곧 지구에는 있지만 이곳에는 없는 것들에 대해서 생각했던 거요. 아마 내가 지금 이곳에 있다는 사실을 잊고 싶어서 그랬을 테지. 그래요. 어쩌면 나는 이곳에 있지만 이곳에 있는 게 아닐지도 몰라요. 본질적인 관점에서 보자면 그렇다는 말이오. 나는 아주 오랜 시간 동안 이곳에 없었고, 얼마 후에는 이곳에서 영원히 사라질 테니까. 영원한 건 없소. 우주도 언젠가는 사라질 거요. 본질적인 관점에서 보면 그건…… 에일리, 당신 말이 맞아요. 나는 관념적인 인간이오. 나도 내가 많은 생각을 하고 있지만 사실은 아무 생각도 하지 않는다는 걸 알아요. 나는 아주 오랫동안 고독하게 지냈고 그래서 고독이 사람을 얼마나 병적으로 만드는지도 알고 있소. 사람은 죽을 때까지 고독에 익숙해질 수 없다는 사실도."

일라이저 베일리 박사 역시 한때는 그렇게 생각했다. 우주물리학에서 다루는 수치는 극단적으로 크거나 극단적으로 작은 것들뿐이었고, 그곳에는 어중간한 수치가 끼어들 자리 같은 건 없었다. 일라이저 베일리 박사는 평균적인 성인 남성 한 사람의 힘으로 행성 하나를 들어 올리려면 얼마나 긴 지렛대가 필요한지 계산했고, 우주 밖에 존재하는 또 다른 우주의 크기 값을 수정하면서 시간을 보냈다. 그런 수치들에 비하면 인간은…… 리처럼 머리가 어떻게 될 정도로 생각을 깊이 한 것은 아니었지만, 그런 생각을 한 것은 사실이었다. 영원한 건 없었다. 인간이라는 종족은 잠시 나타났다 사라지는 일시적인 현상에 불과했고 개인은…… 우주물리학의 관점에서 볼 때 존재하지 않는 개념이었다. 영국 왕립학술원이 주최한 한 세미나에서 청바지 차림의 젊은 천재 정신물리학자를 처음 만나기 전까지는 그렇게 생각했다.

"와우! 당신이 바로 그 유명한 우주물리학자로군요. 이렇게 가까이에서 보게 되다니 정말 믿을 수가 없네요. 친구들한테 보여주면서 자랑 좀 하게 같이 사진 한 장 찍어도 될까요?"

작고 뚱뚱한 데다 머리숱까지 별로 없는 이 정신물리학자는 자기가 굉장히 재미있는 사람이라고 착각하는 것 같았고, 환영 파티 내내 정말 지치지도 않고 쉴 새 없이 떠들어댔다. 하지만 제프리 포드 박사에게 그런 일면만 있는 것은 아니었다. 그는 가끔씩 사람을 후벼 파는 말을 해서 사람을 정말 제대로 후벼 팔 줄 아는 독설가이기도 했다.

"아까 한 말은 취소해야 할까 봐요. 친구들한테 이 사진을 보여주면…… 보여주지 않는 게 좋을 것 같네요. ……그런데 원래 사람을 쳐다볼 때 이렇게 쳐다보세요?"

사진 찍는 걸 병적으로 싫어하는 것은 아니었지만, 그리 좋아하는 편도 아니기는 했다. 몇 년 만에 처음 찍은 사진 속에서 일라이저 베일리 박사는 자기가 보기에도 사람 속을 뒤집어놓는 표정을 짓고 있었다. 스트라이프 팬츠 차림에 짙은 그레이 계통의 모닝코트, 그 속에 재킷과 같은 색상의 베스트를 받쳐 입고 있는 젊은 우주물리학자는 자기가 사람들을 하찮게 여긴다는 것에 대단한 자부심을 가지고 있는 것 같았고, 그 사실을 광고하지 못해서 좀이 쑤시는 것처럼 보였다. 하지만 그건 젊은 우주물리학자의 착각이었다. 사람들도 이 시건방진 젊은 친구가 자기를 어떻게 본다는 걸 모를 만큼 바보는 아니었고, 설령 그런 바보가 어딘가에 있다 해도 영국 왕립학술원에서 정중하게 초대한 사람들 중에는 없었다. 일라이저 베일리 박사도 그 사진이, 정확하게 말하면 제프리 포드 박사 옆에 서서 몸을 약간 뒤로 뺀 채 삐딱한 눈으로 정면을 응시하고 있는 젊은 우주물리학자가 마음에 들지 않았다. 만약 다른 사람이 그런 눈으로 자기를 바라봤다면 일라이저 베일리 박사는…… 그게 누구든 가만두지 않을 것 같았고, 다시는 그러지 못하도록 세게 한 대 후려칠 것 같았다.

"고의는 아니었습니다. 다시 한 장 찍을까요?"

"아니요. 지금은 관둘래요. 저도 오늘 같은 날 기분을 망치고 싶지는 않거든요. 예쁜 아가씨들과 노닥거리면서 최고급 샴페인을 공짜로 마실 수 있는 기회는 그렇게 많지 않으니까요. 인생은 즐길 수 있을 때 즐겨야죠……. 로즈하고 질이 절 부르네요. 아쉽지만 이만 가봐야 할까 봐요."

일라이저 베일리 박사는 자기가 사진 한 장 때문에 생각을 바꿀 만큼 그렇게 단순한 사람은 아니라고 생각했다. 하지만 사진 한 장 때문에 생각이 바뀐 것은 사실이었다. 인간에 대한 생각에는 변함이 없었다. 인간이라는 종족은 잠시 나타났다 영원히 사라지는 일시적인 현상에 불과하고, 우주물리학의 관점에서 볼 때 개인은 존재하지 않는 개념이며…… 일라이저 베일리 박사는 여전히 자기 연구실에 틀어박혀서 허리에 둘러도 될 만큼 길게 늘어선 숫자들을 만지작거리고 있었다. 그런 숫자들에 비하면 인간은…… 하지만 인간은 숫자가 아니었고, 설령 인간의 모든 부분을 숫자화한다 해도 인간은 숫자가 아니었다. 우주물리학의 관점은 우주에만 적용시켜야 한다는 사실을 깨달은 일라이저 베일리 박사는 더 이상 사람들을 예전처럼 바라보지 않았다.

"다시 만나서 반가워요. 설마 날 잊은 건 아니겠죠?"

영국 왕립학술원은 오 년 후에도 일라이저 베일리 박사를 정중하게 초대했고, 제프리 포드 박사에게도 그렇게 한 것 같았다.

"친구들한테 자랑하게 사진 한 장 같이 찍어도 될까요?"

"오늘 같은 날 기분을 망치고 싶지 않을 텐데……. 예쁜 아가씨들과 노닥거리면서 최고급 샴페인을 공짜로 마실 수 있는 기회가 그렇게 많은 것도 아닐 테고."

"사실…… 로즈하고는 요즘 좀 불편하게 지내요. 몇 년 전에 안 좋게 헤어졌거든요. 질은 애가 벌써 셋인데, 내가 그 애들의 아빠는 아니죠. 첫째 로이가 좀 의심스럽기는 하지만. 오늘은 박사님하고 한잔하고 싶은데, 일단 사진부터 한 장 찍고 나서 그렇게 해도 되겠죠?"

"안 될 이유가 없죠."

자기 생각을 남에게 강요하는 것은 일라이저 베일리 박사의 취향이 아니었다. 논문이나 저서로 그렇게 한 적은 있지만, 말로 그렇게 한 적은 한 번도 없었다. 강요한다고 해서 리가 생각을 바꿀 것 같지도 않았고. 공중전화 부스 안에서 바라본 행성대관람차는…… 저런 곳에서 혼자 삼십 년 동안 무슨 생각을 했다면 그 생각이 맞든 틀리든 인정해줘야 한다고 일라이저 베일리 박사는 생각했다.

"아까 내가 했던 말은 취소하리다. 단지 나는 당신이 좀…… 아니오. 우리 다른 이야기 합시다. ……내가 지금 어디에 있는지 알면 당신도 아마 깜짝 놀랄 거요."

"흥미롭군요, 에일리. 나는 깜짝 놀란 지가 굉장히 오래돼서……."

……일라이저 베일리 박사는 지구로 돌아가자마자 옷값과 팁을 송금하면 된다고 끊임없이 자기를 합리화한 끝에 결국 그 일에 성공했다. 아무튼 셔츠는 그래도 무난하게 봐줄 만한 편이었다. 사이즈가 한 치수 작았고 오른쪽 가슴에 자수 문양이 들어가 있다는 점이 마음에 들지 않았지만, 그런 것들만 빼면 제대로 만들어진 옷 같았다. 일라이저 베일리 박

사는 옷을 입을 때와 옷을 입었을 때의 착용감을 굉장히 까다롭게 따지는 사람이었는데, 손에 잡히는 대로 들고 나온 셔츠의 착용감이 나쁘지 않다는 건 정말 뜻밖의 행운이었다. 하지만 넥타이는 그렇지 않았다. 누군가 같은 넥타이를 매고 돌아다니면 절대 그 사람에게서 눈을 뗄 수 없을 것 같았다. 그래도 직접 한번 매볼 필요는 있었고, 공원 화장실 거울 앞에 선 일라이저 베일리 박사는 자기가 매고 있는 넥타이에서 한동안 눈을 뗄 수 없었다. 넥타이는 매지 않는 편이 좋을 것 같았다. 하지만 일라이저 베일리 박사는 엄격하게 격식을 차리고 싶었고, 그런데 넥타이를 매지 않으면……. 모닝코트와 스트라이프 팬츠를 걸친 다음 다시 화장실 거울 앞에 섰다. 여전히 마음에 들지 않았지만 생각처럼 그렇게까지 마음에 들지 않는 것은 아니었다. 일라이저 베일리 박사는 휘파람을 불면서 소변을 본 다음, 돈을 달라고 손을 벌리는 공중 화장실을 뒤로했다.

—요금 결제가 필요한 시설입니다. 요금을 결제한 후 이용하십시오.

음식 쓰레기만 먹으면서 지난 몇 개월을 버텨온 일라이저 베일리 박사는 더 이상 그 어떤 쓰레기 같은 음식에 대해서도 쓰레기 같다는 생각을 하지 않았다. 지구에 있을 때는 햄버거나 핫도그 같은 건 거들떠보지도 않았고, 피자와 콜라를 같이 먹는 건 미친 짓이라고 생각했는데…… 음식 같은 쓰레기는 있어도 쓰레기 같은 음식은 없었다. 그렇게 지난 몇 개월 동안을 돌이켜 보면, 돌이켜 보고 싶지 않은 기억들만 가득했다. 개나 고양이처럼 생긴 외계 생명체들과 함께 쓰레기통을 뒤지면서 경쟁해야 했고, 쓰레기통을 독차지한 뒤 승리감에 취해 포효하는 자신을 발견할 때마다 일라이저 베일리 박사는 견딜 수 없는 환멸감에 치를 떨어야 했다. 한 입이라도 좋으니까 인간다운 음식을 인간답게 한번 먹어봤으면…….

—어서 오십시오, 손님. 일행분은 안 계십니까?

"혼자 왔네."

—그럼 이쪽으로 안내하겠습니다.

레스토랑의 수준을 결정하는 것은 고급스러운 인테리어도, 주방장의 화려한 경력도, 테이블에 앉아서 얼마나 멋진 경치를 바라볼 수 있느냐도 아니었다. 일라이저 베일리 박사는 어떤 사람들이 그 레스토랑에 엉덩이를 붙이고 앉아 밥을 먹느냐가 그 레스토랑의 수준을 결정한다고 생각했고, 그래서 그날 저녁 그는 제대로 된 레스토랑을 찾는 데 많은 어려움을 겪어야 했다. 모던한 느낌의 레스토랑이나 캐주얼한 분위기의 레스토랑은 후보에서 뺐다. 일라이저 베일리 박사는 격식을 아는 사람들이 드나드는, 격식을 자랑으로 여기는 고급 레스토랑에서, 아주 오랫동안 격식에 맞게 식사를 즐기고 싶었다. 왠지 그래야 할 것 같았고, 그렇게 해야만 중요한 무언가를 증명할 수 있을 것 같았다. 왼손에 포크를 오른손에 나이프를 쥐고 접시에 담겨 있는 음식을 먹는다는 것은, 뭘 먹을 때마다 매일 그렇게 하고 있는 사람들은 어떻게 생각할지 모르지만 대단히 상징적인 행동이었다. 그리고 지금 일라이저 베일리 박사에게 가장 필요한 것은 그런 행동을 함으로써 얻을 수 있는 상징일지도 몰랐다.

—자리가 마음에 드십니까, 손님?

"굉장히 마음에 드는군. 신경 써줘서 고맙네."

—그럼 편안한 시간 되십시오.

일라이저 베일리 박사가 그 레스토랑을 선택한 것은 딱 한 가지 이유 때문이었다. 레스토랑 전면 유리벽에 빛바랜 아크릴 팻말이 붙어 있었고, 팻말을 읽고 난 일라이저 베일리 박사는 이 레스토랑이 자기가 찾던 바로 그 레스토랑이라고 확신했다.

〈정장 손님만 입장 가능〉

그리고 일라이저 베일리 박사의 생각은 정확했다. 적당하게 딱딱한 의자와 다소 무거운 것 같지만 아늑한 느낌을 주는 인테리어, 웨이터 로봇의 태도는 나무랄 데 없이 정중했고 격식에 맞춰 세팅된 테이블에서도 고급스러운 품격을 느낄 수 있었다.

—음료는 어떤 것으로 하시겠습니까?

"와인이 좋겠군. 추천해주겠나?"

—보르도 우안의 가라지 와인은 어떠십니까?

"아, 그럼 그걸로 하지."

실내에는 바흐의 〈두 대의 바이올린을 위한 협주곡〉이 흐르고 있었고, 일라이저 베일리 박사는 기교보다 대조의 묘를 살린 두 대의 바이올린 연주를 감상하면서 아주 천천히 음식을 씹었다. 아주 오랫동안 천천히, 음식이 아닌 다른 무언가를 음미하는 사람처럼.

—후식을 준비해드릴까요?

접시를 정리하던 웨이터 로봇이 음식에 대해서 정중하게 묻자, 일라이저 베일리 박사는 냅킨으로 입가를 닦으면서 매우 훌륭했다고 대답했고, 차분한 목소리로 다음과 같이 말했다.

"그러지……. 그리고 미안하네만 경찰을 좀 불러주겠나. 도망칠 생각은 없으니까 천천히 불러도 될 걸세. 참, 후식은 진한 커피로 하지."

일라이저 베일리 박사는 말없이 앉아서 기다렸다. 후식을 기다린 것은 아니었다. 하지만 잠시 후 웨이터 로봇이 진한 커피를 가져와 정중하게 일라이저 베일리 박사 앞에 내려놨고,

—주문하신 커피 나왔습니다. 맛있게 드십시오.

그는 뭐라고 감사의 말을 하고 싶었지만 아무 말도 할 수 없었다. 커피

맛은 훌륭했고, 그건 일라이저 베일리 박사가 몇 개월 만에 처음으로 마셔보는 제대로 된 커피였다. 이번에도 그는 아주 천천히 커피를 마셨다. 커피 향기를 충분히 맡은 다음, 한 모금 입에 물고 오랫동안 맛을 음미했다. 말도 안 되는 사치를 부리는 것 같았다. 늙은 우주물리학자는 가만히 눈을 감았고 한동안 조용히 눈물을 흘렸다. 경찰 로봇이 말을 걸 때까지 아무도 그를 방해하지 않았다.

—당신을 '모두에게 공평한 법' 제3조…….

그로부터 일 년 팔 개월이 흐른 어느 날이었다. 어떤 곳에서는 시간이 빨리 흘렀지만, 어떤 곳에서 시간은 전혀 그렇지 않았는데…….

유원지 교도소는 P-36 지구의 외곽 해변 지역에 자리 잡고 있었고, 그래서 늘 바람이 심하게 불기는 했지만, 일라이저 베일리 박사가 출소하는 날은 유독 바람이 심하게 불었다. 하얗게 센 머리가 바람에 정신없이 날렸고, 쨍한 햇빛이 정수리를 달구고 있었다. 갈매기처럼 생긴 수백의 외계 생명체가 백사장 위에 두 발로 서서 바다 저편 어딘가를 빤히 바라보고 있는 모습도 보였다. 교도소 정문을 등지고 서 있던 일라이저 베일리 박사 역시 눈을 잔뜩 찌푸린 채 갈매기처럼 생긴 외계 생명체가 바라보고 있는 곳을 바라봤다. 주기적으로 파도가 밀려왔고…… 그곳에는 끝없이 펼쳐진 수평선밖에 없었다. 외계 생명체들이 대체 뭘 그렇게 빤히 쳐다보고 있는지 알 수 없었다. 자기가 뭘 그렇게 빤히 쳐다보고 있는지도 알 수 없었고.

"에일리, 고생했어요."

일라이저 베일리 박사가 아는 한 이곳 플랜A에서 자기를 에일리라고 부를 수 있는 사람은 딱 두 사람밖에 없었다. 그중 한 사람은 일 년 팔 개월 전에 굉장히 비싼 놀이기구를 타고 있었는데, 거기에서 내리지 않았다면 계속 거기에 타고 있을 테고…… 아무래도 계속 거기에 타고 있을 것 같았다. 일라이저 베일리 박사는 다른 한 사람의 이름을 부르면서 자기가 방금 이름을 부른 사람이 정말 그곳에 있는 게 맞는지 확인하기 위해 몸을 돌렸다.

"지미?"

제임스 툴 박사는 예전 모습 그대로였다. 원래 저렇게 흰머리가 많았나 싶었고, 등도 약간 구부정하게 굽은 것 같았고, 못 보던 주름이 얼굴에 자글자글했지만, 일라이저 베일리 박사는 그렇게 생각하고 싶었다.

"이쪽이 지미면, 자네가 톰이겠군. 내 말이 맞나?"

제임스 툴 박사 옆에 굉장히 잘생긴 남자 한 명이 생전 처음 보는 옷을 입고 서 있었다.

"제가 다른 사람이 아니라면, 대장님 말이 아마 맞겠죠."

토미 붐이 맞는 것 같았고, 그는 여전히 일라이저 베일리 박사가 만나본 경호원 중에서 가장 잘생긴 경호원이었지만 예전에 비해서 좀 지쳐 보이는 것 같았다. 일라이저 베일리 박사는 그런 누더기를 대체 어디서 주워 입었느냐고 묻고 싶었지만, 토미 붐 뒤에 서 있는 깜짝 놀랄 만큼 아름다운 여자가 말을 거는 바람에 그러지 못했다.

"얼마나 보고 싶었는지 아세요, 대장님?"

"내가 자네들을 얼마나 보고 싶어 했는지 안다면 그런 말을 못 할 걸세. 내가 얼마나……."

글래디아 델메어 박사도 생전 처음 보는 옷을 입고 있기는 했지만, 그녀는 몸에 뭘 걸치고 있든 여전히 아름다웠다. 언제까지 그렇게 아름다울 수는 없겠지만, 당분간은 그 상태를 유지할 수 있을 것 같았다. 일라이저 베일리 박사도 그녀가 그러길 바랐고.

"대장님."

루시 할머 박사는 무슨 말을 하고 싶은데 그 말이 나오지 않아서 고생깨나 하고 있는 사람 같았다. 못 보는 사이에 마음이 많이 약해진 것 같았다. 아니면 원래 저렇게 감수성이 풍부했는데 일라이저 베일리 박사가 몰랐거나.

"할머 박사, 울지 말아요."

일라이저 베일리 박사는 여자가 울면 어떤 행동을 취해야 하는지 잠시 생각했고, 곧 자기가 그쪽 분야에 대해서는 아는 게 전혀 없다는 사실을 깨달았다. 하지만 꼭 뭘 알아야 어떤 행동을 취할 수 있는 것은 아니었다. 눈물을 닦아주고 두 팔로 안아주고 등을 토닥여주는 데는 지식이 필요 없었다.

"자네들을 다시 만나게 되리라고는 꿈에도 생각하지 못했어. 그런데 그 일이 지금 일어났고, 난 정말…… 내가 무슨 말을 하고 싶은지 자네들도 알 걸세."

하지만 그곳은 지구가 아니었고, 그들 앞에는 여전히 수많은 문제들이 산재해 있었는데, 그중에서 가장 심각한 문제는 그곳이 지구가 아니라는 점이었다. 일라이저 베일리 박사는 잠시 그 문제에 대해서 언급할 생각이었다.

"하지만 난 우리가……."

그럴 생각이었지만, 그러지 않는 편이 좋을 것 같았다. 네 명의 대원 모두가 어두운 표정으로 일라이저 베일리 박사의 얼굴을 들여다보고 있었다.

"그러니까 내 말은……."

지금까지 많은 것을 잃었고, 앞으로도 똑같은 일이 벌어지지 않으리라는 보장은 그 어디에도 없었다. 하지만 지금 당장 무언가를 잃고 싶지는 않았다. 그게 뭐든 지금 당장은 그랬다.

"어디 가서 술이나 한잔했으면 좋겠군. 그럴 수 있다면 말일세."

"대장님이 그러고 싶다면 그렇게 해야죠. 그리고 아마 그럴 수 있을 거예요. 얼마 전에 샴페인 몇 병을 구해놨거든요."

토미 붐이 자기가 그걸 어디서 어떻게 구했는지에 대한 이야기를 죽 늘어놓으면서 생색을 냈다.

"듣던 중 반가운 소리군. 그럼 갈까. 난 이곳에 일 년 팔 개월 동안이나 있었고, 이제는 이곳이 좀 지겹군."

오 년 후에 열린 기자회견에서도 일라이저 베일리 박사는 한 기자의 질문에 같은 대답을 했다.

"박사님, 질문 하나만 더 해도 되겠습니까?"

"난 이곳에 벌써 세 시간 십 분이나 앉아 있었고, 이제는 이곳이 좀 지겹군요."

6
술주정뱅이

코딱지만 한 술집을 같은 자리에서, 그것도 아주 오랫동안 운영하다 보면 정말 별의별 거지 같은 술주정뱅이들을 다 보게 되는데, 며칠 전에 서른다섯 번짼가 서른여섯 번째 손자를 본 다니엘 심슨만큼 험한 꼴을 많이 겪은 사람도 드물었다.

"다닐, 오늘은 맥주 맛이 왜 이래요?"

"자네는 어제도 똑같은 말을 해서 사람 열 받게 만들더니…… 벌써 잊었나?"

"어제도 맥주 맛이 정말 형편없었으니까요. 맥주에 물을 좀 타는 건 이해하지만, 이건 너무……."

"똑똑히 들어둬, 양. 어제도 내가 분명히 말했지만, 다시 한 번 분명히 말해두겠는데, 우리 집에서는 맥주에 물을 타지 않아. 어머니에게 맹세코 단 한 방울도!"

"돌아가셨잖아요. 사이가 그리 좋았던 편도 아니고."

"그래도 어머니는 어머니야. 그리고 어떤 사람이 자기 어머니를 들먹거리면서 뭔가를 맹세하면 누구든 그 말을 믿어줘야 해. 생각이 똑바로 박힌 인간이라면 말이야. 자네는 어떻게 생각하는지 모르지만 내 생각은 그렇고, 여기는 내 술집이야. 내 생각이 마음에 들지 않으면 내 술집에서 당장 꺼져!"

"그렇게 열 낼 것까지는 없잖아요, 다닐. 난 그냥 맥주 맛이 좀……."

아내인 사만다 심슨은 그 짓을 그리 밝히는 여자는 아니었지만, 아무튼 밤에 뭘 좀 하기만 했다 하면 임신을 했고, 그래서 다니엘 심슨은 자식들을 먹여 살리기 위해 삼십칠 년 동안이나 더럽고 좁아터진 바 뒤에서 있어야 했다. 첫째 에단은 쓰레기 같은 놈이었고, 둘째 아서는 비열한 구석이 있었으며, 셋째 엠마는 이혼을 다섯 번 하는 동안 성이 다른 아이들을 각각 한 명씩 낳았는데 조만간 성이 다른 아이를 한 명 더 낳을 것 같았고…… 하지만 다니엘 심슨은 열일곱 명이나 되는 자식들 모두를 공평하게 사랑했다. 최대한 그렇게 해보려고 노력은 하고 있었다.

"매일 그렇게 술을 퍼마시는 건 좋은데…… 내가 참견할 일도 아닌 것 같고 말이야. 하지만 양…… 내가 자네한테 인생에 대해서 충고 한마디 해도 되겠나?"

"하지 마세요. 지금까지 했던 말을 똑같이 하지 않을 자신이 없다면요."

"자네, 오늘 좀 삐딱한 것 같은데 무슨 일 있어?"

"일이야 늘 있죠."

"무슨 일인데?"

"아저씨하고는 상관없는 일이에요. 맥주나 한 잔 더 줘요."

"자기가 굉장히 예쁜 줄 아는 계집애처럼 삐딱하고 비싸게 구는군. 내가 그런 계집애들을 몇 번 다뤄봐서 아는데……."

"오늘은 기분이 좀 그래서 그래요. 사람 괴롭히지 말고 맥주나 줘요, 다닐."

삼십칠 년 동안이나 코딱지만 한 술집에서 술주정뱅이들을 상대해온 다니엘 심슨의 생각에 의하면 이 세상에 다른 술주정뱅이와 똑같은 술주정뱅이는 단 한 명도 없었다. 모두 더럽게 냄새나는 방귀를 뀌고, 아무 데나 마구 가래침을 뱉고, 화장실 바닥에 오줌이나 질질 흘리고, 지저분한 말을 입에 달고 다녔지만, 자세히 보면 약간씩 다 달랐다. 미친놈들 중에서도 똑같이 미친놈이 한 명도 없는 것처럼.

"아까보다 맛이 좀 낫네요."

"자네 기분이 그런 것 같아서 물을 좀 덜 탔어."

"어머니한테 맹세한다고 했잖아요."

"돌아가셨잖아. 사이가 그리 좋지도 않았고."

"아무튼 고마워요, 다닐."

"천만에."

양 웬리는 다니엘 심슨이 십 년 전에 처음 만난 술주정뱅이였다. 그때도 양은 같은 자리에 앉아서 맥주를 주문했고, 십 년 동안 거의 매일 같은 자리에 앉아서 맥주를 마셨다. 그리고 다니엘 심슨이 아는 한 그렇게 오랫동안 같은 자리에 앉아서 매일 꼭지가 돌 때까지 맥주를 퍼마시는 술주정뱅이는 양 웬리가 유일했다. 물론 매일 양 웬리처럼 퍼마셔대는 술주정뱅이들을 몇 명 알고 지낸 적은 있었지만, 그들 중에 양처럼 오래 살아남은 술주정뱅이는 단 한 명도 없었다. 첫째 에단보다 다섯 살인가 어리지만 양 웬리와 다니엘 심슨은 오랜 친구 같은 사이었다. 양이 좀 더 오래 산다면 좀 더 오래 그런 사이로 지낼 수 있을 것 같았고.

"그런데 요즘 몸은 좀 어때?"

"그저 그래요. 아시잖아요, 원래 신통치 않은 거."

"말이 나왔으니까 말인데, 며칠 전에 제퍼슨이 와서 그러더군. 자네가 지금처럼 계속 퍼마셔대면 조만간 아무것도 퍼마셔댈 수 없을 거라고."

"그 돌팔이 의사가 그래요?"

"제퍼슨은 자네가 벌써 죽은 것처럼 말하던데."

"고등학교 때 제퍼슨은…… 제퍼슨이 고등학교 동창이라는 말을 제가 했나요?"

"골백번은 더 했지, 아마."

"그때 제퍼슨은 지겹도록 제 뒤만 졸졸 따라다녔어요. 그리고 어찌나 겁이 많던지……. 저는요, 겁쟁이 말은 믿지 않아요. 특히 제퍼슨 같은 겁쟁이가 사람 겁주려고 나불대는 말은 절대 믿지 않죠."

"제퍼슨은 좋은 친구야, 양."

"입에 술을 대는 날이 제 제삿날이라고 하더군요. 제퍼슨이 말을 더듬으면서 그런 헛소리를 한 게 벌써 한 달 전이에요. 최근 한 달 동안 제가 이 자리에서 맨 정신으로 일어난 날이 있었나요?"

"없지."

"그것 봐요. 아저씨 말처럼 제퍼슨이 좋은 친구일지는 몰라도, 제 생각에는 절대 좋은 의사는 아니에요. 다음에 한 번만 더 그런 헛소리를 하면…… 다시는 그 어떤 헛소리도 못 하게 만들어놓을 거예요. 두고 보세요, 내 말이 거짓말인가 아닌가."

"너무 그렇게 열 내지 마. 제퍼슨도 다 자네를 생각해서 하는 소리야. 자네도 알잖아, 제퍼슨이 자네를 얼마나 좋아하는지."

“아무튼 한 번만 더 저한테 그런 헛소리를 하면…… 두고 보라고요, 다닐.”

십 년 전만 해도 양 웬리는 아주 멀쩡한 사람이었다. 적당히 마시고 기분 좋게 취한 뒤 가끔 시계를 보다가 집으로 돌아가곤 했다. 그때는 끝까지 간 적도 없었고 끝까지 남은 적도 없었다. 다니엘 심슨의 기억이 맞는다면 그랬는데, 자기 술집에 드나드는 술주정뱅이에 관한 한 다니엘 심슨의 기억은 한 번도 틀린 적이 없었다. 그때 양에게는 번듯한 직장이 있었고, 프레데리카와 율리안이 있었고, 무엇보다 다니엘 심슨이 가장 중요하게 생각하는 유머가 있었다. 하지만 지금은…… 다니엘 심슨은 지난 십 년 동안 양이 거의 모든 것을 잃었지만, 그중에서 가장 크게 잃은 것은 유머라고 생각했다. 직장은 다시 잡으면 되고 가정은 다시 꾸리면 되지만 유머는 그렇지 않았다. 망가진 인생을 다시 시작하려면 유머가 필요했다. 하지만 다니엘 심슨이 보기에 지금의 양은 그냥 재미없는 술주정뱅이에 불과했다. 그것도 매일 끝까지 남아서 끝까지 가는 진짜 술주정뱅이.

“참, 누가 아까 자네에 대해서 이상한 소리를 하던데, 그게 사실인가?”

“무슨 소리요?”

“조만간 이곳을 뜰 거라며?”

“누가 그래요?”

“그건 알 것 없고. 그런데 정말이야?”

“잭이군요.”

“어머니를 두고 맹세하는데 잭은 아니야. 내가 그렇게 입이 가벼운 사람도 아니고. 잭한테는 내가 말했다고 말하지 마.”

“그렇게 됐어요.”

"그래…… 세상 일이 다 그렇지."

"……세상 일이 다 그렇죠."

"그래서 어디로 갈 건데? 갈 만한 데는 있어?"

"좀 멀리 가보려고요. 여기만 아니면…… 여기 너무 오래 있었고, 더 이상 여기 있을 이유가 없거든요. 이곳에는 맥주에 물을 너무 많이 타는 단골 술집과 저한테 겁을 줄 수 있다고 굳게 믿고 있는 돌팔이 의사와 무슨 말을 들으면 꼭 그걸 떠벌려야 직성이 풀리는 방귀쟁이뿐이니까요."

"다 좋은 사람들이야. 같이 살 만한 가치가 있는 사람들이지. 물론 나도 그렇고."

"저도 알아요. 그런데 그냥 그러기로 했어요."

"그럼 어디서……."

"어디서 돈 많은 여자를 문 건 아니에요. 이야기가 그렇게 단순하지도 않고. 맥주나 한 잔 더 줘요, 다닐. 방금 제가 마신 맛있는 맥주와 똑같은 맥주로요."

언제나 그런 것처럼 뜨내기들은 오래 버티지 못했다. 그들은 혼자 오는 법이 없었고, 일행과 함께 이야기를 나누면서 술을 마셨는데 오랫동안 꾸준히 지켜보지 않으면 마시는 것 같지도 않았고, 생각날 때마다 시계를 들여다봤고, 그러다가 다른 사람의 도움 없이도 두 발로 일어나 술집을 나갔다. 그렇게 마지막까지 남아 있던 뜨내기들이 자리를 뜨면 다니엘 심슨은 진짜 술주정뱅이들을 위해 두 가지 일을 했다. 전등 몇 개를 꺼서 분위기를 편안하게 만들었고 음악도 재즈로 바꿨다. 빌 에반스의 재즈 피아노는 할 말이 많은 사람처럼 계속 주절거렸다. 그런 다음 다니엘 심슨은 물을 한 방울도 타지 않은 맥주 한 잔을 양 웬리 앞에 내려놓았다. 이번에는 정말 어머니를 걸고 맹세할 수 있었다. 이미 돌아가셨고, 비록 살아 계실 때도 그리 사이가 좋은 편은 아니었지만, 다니엘 심슨은 마음속 깊이 어머니를 사랑했다.

"방금 자네가 마신 그 맥주랑 똑같은 맥주야. 천천히 이야기해도 돼. 시간은 아주 많으니까."

결론부터 말하면…… 나는 얼굴 한번 못 본 사람의 말은 절대 믿지 않아요. 그 말이 아무리 그럴듯하게 들려도 말이죠. 귀가 솔깃한 말에 낚여 들어가는 건 얼간이들이나 하는 짓인데, 아저씨도 알겠지만 나는 그런 얼간이가 아니거든요……. 아마 아닐 거예요. 그런데 그 영감이 하는 소리가 딱 그랬어요.

"자네에게 없는 거의 모든 것을 자네에게 주겠네. 자네만 좋다고 한다면 말이야."

일주일 전이었나? 대충 그럴 거예요. 그날도 난 여기에 앉아서 꼭지가 돌 때까지 퍼마신 다음, 어떻게 그랬는지는 모르지만 아무튼 집으로 갔죠. 삼 년 전에 프레데리카와 그렇게 된 뒤로는 집이 정말 말이 아니에요. 다른 집들도 그 시간에는 다 그렇겠지만 새까맣게 탄 숯덩이처럼 캄캄한 이 층짜리 집을 보고 있으면…… 이건 뭐, 정말 한 방에 술이 확 깨는 거 있죠. 싸구려 커피를 열 잔쯤 진하게 마신 것처럼 정신이 말똥말똥해지는 게 그 시간까지 내가 어디서 뭘 마시기는 마셨나 싶어요. 현관문을 밀고 들어가는 순간부터 술 생각이 나기 시작하는데…… 물론 이미 마실 만큼 마셨고, 내가 그랬다는 걸 나도 알아요. 하지만 그게 자기 전에 한잔 더 하면 절대로 안 된다는 뜻은 아니잖아요.

거실은 정말 말도 못 해요. 일주일에 한 번씩 사람을 불러서 치우기는 하는데, 아시겠지만 남자 혼자 사는 집이 그렇잖아요. 여자랑 같이 살다가 남자 혼자 살게 되면 더 그렇고요. 빈 술병들이 거기가 자기 집이라도 되는 것처럼 돌아다니고, 기억도 안 나는 양말 몇 켤레와 속옷 몇 벌이 구석에 처박혀서 똥 냄새를 풍기고, 알고 봤더니 속옷에 정말 똥이 묻어 있고, 바닥에 떨어져 있는 밧줄이나 약병을 보면 이 집에 원래 저런 물건들이 있었나 싶고……. 거실에 불을 켜자마자 그날도 그런 것들이 보이더군요. 소파는 그래도 좀 봐줄 만해요. 다섯 명이 동시에 앉으려면 그중에 한 명이 다른 사람에게 자리를 양보해야 하는 오인용 소파인데, 자기가 결혼할 때 장만한 소파가 쓰레기장으로 변한 걸 보면 프레데리카는 아마……. 아, 프레데리카! 요즘은 프레데리카 생각을 그렇게 많이 하지는 않지만, 그래도 프레데리카를 생각할 때마다 기분이 엿 같아지는 건 마찬가지예요. 프레데리카는 좋은 여자고, 우리가 이렇게 된 건 모두 내 잘못이라는 걸 알고 있으니까요. 율리안한테도 미안하고. 아무튼 한 사람 앉을 자리는 늘 치워두죠. 자기가 앉을 자리는 자기가 치워야 하니까요.

"따르릉!"

거실 탁자에 발을 올리고, 냉장고에서 꺼낸 칭따오 한 캔을 따서 그걸 막 마시려는데 전화벨이 울리더군요. 그때가 자그마치 새벽 세 시 이십 분이었다고요. 새벽 세 시 이십 분에 다른 사람 집에 전화를 건다는 게 말이나 돼요? 말도 안 되죠. 그런데 전화가 왔고, 나는 시차가 큰 지역에서 잘못 걸려온 전화라고 생각했어요. 시차가 없는 지역에서 잘못 걸려온 전화라면 따끔하게 한마디 해줄 생각이었고요. 아무튼 전화를 받기는 했죠. 뭐가 됐든 말은 한번 해봐야 했으니까요.

"당신, 지금이 대체 몇 시인 줄 알기나 해?"

아주 늙은 남자 같았어요. 자기가 몇 살인지도 모를 만큼 나이가 많은 남자 같았죠. 목소리를 듣기 전부터 왠지 그랬고, 목소리를 듣고 난 다음에는 내 생각이 틀리지 않았다는 확신이 들더군요. 그리고 정말 그랬고요.

"몇 시인데 그러나?"

정말 딱 부러지게 한마디 해줄 생각이었거든요. 그런데 목소리를 들어보니까 절대 그러면 안 될 것 같은 거예요. 나이라면 나도 먹을 만큼 먹었고, 욕 얻어먹을 짓을 하는 인간은 나이가 몇 살이든 욕을 얻어먹어야 한다고 생각했지만, 그때는 그렇게 생각하면 안 될 것 같았어요. 젠장! 아무튼 그런 목소리는 처음이었다니까요.

"자네 이름이 뭐지?"

"양요. 양 웬리."

"그냥 편하게 양이라고 불러도 되겠나?"

"뭐, 좋으실 대로."

"나는 리야. 살날이 며칠 안 남은 불쌍한 늙은이지. 아무튼 만나서 반갑네, 양."

"오래 사실 테니까 그런 소리 하지 말라고 말하고 싶지만…… 그런 것 같네요. 그리고 전 모르는 사람이 새벽 세 시 이십 분에 전화를 걸어오면 그렇게 반가운 줄 모르겠더라고요."

"내가 자는 걸 깨운 거라면 미안하게 됐네."

"그런 건 아니에요. 지금 막 소파에 앉아서 한잔 걸치려던 참이었죠. 그냥 기분이 좀 더러워서 그런 거니까 그렇게 미안해할 필요는 없어요."

"왜 그렇게 기분이 더러운지, 새벽 세 시 이십 분에 자기 집 소파에 앉아서 한잔 걸치려는 사람의 이야기를 한번 들어보고 싶군."

"기분 더러운 이야기 좋아해요?"

"더럽게 좋아하지."

그날은 썩은니 빌리가 사람을 열 받게 만든 날이었어요. 하긴 썩은니 빌리는 항상 주변 사람들을 열 받게 만들지요. 하지만 그날은 정말 미친 사람 같았다니까요. 마치 주변 사람을 열 받게 만들려고 작정이라도 한 것 같았거든요. 그런데 문제는 내가 썩은니 빌리의 가장 가까이에 있는 주변 사람이라는 거였고…… 썩은니 빌리요? 글쎄요. 사실 나도 아직 썩은니 빌리가 어떤 인간인지 모르겠어요. B급 포르노 잡지 〈핑크 빌리지〉의 편집주간 겸 대표가 누구냐고 물으면, 그건 쉽게 대답할 수 있어요. 썩은니 빌리예요. 치과 의자에 앉아서 입을 벌리는 걸 세상에서 제일 무서워하는 삼백삼십 파운드짜리 뚱보는? 그것도 썩은니 빌리죠. 사람들은 썩은니 빌리가 비열한 인간이라고 단순하게 생각하는 것 같은데, 그건 사람들이 한참 잘못 생각하는 거예요. 썩은니 빌리는 정말 말이 안 나올 정도로 비열한 인간이거든요. 아무튼 그날 썩은니 빌리가 뭘 해서 나를 그렇게 열 받게 만들었냐 하면…… 씹다 만 껌딱지처럼 하루 종일 자기 책상에만 붙어 있었고, 계속 쓸데없는 소리를 해대면서 입을 열었는데 그때마다 정신을 못 차릴 만큼 지독한 똥 냄새가…… 그건 말이죠, 다닐. 직접 맡아보지 않은 사람은 절대 알 수 없는 진짜 똥 냄새라고요. 하긴 썩은니 빌리가 그날만 그랬던 건 아니긴 해요.

사실 그날 취재 때문에 시내에 갔다가 프레데리카와 율리안을 만났거든요……. 정확하게 말하면 만난 건 아니에요. 쇼핑백을 들고 백화점에서 나오는 모습을 골목에 숨어서 몰래 훔쳐본 것뿐이니까요. 취재요? 내가 무슨 일을 하면서 집세를 내고 세금을 내고 식비를 대는지 잘 아시면서 그래요, 다닐. 그날 난 제시카 브랜든이라고, 세상 남자들이 전부 자기를 보면서 자위를 한다고 착각하는 여자를 인터뷰해야 했어요. 하긴 그런 미친 짓을 하면서 휴지를 낭비하는 얼빠진 놈들이 몇 명쯤 있을지도 모르겠네요. 내가 알기로는 썩은니 빌리도…… 어쨌든 더럽게 지저분한 일이죠. 멀쩡한 정신으로 할 만한 일은 못 돼요. 있잖아요, 다닐. 성감대의 위치나 특별하게 좋아하는 체위 같은 걸 물어볼 때마다 내가 무슨 생각을 하는지 알아요? 먹고사는 게 전쟁 같다는 생각을 골백번도 더 해요. 그것도 아주 더럽고 지저분한 전쟁 말이에요. 뭐, 그건 제시카 브랜든도 마찬가지겠죠. 카메라 앞에서 그 짓을 하는 게 그리 쉬운 일은 아닐 테니까요. 하지만 그 여자는 정말 머리가 어떻게 된 여자 같았어요. 한마디로 정신 나간 여자 같았죠.

"전 제가 하는 일이 아주 특별하다고 생각해요. 보람과 자부심을 느낄 수 있는 일이죠. 사람을 사랑하지 않으면 절대 할 수 없는 일이니까요. 그래서 저는 제 일의 모든 부분이 완벽하기를 바라요. 스태프들과 함께 쉬는 시간마다 모니터링을 하고, 상대 배우와의 끊임없는 커뮤니케이션을 통해서 더 나은 방향으로 나가려고 노력하죠. 전 프로고, 프로는 아름다운 거잖아요."

그런 개소리를 듣고 있으면 기분이 진짜 엿 같아진다니까요. 그것도 환한 대낮에 멀쩡한 사람처럼 백화점 커피숍에 앉아서 같이 아메리카노를 마시고 있는 여자가 그런 개소리를 하는 걸 보면 기분이 더 엿 같아지고요. 누가 그런 쓰레기 같은 생각을 그 여자 머릿속에 심어놨는지 모르겠지만. 제시카 브랜든 이야기는 이쯤 할게요. 기분만 더 더러워질 테니까요. 아무튼 인터뷰를 마치자마자 사무실로 돌아가서 똥 냄새를 맡고 싶은 기분은 아니었어요. 다니엘 심슨의 코딱지만 한 술집에 앉아서 맥주나 한잔 걸치면 딱 좋겠는데 아직 근무시간이라 그럴 수도 없었고요. 그래서 그냥 백화점이나 한 바퀴 돌아보기로 했죠……. 그러지 말았어야 했는데 말이에요.

백화점을 한 바퀴 돌고 나올 때까지는 좋았어요. 기분 전환이 됐으니까요. 주로 사 층에 있는 남성 의류 매장을 돌아다녔는데, 백화점이라는 데를 가면 늘 그렇지만 살 게 아주 많더라고요. 당장 집으로 달려가서 옷장에 걸려 있는 옷들을 싹 다 내다버리고 싶은 거 있죠. 가구 매장은 백화점 육 층에 있었고…… 다닐, 그거 알아요? 백화점 가구 매장이 사람들에게 얼마나 말도 안 되는 최면을 거는지 말이에요. 그곳에 있으면 당신의 인생은 한참 잘못됐다고 귀에다 대고 누군가 속삭이는 것 같거든요. 너는 구질구질한 물건에 둘러싸여서 구질구질한 인생을 살고 있고, 그건 진짜 네 인생이 아니라고 말이죠. 그러지 말고 이곳에 전시된 물건들과 함께 새 출발을 하는 게 어때? 꼭 이런 말을 하는 것 같다고요. 물론 그게 물건이나 팔아먹으려고 꾸며낸 더러운 개소리라는 것쯤은 나도 알아요. 하지만 코끝에 맴도는 알싸한 나무 냄새를 맡으면서 출고된 지 며칠 지나지 않은 책상이나 한번 누우면 다시는 일어나고 싶지 않을 것 같은 침대처럼 멋진 가구들을 죽 훑어보고 있으면요…… 정말이에요, 다닐. 내 인생은 처음부터 한참 잘못됐다는 생각이 들어요. 이렇게 사는 건 진짜 인생이 아니고, 그래서 할 수만 있다면 새 출발을 하고 싶고……. 갑자기 프레데리카와 율리안의 얼굴이 떠오르더군요. 십 분 후에 진짜로 보게 될 줄은 정말 까맣게 몰랐지만요.

이 세상에 인생이 대체 어떻게 생겨먹은 물건인지 대충이라도 아는 사람이 몇 명이나 될까요? 나는 몰라요. 아저씨는 어때요? 그럴 줄 알았어요. 왠지 그럴 것 같더라고요. 열 받으라고 한 소리는 아니니까 그렇게 열 받지 말아요. 난 그냥 인생이 그렇다는 거예요. 어떨 땐 어렴풋이 알 것 같은데 찬찬히 생각해보면 뭐가 뭔지 도통 모르겠거든요. 프레데리카와 율리안도 그래요. 풀리지 않는 수수께끼 같죠. 알아들을 수 없는 말을 하는 외계 생명체나. 다른 사람들한테는 아닐지 몰라도 나한테는 그래요. 내가 어떤 사람이고 어떻게 살아왔는지 단 한 번도 진지하게 생각해본 적이 없을 거예요. 그랬다면 나한테 그러지 않았을 텐데……. 젠장, 아무것도 모르면서 나한테 그렇게 말하지 말아요, 다닐. 술을 마신 건 나지만 나한테 술을 팔아서 돈을 챙긴 건 다닐 당신이잖아! 당신이 나한테 술만 팔지 않았어도……. 소리 질러서 미안해요, 다닐. 내가 잠깐 어떻게 됐나 봐요. 진심은 아니었어요. 내가 하루 이틀 이러는 것도 아니고. 내가 아저씨를 얼마나 좋아하는지 아저씨도 알잖아요.

사실 프레데리카와 율리안은 잘못이 없어요. 그래요, 다닐. 풀리지 않는 수수께끼 같은 인간은 바로 나예요. 알아들을 수 없는 말을 하는 외계 생명체도 나고요. 술이 나를 그렇게 만들었다는 건 나도 알아요. 하지만 그걸 알았을 때는 이미 그걸 알아도 아무 소용이 없다는 게 문제죠. 내가 볼 때 인생이라는 건 그런 것 같아요, 다닐. 여러 사람 뒤통수치면서 돌아다니려면 굉장히 바쁠 텐데, 인생은 아무렇지도 않게 그 일을 해내거든요. 아마 손이 엄청나게 빠를 거예요. 아니면 사람 뒤통수를 칠 수 있는 손이 말도 못 하게 많거나.

백화점에서 나오는데 뒤통수가 가렵더군요. 등 뒤에서 웃음소리가 들려요. 비눗방울처럼 머리 위로 가볍게 날아오르다가 흔적도 없이 터져버릴 것 같은 웃음소리가요. 뭐가 그렇게 좋아 죽겠는지 궁금했어요. 깽판을 놓고 싶었는데, 그럴 수는 없겠지만, 어떻게 생긴 인간들인지 얼굴은 한번 보고 싶더라고요. 그런데 그게 프레데리카와 율리안이었어요. 양손에 쇼핑백을 들고, 내가 한 번도 들어본 적 없는 웃음소리를 내면서 웃고 있더군요. 더럽게 행복해 보였어요. 내가 말했던가요, 율리안이 올해 여섯 살이라고? 몰라보게 많이 컸더군요. 나는 내 아들놈이 그렇게 즐거워하는 모습을 한 번도 본 적이 없어요. 프레데리카는…… 아주 옛날에 몇 번 그렇게 웃은 적이 있기는 해요. 내가 술을 퍼마시고 들어와서 물건을 집어던지기 전까지는 그랬죠. 물론 기억은 안 나요. 맨 정신으로 여자한테 물건을 집어던지는 남자는 전부 쓰레기들인데, 나는 그렇게까지 쓰레기는 아니거든요. 아무튼 프레데리카가 그렇게 말했고, 보름 동안 병원에 입원해 있을 때도 계속 그렇게 말했으니까 그럼 그런 거겠죠. 물론 나도 내가 잘했다고는 생각하지 않아요. 이제 와서 변명이나 늘어놓을 생각도 없고요. 하지만 백화점 앞에서 봤다고 미친놈처럼 도망치는 건 좀 그렇기는 해요. 프레데리카와는 오래전에 완전히 끝난 사이고, 생각해보면 그렇게 도망칠 필요까지는 없었으니까요. 그런데도 나는 도망쳤어요. 골목에 들어가서 몸을 숨겼죠. 그래요, 다닐. 나도 내가 왜 그랬는지 알아요. 아저씨 말이 맞아요. 사실 그때 나는 내가 한 짓이 부끄러워서 도망친 거예요. 프레데리카는 내가 어떤 짓을 했는지 모두 기억하고 있을 텐데, 젠장, 나는 그게 말도 못 할 만큼 무서웠던 거죠. 프레데리카와 율리안이 바로 앞에서 행복하게 웃고 있었고…… 그래서 나는 그들에게 갈 수 없었던 거예요.

말도 못 하게 겁이 많은 돌팔이 의사 선생도 보이더군요. 그게 설마 제퍼슨이었냐고요? 우리 동네에 지나가는 똥개만 봐도 벌벌 떠는 돌팔이 의사가 제퍼슨 말고 또 있었나요? 아저씨가 알고 있는 그 제퍼슨 맞아요. 프레데리카와 다정하게 팔짱을 끼고 나란히 걸어가는데, 기분이 정말 더럽더라고요. 그런데 더 기분이 더러운 게 뭔지 알아요? 프레데리카 옆에 겁쟁이 제퍼슨이 붙어 있어도 그게 또 제법 그림이 된다는 거예요. 제퍼슨이 고등학교 때 어땠는지 내가 말했나요? 정말 못 말리는 얼간이였다니까요. 그때까지 신발을 짝짝이로 신고 다녔으면 말 다 한 거죠. 프레데리카는 어땠냐 하면…… 인근 아홉 개 고등학교를 통틀어 제일 잘나가는 치어리더였고, 그건 인근 아홉 개 고등학교를 통틀어 제일 예쁜 여자애였다는 뜻이죠. 그때 나는 인근 아홉 개 고등학교를 통틀어 가장 주먹질을 잘하는 망나니였고요. 그러던 어느 날 제퍼슨이 나한테 그러더군요. 프레데리카가 자기를 어떻게 생각하는지는 몰라도 용기를 내서 말은 한번 해보고 싶다고요. 만약 그때 내가 프레데리카와 화끈하게 놀아나기 전이라면 나도 그렇게 하라고 했을 거예요. 하지만 그때는 이미 프레데리카와 화끈하게 놀아난 뒤였고, 그래서 나는 신발이나 똑바로 신고 돌아다니면서 그런 헛소리를 하라고 따끔하게 충고해줬죠. 아무튼 그때와는 상황이 많이 달라진 것 같았어요. 분명히 아주 최근에 어디서 배웠겠지만, 제퍼슨은 더 이상 신발을 짝짝이로 신고 다니지 않더군요. 이태리제 수제 구두를 신고 있었는데, 똑바로 쳐다보기 힘들 만큼 광이 났고, 가장 중요한 점은 그걸 제대로 신고 있다는 거였어요. 아르마니 양복이 구두와 아주 잘 어울리더군요. 여전히 아름답기는 하지만 프레데리카도 옛날처럼 그렇게 눈이 튀어나올 정도로 예쁘지는 않았고요. 아무튼 그 둘이 그림이 되는 거예요. 성질 같아서는 정말 두 번 다시 팔짱 같은 건 못 끼게 제퍼슨의 팔을 부러트리고 싶었어요. 하지만 나는 그러지 않았어요. 그러면 안 된다는 걸 알 만큼 나이를 먹은 거죠.

"같이 가요, 아빠!"

그대로 백화점 뒷골목에 세워놓은 비행정을 타고 조용히 사라졌다면…… 그래도 기분이 엿 같기는 했겠죠. 하지만 내 아들 율리안이 제퍼슨 그 겁쟁이 자식에게 뛰어가면서 아빠라고 부르는 걸 보는 것보다는 훨씬 덜 기분이 엿 같았을 거예요. 젠장, 그런데 율리안이 내가 보는 앞에서 제퍼슨 그 겁쟁이를 정말 그렇게 부른 거예요. 나는요, 다닐. 프레데리카가 제퍼슨을 뭐라고 부르든 상관 안 해요. 허니라고 불러도 좋고, 환한 대낮에 백화점 앞에서 끈적끈적한 목소리로 베이비라고 불러도 그렇게 부를 만한 사이니까 그렇게 부르는 거라고 생각해버리면 그만이에요. 하지만 율리안은 그러면 안 돼요. 빌어먹을, 전처랑 아들은 다른 거잖아요. 안 그래요, 다닐?

"제시카가 뭐래? 다음 작품은 나랑 한번 화끈하게 찍겠대?"

썩은니 빌리에게는 엄청나게 많은 단점이 있지만, 그중 하나는 언제나 자기 생각밖에 할 줄 모른다는 거예요. 한마디로 말하면 눈치가 전혀 없는 건데, 하지만 썩은니 빌리는 눈치가 없다고 한마디로 말할 수 있는 차원이 아니죠. 그날도 사무실에 들어가자마자 그렇게 묻더군요. 나는요, 다닐. 이빨이 썩은 사람이 입을 벌리는 건 범죄라고 생각해요. 법적인 제제를 가하든지, 강제로라도 치과에 보내든지, 아무튼 무슨 조치를 취해야 한다고 봐요. 그날도 사무실에 들어가자마자 똥 냄새가 진동하는데…….

"긍정적으로 한번 생각해보겠대요."

"제시카가 정말 그랬어? 아이, 좋아라. 오늘부터 당장 운동을 시작해야겠네."

그날 썩은니 빌리는 정말이지 신들린 사람 같았어요. 안 그러면 그렇게까지 사람을 열 받게 만들 수 없었을 테니까요. 그런데 곰곰이 생각해보면 꼭 그런 건 아니었던 것 같아요. 썩은니 빌리는 원래 사람을 열 받게 만드는 인간이었고, 그날이 다른 날보다 좀 심한 것뿐이었거든요. 그냥 내 기분이 그래서 그랬겠죠. 껍데기만 남고 쪽 빨린 기분이었는데, 껍데기만 남고 쪽 빨린다는 건 절대 좋은 기분이 아니니까요.

……어쨌든 나는 새벽 세 시 이십 분부터 얼굴 한번 본 적 없는 영감에게 이런 이야기를 떠들어대고 있었고, 어느새 날이 밝아오기 시작하더군요. 밤새 술을 마시다가 몇 번 그렇게 된 적은 있었지만, 누구랑 이야기하면서 하늘이 파랗게 변하는 걸 지켜본 적은 아마 그때가 처음이었을 거예요.

"무슨 말을 어떻게 해야…… 무슨 말을 어떻게 해도 자네 기분은 달라지지 않겠지."

"말이라도 고맙네요."

"아무튼 유감일세, 양."

리는 굉장히 착한 사람 같았어요. 그렇게 오랫동안 남의 이야기를 들으려면 엄청나게 착해야 하잖아요. 위로하려고 애쓰는 게 느껴지더군요. 말도 못 하게 착한 거죠.

"나한테도 그 비슷한 이야기가 하나 있는데…… 기분이 아주 더러워지는 이야기지. 한번 들어보겠나?"

"뭐, 이 시간에 잠자기는 틀린 것 같으니까요."

나는 모든 이야기가 팔이나 다리처럼 그 이야기를 하는 사람의 일부라고 생각해요. 리의 이야기도 그랬어요. 있잖아요, 다닐. 그건 말이죠…… 정말 지독하게 외로운 남자의 이야기였어요. 억 소리 나게 외로운 남자의 이야기 말이에요. 난 리의 이야기를 들으면서 생각했죠. 놀이기구로 가득 찬 행성에서 혼자 산다는 건 대체 어떤 기분일까, 하고요.

"예전에는 누구나 이 행성대관람차를 타고 싶어서 환장을 했었지. 이곳에서 아래를 내려다보면 경치가 정말 끝내주거든. 위를 올려다봐도 그렇고. 하지만 나처럼 죽을 때까지 타고 싶어 한 사람은 아무도 없었을 걸세. 그것도 혼자서 말이야."

리는 자기가 타고 있는 행성대관람차에 대해서 설명하기 시작했어요. 하지만 그럴 필요는 없었죠. 나도 아주 어렸을 때 슬쩍 한 번 본 적이 있었으니까요. 그래서 행성대관람차가 어떻게 생긴 물건인지 대충 알고 있었고.

"그렇다면 그 이야기는 안 해도 되겠군. 그럼 그걸 타고 있는 내 이야기로 넘어가지."

가끔씩 리는 하루 종일 그냥 숫자를 세면서 지내기도 한다고 했어요. 숨을 몇 번이나 쉬는지 세거나, 심장이 몇 번이나 뛰는지 센다고요. 리는 하루에 이만 삼천 번에서 이만 팔천 번 정도 숨을 쉬었고, 자기 심장이 팔만 사천 번에서 십사만 사천 번 정도 매일 뛴다는 사실을 알아냈어요. 아무것도 할 일이 없을 때는 늘 그런다고 했는데, 리는 거의 매일 아무것도 할 일이 없었고, 그래서 거의 매일 숫자를 센다고 하더군요. 그러니까 리가 그날 나에게 해준 이야기는 거의 매일 자기의 호흡수나 맥박수를 세면서 죽어가는 남자의 이야기였던 거예요. 나는 그런 기괴한 이야기를 어디서도 들어본 적이 없어요. 요즘은 술 때문에 나도 내 기억력을 믿을 수 없지만, 정말이지 그렇게 이상한 이야기는 단 한 번도…… 아저씨는 어때요? 아저씨도 그렇죠? 수화기를 귀에다 대고 그냥 듣기만 했는데도 나까지 더럽게 외로워지는 기분이더라고요. 아무튼 칭따오를 마시면서 가볍게 들을 수 있는 이야기는 아니었죠. 창문 밖에서 사람들이 돌아다니는 소리가 들리기 시작했어요. 비행정 몇 대가 아침부터 클랙슨을 울리면서 사람 열 받게 만들더군요. 그런데 그때 나는 지구보다 조금 작은 행성에 혼자 남겨진 남자의 이야기를 듣고 있었던 거예요. 리의 말이 맞았어요. 기분이 정말 더러워지더라고요.

"그래서 말인데, 양……. 나는 이 행성에서 아주 오랫동안 살아왔네.

처음에는 모든 걸 저주했지. 내 운명과 행성대관람차라는 이 놀이기구와 플랜A와 플랜A를 이렇게 만든 지구인들과 그들이 사는 지구와 우주 전체를 말일세. 하지만 계속 그러기에는 이제 난 너무 늙고 지쳤어. 그러는 걸 그만둘 나이도 됐고."

"그래서요?"

가끔 그런 기분이 들 때가 있잖아요. 이상하게 왠지 삐딱선을 타고 싶을 때 말이에요. 그때 내 기분이 바로 그랬어요. 냉장고에 칭따오가 하나도 남아 있지 않았거든요. 밤을 꼴딱 새우는 바람에 신경이 약간 날카롭기도 했고요.

"아무도 없는 나라의 왕이 된 기분을 양 자네가 알까 모르겠군."

"영감님이 지금 그렇다는 거예요?"

"사실이 그래. 난 이 거대한 유원지의 유일한 이용객일세. 그런데 이용객이 한 명도 없는 유원지는……."

그때부터 리는 좀 다른 이야기를 하기 시작했어요. 갑자기 머리가 어떻게 된 사람 같았죠. 비행정 몇 대가 계속 클랙슨을 울리면서 빵빵대고 있었어요. 아침부터 어떤 인간이 그러는지 얼굴이라도 한번 보고 싶더군요. 다시는 그런 짓을 못 하게 제대로 한 대 후려치고 싶더라고요.

"아까도 말했지만 나는 이제 살날이 얼마 안 남은 늙은이고, 정확하게 말하면 삼백칠십이 시간 삼십육 분 남았군. 계산해보면 알겠지만 보름하고도 열두 시간 삼십육 분일세. 네오-Γ가 계산한 거니까 아마 맞을 거야. 이제 삼십오 분 남았군……. 그리고 나는 더 이상 그 어떤 것도 원망하지 않네. 무덤에 들어갈 때는 아무것도 가지고 들어갈 수 없다고 하더니만……. 아무튼 나는 이곳에 있는 모든 것들이 지금처럼 계속 이곳에 있기를 바라네. 회전목마가 계속 돌아갔으면 좋겠고, 경쾌한 음악과 함께 화려한 퍼레이드가 계속됐으면 좋겠어. 내가 죽은 뒤에도 아주 오랫동안 말이야. 하지만 내가 죽으면 이 모든 게 끝나고 말 걸세. 더 이상 폭죽을 쏘아 올리지도 않을 테고, 밤이 돼도 전구를 켜지 않을 텐데, 난 이곳이 그렇게 되는 걸 견딜 자신이 없네."

"대체 무슨 이야기를 하고 싶은 거예요?"

"자네에게 없는 거의 모든 것을 자네에게 주겠네. 자네만 좋다고 한다면 말이야. 그러니까 내 말은…… 나는 자네가 나 대신 이곳에 와서 지냈으면 해. 자네 생각은 어떤가, 양?"

처음에는 기분이 정말 엿 같았어요. 누굴 뭐로 보고 그따위 소리를 하는지 궁금했죠. 그런데 말이에요, 다닐……. 난 내가 왜 이곳에 있어야 하는지 물어봤어요. 그렇죠. 아저씨 말이 맞아요. 어떤 사람이 어떤 장소에 있는 건 그 사람이 꼭 그곳에 있어야 하는 이유가 있어서 그곳에 있는 건 아닐 거예요. 그래요. 대부분 갈 데가 거기밖에 없으니까 한곳에 눌러앉아 있는 거죠. 그리고 대부분 눌러앉아 있을 만하다는 생각이 드니까 눌러앉아 있는 거고요. 그래서 나도 내가 이곳에 눌러앉아 있을 만한가 따져봤어요. 빌어먹을 〈핑크 빌리지〉와 빌어먹을 썩은니 빌리와 빌어먹을 겁쟁이 제퍼슨과……. 프레데리카와 율리안에 대해서도 생각해봤죠. 난 그들이 행복하길 바라지만, 내가 그들을 그렇게 만들 수 없다는 걸 알고, 어쩌면 그들은 내가 이곳에 눌러앉아 있는 걸……. 리가 대답을 기다리고 있었어요. 젠장, 그때 내 기분이 어땠는지 알아요, 다닐? 피리 부는 사나이가 문밖에 서서 나를 기다리고 있는 것 같았어요. 그런데 나는 잔뜩 겁을 집어먹은 채 이불을 뒤집어쓰고…… 정말이지 엿 같은 기분이었다고요.

"……생각은 한번 해볼게요."

“그래 주겠나? 이왕이면 긍정적인 쪽으로 생각해줬으면 좋겠군.”

“알았어요. 긍정적인 쪽으로 한번 생각해볼게요.”

그날 나는 사무실에 나가지 않았어요. 썩은니 빌리가 몇 번 전화를 해서 귀찮게 굴기는 했지만, 그날 나는 썩은니 빌리나 〈핑크 빌리지〉 같은 건 아무래도 상관없다고 생각했어요. 사실 거의 모든 걸 아무래도 상관없다고 생각했지만요. 그날 나는 뭘 좀 알아볼 생각이었고, 그건 지금까지 내가 알아본 그 어떤 것보다 중요한 것이었거든요. 그게 뭐냐고요? 내가 아까도 말한 것 같은데…… 나는 얼굴 한번 본 적 없는 사람의 말은 절대 믿지 않아요. 아무리 그럴듯한 이야기라고 해도 말이죠. 아니, 그럴듯한 이야기일수록 더 그렇죠. 리의 이야기에는 세 사람이 등장하고 있었고, 나는 그들 모두를 직접 한번 만나볼 생각이었어요. 한 사람밖에 만나지 못했지만, 아무튼 처음 생각은 그랬어요.

“네, 스탠포드 대학의 에밀리 달튼입니다. 일라이저 베일리 박사님요?”

일라이저 베일리 박사는 제법 유명한 우주물리학자였어요. 삼십여 권의 저서를 집필하고 수백 편의 논문을 발표한, 그 바닥에서는 모르는 사람이 없는 거물이었죠. 대학 측에 전화해보니까 과거에 그런 사람이 있기는 있었다고 하더군요.

“일 년 전에 심장 질환으로 돌아가셨습니다. 혹시 일라이저 박사님의 유족이신가요?”

기무라 다로라는 기업인도, 분야가 다르지만 그 바닥에서는 이름깨나 알려진 거물이더군요. 해변 별장에서 노년을 보냈다고 하는데, 내가 알아본 바에 의하면 어느 날 갑자기 심장마비를 일으켰고 그걸로 끝, 뭐, 그렇게 된 거죠. 그러고 보면 인생이라는 게 참 허무한 거예요. 가진 게 아주 많은 사람한테는 특히 더 그렇고요. 갈 때는 가진 놈 못 가진 놈 순서가 없으니까요.

"어르신께서는 이제 이곳에 안 사십니다. 지금은 여기보다 훨씬 좋은 곳에서 살고 계실 겁니다. 십 년 전에 돌아가셨으니까요. ……괜찮으시면 잠깐 들어와서 차라도 한 잔 하시겠습니까?"

기무라 다로가 십 년 전에 세상을 떠났다는 건 이미 알고 있었지만, 그 일본인이 정말 그곳에 살고 있었는지는 직접 가서 한번 확인해볼 필요가 있었어요. 더럽게 멀기는 했지만 더럽게 멋진 곳이었는데…… 아무튼 리의 말은 사실이더군요. 알렉스라고, 부드럽고 점잖게 생긴 노인이 혼자서 별장을 관리하고 있었어요. 자기 일을 제대로 할 줄 아는 사람은 별로 없는데, 내가 보기에 알렉스는 그 별로 없는 사람 중 한 사람 같았죠. 말도 못 하게 넓은 정원이 진짜 말도 못 하게 깨끗하더군요. 잡초 한 포기 없는 것 같았어요. 자세히 들여다보면 어떨지 몰라도 그냥 볼 때는 그런 것 같았죠. 대체 돈을 얼마나 주면 저런 관리인을 고용할 수 있는지 진짜 궁금해지더라고요.

"홍차를 좋아하시는지 모르겠습니다. 귀한 분이 오셨을 때만 내오는 홍차죠."

"저는 귀한 분이 아닌데 어쩌죠."

"기무라 어르신을 찾아오신 분들은 제게 모두 귀한 분들이십니다."

홍차는 정말 기가 막히게 맛있었고…… 나는 알렉스에게 딱 한 가지만 물었어요. 다른 건 모두 전화로 알아봐도 되지만 그건 그러면 안 될 것 같았거든요.

"체스요?"

"네, 체스요."

"아, 이제 기억나는군요. 저도 어디서 들은 이야기라……. 아무튼 기무라 어르신께서 돌아가시던 날 밤 거실 바닥에 체스 판이 떨어져 있었다고 하더군요. 그날 밤 어느 분과 함께 체스를 두고 계셨는지는 모르지만…… 지금도 그때 기무라 어르신께서 어느 분과 체스를 두고 계셨는지 아무도 모릅니다. 그런데 그게 왜 궁금하신 겁니까?"

이번에도 리의 말은 사실이었어요. 앞뒤가 딱딱 들어맞더군요. 그런데 너무 앞뒤가 딱딱 들어맞으니까 오히려 거짓말 같은 거 있죠. 그래서 오늘 낮에 세 명 중 마지막 한 명을 만나러 갔던 거예요.

"커피를 홀짝거리면서 이빨을 까대면 자기가 대단히 고상해 보인다고 생각하나 본데, 정말 밥맛이거든. 시간 아까운 줄 몰라. 나처럼 맥도날드로 사람을 부르면……."

도리스 브라운은 할렘 가에 살고 있었고, 통신판매를 하면서 밥벌이를 하고 있었는데, 햄버거에 대해서 아주 열정적인 개똥철학을 가지고 있는 늙은 여자였어요. 젠장, 햄버거가 식으면 똥 덩어리가 된다고 바락바락 우겨대면서 그걸 쉬지도 않고 계속 먹어대는데, 앉은자리에서 몇 개나 먹어치웠는지 이제 기억도 안 나요……. 그런데 지금이 몇 시죠, 다닐? 벌써 그렇게 됐나? 그럼 대충 열 시간 전이네요. 오백 파운드나 나가는 늙은 여자가 내 앞자리에 앉아서 끊임없이 햄버거를 먹어치우고 있었다고요. 그것도 불과 열 시간 전에 말이에요.

"고독은 사람을 수다스럽게 만드는데, 리는 말도 못 하게 고독한 사람이었고, 그래서 쉴 새 없이 떠들어댔다우……. 아무튼 리는 혀를 아주 잘 놀렸고 단 한 번도 도리스를 실망시킨 적이 없었지. 남자가 최선을 다하면 여자는 실망하는 법이 없으니까……."

도리스는 리에 대해서 아주 많은 것을 알고 있었어요. 거의 모든 것이라고 해도 좋을 만큼 많은 것을 알고 있었죠. 그리고 도리스에게는 그런 거짓말을 지어낼 이유도 없었고요. 그런 거짓말을 지어낼 만큼 머리가 좋은 것 같지도 않았지만요.

"오늘 먹은 햄버거는 정말 맛있었고…… 좋아요, 양. 기자는 아니고…… 짭새도 아닌 것 같은데……. 하긴 댁이 뭐 하는 사람이든 그게 뭐가 중요하겠수. 도리스 브라운은 이제 늙고 지친 오백 파운드짜리 여편네가 됐고, 어쩌면 리는 그런 여자가 있었다는 사실을 기억조차 못 할지도 모르는데……."

그걸로 충분했어요. 리의 말은 모두 사실이었으니까요. 그는 플랜A에 존재하는 유일한 인간이고, 아주 오랫동안 행성대관람차를 타고 있었던 거예요. 그리고 지금은 죽어가고 있죠. 내가 오기를 목이 빠져라 기다리면서 말이에요. 빌어먹을, 정말 기분 엿 같아지는 이야기 아닌가요? 난 그런데, 아저씨는 어때요?

아까 아저씨가 나한테 갈 만한 데는 있냐고 물었죠? 그래요, 다닐. 며칠 전에는 갈 만한 데가 없었고, 열 시간 전만 해도 그곳이 정말 갈 만한 데인지 의심스러웠어요. 하지만 지금은 갈 만한 데가 생긴 것 같아요. 사람을 그런 눈으로 쳐다보지 좀 말아줄래요. 젠장, 죽으러 가는 것도 아닌데 기분이 더러워지려고 하거든요. 맥주나 한 잔 더 줘요, 다닐. 어쩌면 오늘 밤이 마지막이 될지도 모르는데, 이 술집에 있는 술이란 술은 전부 퍼마시고 가야 하지 않겠어요. 안 그래요, 다닐?

그날은 아침부터 추적추적 비가 내렸고, 외출 준비에 한창이던 다니엘 심슨은 시답지 않은 문제들을 하나하나 들춰내면서 아내 사만다에게 몇 마디 투덜거린 다음 자기가 제일 아끼는 검은 우산을 챙겨 들고 집을 나섰다. 길바닥 여기저기에 물이 고여 있었는데, 빗방울이 그 위로 계속 떨어지면서 잠깐씩 원을 그리다 사라졌고, 교회 탑 위에 앉아 있는 까마귀 한 마리가 더럽게 불길한 소리로 울고 있었다. 오른손에 들고 있던 우산을 왼손으로 옮겨 잡은 다니엘 심슨은 먼저 가슴에 성호를 세 번 그린 뒤, 곧바로 바닥에 침을 세 번 뱉었다. 그렇게 하면 안 좋은 일이 일어나는 걸 막을 수 있다고 믿었기 때문인데…… 다니엘 심슨은 자기가 며칠 전에 똑같은 행동을 했다면 어땠을까 생각했다. 그랬다면 양은 그렇게 되지 않았을까?

'내가 가끔 바보 같은 생각을 한다는 건 나도 알지만, 오늘따라 유난히 바보 같은 생각을 하는군.'

그는 발밑에 고여 있는 물웅덩이를 큰 걸음으로 한 번에 건너뛴 다음 아무 일도 없었던 것처럼 계속 걸었다. 시간에 맞춰서 도착할 수 있을 것 같기는 했다. 하지만 세상일이란 알 수 없는 것이고…… 다니엘 심슨은 자기가 더 이상 세상일에 대해서 뭘 좀 안다고 생각하지 않았다. 분명히 어딘가에 해가 떠 있기는 할 텐데, 솜이불처럼 두꺼운 먹구름이 해를 가리고 있었다. 상하의 모두를 검은색 양복으로 통일한 다니엘 심슨은 다시 한 번 세상일이란 알 수 없다는 생각을 하면서 발걸음을 서둘렀다.

"심슨 씨, 저는 아직도 양 그 친구가 그렇게 죽었다는 게 믿어지지 않아요. 술을 좀 많이 마시긴 했고, 술만 들어가면 물건을 집어던지면서 난리를 치기는 했지만, 그래도 양은 정말 좋은 친구였는데…… 저는요, 심슨 씨. 다시는 그런 친구를 만날 수 없을 것 같아요."

"내 생각도 그래. 그러니까 제발 징징 짜지 좀 마, 잭."

성 베드로 공동묘지는 마을 외곽에 위치한 구시가지 뒤쪽에 자리 잡고 있었다. 사람 기분을 사납게 만드는 빗줄기가 추적추적 지저분하게 떨어져 내리고 있었고, 조문객처럼 보이는 몇 사람이 검은 옷을 입고 그만그만한 곳에 모여 있었다. 방귀쟁이 잭도 그중 한 명이었고.

"심슨 씨, 저는요, 양 그 친구가 왜 자기 집 기둥에 목을 매고 자살했는지 알 것 같아요."

"자네가 대체 뭘 안다고 그러는 거야?"

"예, 저는 알아요. 양은 천사처럼 깨끗하고 선량한 친구였어요. 그래서 더럽고 악한 세상을 더 이상 견딜 수 없었던 거예요. 오, 불쌍한 양. 나한테 한마디만 했더라도 그렇게 되지 않았을 텐데."

관은 아직 도착하지 않은 것 같았다. 입관 예배를 집전할 목사는 굉장히 키가 크고 마른 편이었는데, 그곳에 일을 하려고 온 사람은 그 목사밖에 없었다. 검은 베일로 얼굴을 가린 정장 차림의 여자가 목사 오른쪽 옆에 서서 뭔지 모르지만 심각한 이야기를 나누고 있었다. 아무래도 장례 절차에 대해서 이것저것 의논하고 있는 것 같았는데, 다니엘 심슨이 생각하기에 양의 장례식장에서 그럴 수 있는 여자는 프레데리카밖에 없었고, 다니엘 심슨은 자기 생각이 아마 틀림없을 거라고 확신했다. 검은색 아르마니 양복을 입고 있는 겁쟁이 의사 제퍼슨이 그 여자 옆에 서서 가끔 몇 마디씩 말참견을 하고 있었으니까. 그들 주위를 신이 나서 돌아다니고 있는 아이는 율리안 같았고.

"주님, 오늘 당신 곁으로 한 불쌍한 영혼이 가오니…… 그는 선량한 남편이었고, 한 아이의 다정한 친구이자 아버지였으며, 여기 모인 우리 모두는 양 웬리를 좋은 이웃으로 기억할 것입니다. ……땅에 속한 모든 것은 일시적이고 허무한 것입니다. 진정한 안식과 기쁨은 오로지……."

계속 비가 내렸고, 관이 좀 늦게 도착하기는 했지만 그때까지 자리를 뜬 사람은 아무도 없었다. 모두들 우산을 든 채 아주 오래전 흙에서 태어났고 이제는 다시 흙으로 돌아가는 양 웬리의 영면을 말없이 지켜보고 있었다. 목사의 설교처럼 땅에 속한 모든 것은 일시적이고 허무하다는 생각을 하면서. 하지만 다니엘 심슨은 그곳에 모인 사람들과는 좀 다른 생각을 하고 있었다. 어디서 날아왔는지 비에 쫄딱 젖은 까마귀 한 마리가 나뭇가지 위에 앉아서 처량한 소리로 울고 있었다. 다니엘 심슨은 나뭇가지 위에 앉아 있는 까마귀를 바라보며 아까 교회 탑 위에 앉아 있던 그 까마귀가 아닐까 생각했다. 그런 다음 다니엘 심슨은 솜이불처럼 두꺼운 먹구름에 덮여 있는 저 먼 하늘 위로 눈길을 옮겼다.

'빌어먹을, 정말 기분 엿 같아지는 이야기 아닌가요? 난 그런데, 아저씨는 어때요?'

회전목마는 더 이상 돌아가지 않을 테지. 다니엘 심슨은 그렇게 생각했고, 계속해서 생각을 이어나갔다. 이제 경쾌한 음악과 함께 화려한 퍼레이드가 계속되는 일도 없을 테고. 다니엘 심슨은 밤이 돼도 전구가 켜지지 않는 행성에 대해서 생각했다. 그 행성에서는 밤하늘에 폭죽이 터지는 일도 두 번 다시 없을 것이다. 조용하고 어둡고 움직이지 않는 놀이기구들로 가득 찬 행성……. 녹슬고 기울다가 결국 하나둘씩 쓰러져가는 놀이기구들의 모습이 보이는 것 같았다.

"하늘에 계신 우리 아버지여…… 우리가 우리에게 죄 지은 자를 사하여 준 것같이 우리의 죄를…… 대개 나라와 권세와 영광이……."

이제 다니엘 심슨은 아무 생각도 하지 않았다. 누군가를 기억해야 할 것 같았는데, 그래야 할 것 같다는 생각만 들었다. 그새 어디로 날아갔는지 비에 쫄딱 젖은 까마귀는 보이지 않았고, 다니엘 심슨은 리를 기억하지 못했다. 누군가는 리를 기억할지도 모르지만 다니엘 심슨이 그러지 않으리라는 것은 분명했다.

"가세, 잭. 비가 정말 징글맞게도 내리는군."

“저는요, 양이라는 친구가 제 곁에 머물렀다는 사실을 영원히 잊지 못할 거예요.”

“알았으니까 제발 그만 좀 짜라니까 그러네.”

사람들이 모두 떠난 공동묘지는, 사람들이 모두 떠났지만 계속 그 자리에 남아 있었다. 그리고 그 자리에 남아 있을 수 없을 때까지 그 자리에 남아 있다가, 다른 모든 것들이 그렇듯 영원히 사라졌다.

제4회 황산벌청년문학상 심사평

이제 어느덧 한국문학의 미래를 선도하는 핵심적인 축으로 단단히 자리를 잡은 모양새다. 올해에도 황산벌청년문학상의 기세는 만만치 않았다. 투고작이 많이 늘지는 않았다. 하지만 투고된 작품들의 밀도는 가히 비약적 발전이라 할 만했다. 어느새 황산벌청년문학상이 야심만만하고 도발적인 문학 청년들과 낯설고 날선 문제의식으로 팽팽한 신예들이 반드시 등극하고자 하는 새로운 목표로 자리했음을 알려주는 징표로 손색이 없었다.

이번 본심 무대에 오른 작품은 모두 세 편이었다. 김순경 씨의 《콜센터》, 이진욱 씨의 《역사의 개념에 대하여》, 강태식 씨의 《리의 별》. 한국문학의 미래를 예견하기에 충분한 밀도 높은 110편의 경쟁 상대를 뚫은 것은 물론 심사위원들의 까다로운 시선을 이겨내고 본심의 무대에 오른 작품들인 만큼 세 편 모두 충분히 낯설고 펍진했다. 그간의 한국문학이 시선을 돌리지 못했던 미래적이면서도 실재적인 징후에 날카로운 촉수를 들이대고 있었고, 누구도 다루지 않아서 도대체가 하나의 맥락으로 포섭하기 힘든 낯설고도 날것의 디테일들을 하나의 이야기-틀로 꿰어내는 솜씨도 탁월했다. 하지만 앞질러 말하면 작년처럼 올해의 심사도 오랜 토론이 필요하지는 않았다. 나머지 두 작품이 문제적이지 않아서가 아니라 한 작품이 압도적이었기 때문이다.

먼저 김순경 씨의《콜센터》는 21세기형 노동소설이라는 새 장르를 개척한 소설이었다.《콜센터》는 21세기 현존재들의 전형적인 실존 형식인 프레카리아트(precariat), 즉 불안정한 고용·노동 상황에 놓인 비정규직·파견직·실업자 들을 주인공으로 설정해서 전혀 안정적이지 않고 게다가 인간 이하의 수치심을 강요하는 감정노동에 시달리는 그들의 삶을 충격적으로 재현한다.《콜센터》의 또 하나의 장처는 경험하지 않고는 그려내기 힘든 묘사의 핍진함과 현장감이다. 모든 인물과 상황이 눈에 잡힐 듯 생생하다. 이렇게《콜센터》는 날카로운 문제의식과 생생한 묘사 그리고 간혹 등장하는 블랙 유머를 통해 우리 사회가 얼마나 치명적인 중증을 앓고 있는지를 여실하게 보여주는 한편 우리 사회가 왜 바뀌어야 하는지를 웅변적으로 말해준다. 전반부에서 21세기적 노동 현실의 비극성을 성공적으로 부각시킨 이 소설은 후반부로 접어들면서 그렇다면 이러한 비극적 노동 현실을 어떻게 혁신시킬 것인가에 대해서 나름 진지한 응답을 제기하는데, 소설적 균열은 바로 이 지점부터 시작된다. '콜센터'라는 생생한 현장에서 떠나는 순간부터 인물들은 순식간에 낭만적 존재로 급변신, 현실과 유리된 채 부유한다. 그 상태에서 서로에 대한 우정과 사랑을 확인하고 프레카리아트끼리의 우정과 사랑을 절망의 나라를 넘어설 수 있는 힘으로 제시하지만 그 전망은 이 파국이 임박한 세상을 넘어설 힘으로 설득력 있게 다가오지 않는다. 한마디로 후반부의

안이한 전망이 전반부의 핍진성을 현저하게 반감시킨 소설이었다.

이진욱 씨의 《역사의 개념에 대하여》는 야심만만하고 도발적인 소설이었다. 제목이 암시하듯 소설로 쓴 역사철학서 혹은 작가의 역사철학을 전면에 제시한 작품이다. 또한 악의 연대기 혹은 악의 탄생에 관한 소설이자 동시에 새로운 천사의 도래를 열망하는 소설로 볼 수도 있다. 여기, 철의 규율처럼 굳건한 우리 시대의 오만과 편견 때문에 버려지는 아이들이 있다. 이 아이들은 본능적으로 그리고 충동적으로 세상을 향한 복수를 꿈꾼다. 그러나 이 복수심은 그 복수심에 깃들어 있는 나름의 선의에도 불구하고 결국은 자기보다 약한 존재, 특히 여성에게 폭력을 가하는 것으로 귀결된다. 복수심에 방향을 잃은 세상을 향한 적대감은 세상의 근본적인 악에는 침묵하고 악에 더욱더 순종할 수밖에 없는 힘없는 존재들에게 집중된다는 것이다. 《역사의 개념에 대하여》는 이러한 범상치 않은 역사철학을 최근 온라인상에서 여성에게 집중적으로 가해지는 '지인능욕'이라는 사이버 성범죄와 놀랍도록 실감나게 결합시켜 펼쳐낸다. 이 작품에서 무엇보다 주목되는 장치는 그간 한국문학이 충분히 다루지 못했던 온라인 저 안쪽 세계를 핍진하게 끌어올렸다는 것인데, 눈앞에 현전하듯 생생한 묘사가 자칫 관념적일 수 있는 소설을 실감 있게 읽을 수 있는 원동력으로 작용한다. 그간 한국문학에서 볼 수 없던 실재적인 장면을 범상치 않은 역사철학으로 묶어낸 이 소설의 미적 긴장감은 그러나 아쉽게도 끝까지 유지되지 못한다. 후반부에 가면 현실에 미만한 악을 넘어설 길을 찾기 시작하는데 이 장면에서부터 현실감이 떨어지기 시작한다. 악의 탄생 과정이 나름대로의 역사적 개연성을 지니고 있는 반면 그것을 넘어서게 할 존재로 등장하는 탈-존의 존재는 그 어떤 탄생의 과정도 없이 그야말로 순수한 천사 그 자체로 출현해서 모든 문제를 해결해가기 때문이다. 전망에 대한 강박이랄까 탈-존에 대한 조급함이 소설의 전체의 밀도를 떨어뜨린 경우라고 할 수 있을 터, 이 점이 못내 아쉬웠다.

압도적인 소설적 긴장감으로 본심의 지난한 토론 과정을 건너뛰게 하며 제4회 황산벌청년문학상 당선작으로 결정된《리의 별》은 한국소설의 철저한 이종 혹은 돌연변이라 할 만한 소설이었다. 그만큼 낯설고 이질적이었다.《리의 별》은 미래의 어느 날 시도된 플랜A의 흥망성쇠와 그 과정에서 오직 홀로 플랜A라는 행성에 남겨진 '리'의 고독을 통해 인간 특유의 물신성 혹은 인간의 자멸적 탐욕을 그려낸 소설이다. 미래의 어느 시기에 이루어진 우주 탐사를 소재로 삼고 있지만 SF소설은 아니다. 단연코 오늘날의 인간에 대한 소설이며 더 나아가 지구상에서 존재해온 인간의 실존 형식의 역사에 관한 소설이다.《리의 별》은 플랜A가 만들어지고 흥청망청했다가 결국 그 플랜A에 '리' 혼자 남게 되어 플랜A가 급기야 '리의 별' 혹은 '별의 리'가 되어가는 과정, 그러니까 플랜A의 흥망성쇠 과정을 통해 인간 특유의 물신성과 자기만을 배려하는 탐욕이 인간이라는 종 전체를 얼마나 참혹하게 고독한 존재로 전락시키는지를 흥미진진하게 그려낸다. 아마도 이런 걸 무국적의 글쓰기 혹은 다국적의 글쓰기라 부를 수 있을 터이다.

각기 다른 문화와 역사를 충분히 자기화한 여러 나라의 인물을 화자로 설정한《리의 별》은 무엇보다 거의 모든 등장인물이 바로 그 사람이라 할 정도로 개성적이고 생생하다. 뿐만 아니라《리의 별》은 이 매력적인 인물들의 이력을 하나하나 밝히면서 동시에 플랜A의 흥망성쇠를 전체적으로 드러내는 모자이크식 구성을 취하는데, 후반부로 갈수록 사건의 실체가 드러나면서 그 전체 그림을 짜맞추게 될 때의 쾌감은 미적 전율 그 자체이다. 이는 전적으로 소설의 중핵을 분절해서 그것을 나누어 배치하고 또 그것을 끊임없이 지연하고 지체시키면서 독자들의 시선을 당겼다 놓았다 하는 이 소설 특유의 구성에 연유한 것일 터인데, 그만큼 이 소설의 구성력은 '기법의 승리'라 칭할 수 있을 정도로 출중하다. 물론 읽고 나서의 아쉬움이 남는 것도 사실이다. '화려한 입담'과 '기법에의 의지'에 치중하느라 인류 전체를 파국으로 몰고 가는 악의 기원과 그것을 넘어설 수 있는 윤리적 좌표에 대한 성찰이 상대적으로 치열하지 않아서 약간은 허전하다는 느낌이 있다. 하지만 이렇게 천의무봉에 가까운 구성력과 국적을 간단하게 뛰어넘는 화려한 입심으로 오늘날을 사는 현대인들의 고독과 퇴폐를 밀도 있게 그려낸 것만으로도《리의 별》이 가지는 잠재성은 단연 압도적이다. 그렇다면 이렇게 말할 수도 있을 것이다. 황석영, 성석제, 박민규, 천명관의 뒤를 잇는 큰 이야기꾼, 그것도 21세기형 이야기꾼이 탄생했다고 말이다.

당선자와 모든 투고자들의 정진을 기대해본다.

제4회 황산벌청년문학상 심사위원

김인숙(소설가, 심사위원장), 이기호(소설가), 류보선(문학평론가, 대표 집필)

작가의 말

아마, 리처럼 살고 싶은 사람은 없을 겁니다. 하지만 어떤 면에서 우리는 모두 리인지도 모릅니다.

사람은 고독하게 태어나서 고독하게 살고 때로는 고독하게 사랑하다 결국 고독하게 죽어가는 것 같습니다. 고독은 즐길 수 있는 게 아니라 견뎌야 하는 것이며 우리에게는 얼마나 잘 견디느냐, 못 견디느냐의 차이만 존재한다고 생각합니다. 이 소설이 고독을 견뎌나가는 당신의 분투에 작은 위안이 되기를 바랍니다. 이길 순 없지만 죽을 때까지 잘 견디면 진 건 아니니까요.

이름을 일일이 다 적을 수 없을 정도로 감사드릴 분들이 많습니다. 정말 감사합니다.

2018년 4월

강태식

제4회 황산벌청년문학상 수상작

리의 별

1판 1쇄 발행 2018년 4월 27일
1판 2쇄 발행 2018년 6월 18일

지은이 · 강태식
펴낸이 · 주연선

총괄이사 · 이진희
책임편집 · 강건모
편집 · 심하은 백다흠 이경란 최민유 윤이든 양석한 김서해
디자인 · 이지선 권예진 한기쁨
마케팅 · 장병수 최수현 김다은 이한솔
관리 · 김두만 유효정 박초희

(주)은행나무
04035 서울특별시 마포구 양화로11길 54
전화 · 02)3143-0651~3 | 팩스 · 02)3143-0654
신고번호 · 제 1997-000168호(1997. 12. 12)
www.ehbook.co.kr
ehbook@ehbook.co.kr

잘못된 책은 바꿔드립니다.

ISBN 979-11-88810-20-8 03810